Günter von Lonski

Royal Flash

Im Verlag CW Niemeyer sind bereits folgende Bücher des Autors erschienen:

Das letzte Lied
Tödlicher Wind
Mord auf dem Schützenfest
Bittere Medizin
Eis!
Teufelskralle
Elend!
Alarm im Pfannkuchenhaus (Kinder-Krimi)

Bibliografische Information der Deutschen Nationalbibliothek
Die Deutsche Nationalbibliothek verzeichnet diese Publikation in der Deutschen Nationalbibliografie; detaillierte bibliografische Daten sind im Internet abrufbar über http://dnb.ddb.de

www.niemeyer-buch.de

Der Umschlag verwendet ein Motiv von shutterstock.com
The Marienburg Castle … Prill 2013
Druck und Bindung: AALEXX Buchproduktion GmbH, Großburgwedel
Printed in Germany
ISBN 978-3-8271-9461-9

Günter von Lonski

Royal Flash

4. Hannover-Krimi mit Marike Kalenberger

CW Niemeyer

Der Roman spielt hauptsächlich in allseits bekannten Stätten von Hannover, doch bleiben die Geschehnisse reine Fiktion. Sämtliche Handlungen und Charaktere sind frei erfunden.
Spezielle Informationen wurden den allgemein zugänglichen Internetquellen entnommen.

Über den Autor:
Günter von Lonski wurde 1943 in Duisburg-Laar geboren. Er studierte an der Hochschule der Künste in Berlin. Seit 1981 schreibt er Romane, Krimis, Jugend- und Kinderbücher, Hörspiele, Kurzgeschichten, Glossen, Satiren und Schulbuchbeiträge. 2010 erhielt er den Rolf-Wilhelms-Literaturpreis der Stadt Hameln. Günter von Lonski ist verheiratet, hat zwei Kinder und lebt in der Nähe von Hannover. Er ist außerdem Autor von bereits drei erschienenen Weserbergland-Krimis „Das letzte Lied", „Tödlicher Wind" und „Bittere Medizin", in denen der akribische Journalist Hubert Wesemann ermittelt - spannend, unterhaltend, mit einem Schuss Humor und Ironie. „Elend!" ist nach „Mord auf dem Schützenfest" und „Eis!" der dritte Hannover-Krimi aus der Feder von Günter von Lonski.

Mehr über Günter von Lonski und seine Aktivitäten erfahren Sie unter www.vonlonski.net

Ein *von Lonski* kommt selten allein:
„Der Vorstand der Kriminalwache Kommissar *von Lonski* schnauzt sie an: Ich kann doch nicht wegen eines fortgelaufenen Jungen den ganzen Apparat in Bewegung setzen."

Theodor Lessing (1872 – 1933):
Haarmann. Die Geschichte eines Werwolfs und andere Gerichtsreportagen
Der Fall Roland Huch – 7.8.1907

EINS

In den ersten Jahren bei der Kriminalpolizei war sie gedanklich ständig im Einsatz. Mit solchem Eifer bei der Sache, dass ihr die älteren Kollegen aus dem Weg gingen. Sie konnte sich in eine Sache verbeißen … Inzwischen trägt sie ihre Fälle nicht mit sich wie eine Handtasche. Sie liegen gut verwahrt auf ihrem Aktenschrank. Alte Mordfälle, blödsinnige Denunziationen, zusammengereimte Fälle wie im „Tatort", besonders am Wochenanfang.

Sie biegt auf den Parkplatz an der Waterloostraße ein. Plötzlich geht der Nieselregen in einen heftigen Schauer über. Das Wasser klatscht gegen die Scheiben. Durch den Schleier auf der Windschutzscheibe entdeckt sie einen Parkplatz in bester Lage zum Eingang. Das Einparken hat sie noch nicht verlernt. Vor der Parklücke nach innen ziehen, Rückwärtsgang rein und dann mit Elan zurückstoßen, bevor sich ein anderer dazwischendrängt.

Dann passiert alles gleichzeitig. Das Wasser der Pfütze spritzt auf, darum war der Parkplatz also noch frei, die Tür des benachbarten Autos wird im selben Augenblick geöffnet, der Fahrer stellt seine Schuhe auf den Boden und wird gleichzeitig von einer Wasserfontäne aus Kalenbergers Pfütze getroffen. Sein Pech! Er hätte die Tür auch später aufmachen können. Jetzt steht er mit eingezogenem Kopf neben ihrem Seitenfenster. Klitschnass. Paul Nisalski – Erster Kriminalhauptkommissar und ihr Vorgesetzter. „Sorry …"

Doch da ist Nisalski schon im Eingang verschwunden. *Danke für diesen guten Morgen, danke für jeden neuen Tag.*

Kalenberger wartet noch eine Weile, bis sie sich ins Gebäude begibt, fährt dann in die vierte Etage hinauf. Kriminalfachinspektion 1, 1.1 K: Straftaten gegen das Leben.

Obanczek schrickt zusammen, als sie das Büro betritt.

„Hat Nisalski schon angerufen?"

„Nein."

„Wenn er anruft, ich bin am Tatort."

„Klar, an welchem?"

Kalenberger grinst. „Was gibt's Neues?"

„Ein herrenloser Kopf im Maschsee, im Mordfall Eilenriede hat sich eine Nachbarin gemeldet und Petras Tochter heiratet."

„Wie schön, dann haben ihre Kinder einen Vater."

„Und vorher hatten sie keinen Vater?"

„Doch, natürlich, schon ... du weißt, was ich meine."

„Ungenaue Beobachtung, schlampige Beweiserhebung und schwammige Protokolle, aber Hauptkommissarin!"

„Ich brauche erst einmal einen Kaffee. Vorher bin ich nur ein halber Mensch."

„*Halber* Mensch?" Obanczek zieht seine buschigen Augenbrauen hoch. Ohne den Blick vom Bildschirm zu nehmen, deutet er mit dem Kopf auf Kalenbergers Aktenstapel.

„Hab's aus Versehen geöffnet, lag auf meinem Schreibtisch!"

„Aus Versehen!" Oben auf Kalenbergers Aktenordnern liegt ein dickerer elfenbeinfarbener Umschlag. Obanczek hat längst Kaffee gekocht. Kalenberger schüttet sich eine Tasse aus der Thermoskanne ein.

„Dann sollte ich Petra eine Karte schreiben."

„Ein Glückwunsch wird wohl nicht reichen. Sie hat dich zur Hochzeit eingeladen. Auf der Marienburg. Schnieker Rahmen. Ein tolles Menü wird es auch geben."

„Und sie hat *mich* eingeladen?" Kalenberger zieht eine Doppelkarte aus dem Umschlag. „Wieso gerade mich?"

„Vielleicht hofft sie auf ein üppiges Hochzeitsgeschenk – bei deiner Gehaltsklasse!"

„Ich kann eine Begleitperson mitbringen."

„Hattest du da nicht mal einen kleinen Pizzabäcker?"

„Das hast du nicht umsonst gesagt! Ich nehme *dich* mit! Keine Widerrede! Ich bin dir gegenüber weisungsbefugt."

„Guruguru, gefüllt mit Wildschwein"

„Was ist das denn?"

„Asterix! Truthahn mit Wildschweinfüllung."

Schloss Marienburg wurde zwischen 1858 und 1867 erbaut. Georg V. von Hannover hatte seiner Frau Marie zu ihrem 39. Geburtstag ein Schloss als Sommersitz geschenkt – zunächst aber nur das Gelände. Königin Marie machte bei der Bauplanung die entscheidenden Vorgaben. Georg V. war bereits in seiner Kindheit erblindet. Damit er die Burg ertasten konnte, wurde für ihn ein Korkmodell erstellt.

Noch vor Fertigstellung des Schlosses annektierte Preußen das Königreich Hannover. Georg V. von Hannover flüchtete mit Sohn Ernst August II. und Tochter Frederike ins Exil nach Österreich. Königin Marie mochte sich nicht von ihrem Märchenschloss trennen und zog mit Tochter Mary und einem 40-köpfigen Hofstaat in die Marienburg ein. Doch der Aufenthalt der beiden dauerte nicht einmal ein Jahr. Dann folgte Marie ihrem Mann mit ihrer Tochter nach Österreich.

Nach ihrer Abreise ins Exil wurde das Schloss für fast 80 Jahre nur vom Hausmeister bewohnt. Heute ist es im Privatbesitz des Hauses Hannover.

Eine Burg, wie sie Kinder malen, wenn sie bei Rittern und Burgfräuleins angekommen sind. Ein mit typischen hohen Zinnen bewehrter Turm, umgeben von verschachteltem felsigem Gemäuer, sieht schön klassisch aus, ist aber neugotisch und damit nicht einmal hundertfünfzig Jahre alt.

Ein wenig fußkalt, denkt Kalenberger, als sie in der Schlosskapelle die feierliche Zeremonie über sich ergehen lässt. Die Braut in strahlendem Weiß, die Frisur hochgesteckt, Diadem im Haar, längere Schleppe, ein wenig voll um die Hüften, kann man auf den Fotos sicher wegretuschieren.

Warum sehen Hochzeitspaare oft so ungleich aus? *Sie* voller Erwartung auf das neue Leben, *er* linkisch im neuen Anzug, fühlt sich irgendwie fehl am Platz, würde am liebsten nach Mamas Händchen greifen. Aber alles vom Feinsten. Heirat in der Schlosskapelle, Festessen im Schlossrestaurant, was das alles kostet. So üppig hat es Petra doch auch nicht. Und der Bräutigam? Braucht sicher noch ein paar Jahre, um richtig Geld zu verdienen. Oft sind die Kosten für die Hochzeit noch nicht einmal abgestottert, da ist man schon geschieden. Aber eine schöne Kapelle, nach dem Vorbild der Sainte-Chapelle in Paris erbaut, steht im Prospekt. Bietet für bis zu 70 Personen Platz, Preis ab 700 Euro inklusive Mehrwertsteuer.

Neben ihr tritt Obanczek von einem Fuß auf den andern. Seine schwarzen Schuhe sind nicht neu, und er hat

Hunger! Aber die Zeremonie zieht sich, Kalenberger zählt unbewusst die Felder in den Spitzbögen der Fenster.

Irgendwann ist jede Zeremonie überstanden. Das Ehepaar küsst sich, mit Tränen in den Augen, er grinst wie ein ertappter Schuljunge.

„Rehrücken mit Holunder-Kardamom-Schokoladensoße!", flüstert ihr Obanczek zu.

„Wird auch Zeit!"

Man folgt den Frischvermählten über den Schlosshof, schon sind die ersten Gäste im Restaurant verschwunden, plötzlich ein Schrei, jemand fasst nach Kalenbergers Arm, sie weiß nicht, wie ihr geschieht, ein Schatten segelt durch die Luft, klatscht auf den geschotterten Hof. Das Etwas ist ein Jemand.

„Och nö", sagt Obanczek, „nicht gerade jetzt!" Er kann so richtig sensibel sein.

Eine Gruppe hat sich in kürzester Zeit um den Verunglückten gebildet, als hätte man gemeinsam auf ein Kommando gewartet. Es wird bereits mit mehreren Smartphones telefoniert, sicher wird die Polizei gerufen, bei einigen Smartphones blitzt ein Licht auf für ein schnelles Foto.

„Wir können uns nicht drücken", sagt Kalenberger, „du gehst vor!"

Obanczek seufzt, sucht nach seinem Polizeiausweis, Kalenberger findet ihre Papiere schneller, schiebt Obanczek zur Seite und drängelt sich durch die dicht geschlossenen Reihen.

„Polizei, bitte lassen Sie uns durch, Polizei, bitte …" Doch es tut sich keine Gasse auf, die meisten wollen ihren hart erkämpften Standplatz nicht aufgeben, gerade jetzt, wo die Polizei eingreift. Die beiden müssen Arme und Ellbogen einsetzen, um sich einen schmalen Weg zu bahnen.

Vor ihnen liegt ein Mann mittleren Alters, regungslos, aus Mund und Ohren quillt Blut. Kalenberger schaut zum mächtigen Turm hinauf, niemand ist hinter der Brüstung zu entdecken, sie beugt sich zu dem Mann, fühlt den Puls, aus ihrem Blick schließt Obanczek, dass Wiederbelebungsversuche zwecklos sind. Der Mann im dunkelblauen Anzug starrt mit offenen Augen in den wolkenlosen Himmel, den Kopf merkwürdig vom Körper abgeknickt.

Obanczek sucht vorsichtig nach Dokumenten in den Taschen des Toten, Kalenberger ruft den Kriminaldauerdienst und die Kriminaltechnik an. Plötzlich hält Obanczek inne, lauscht. „Hast du den Hubschrauber bestellt?"

Kalenberger schüttelt den Kopf.

Das Hubschraubergeräusch schwillt an, für einen kurzen Augenblick ist ein hellblauer Hubschrauber mit einer dynamischen dunkelblauen Bauchbinde zu sehen, dann dreht der Hubschrauber ab und verschwindet in Richtung Hannover.

„Das war privat", sagt Kalenberger, „vom Schloss-Marketing werden Rundflüge angeboten."

Obanczek lässt sich von einer Bedienung ein Tischtuch bringen, um den Toten notdürftig abzudecken. „Bitte treten Sie zurück, hier gibt es nichts mehr zu sehen." Die Ansprache hätte er sich auch sparen können. Er reicht Kalenberger die Ausweispapiere des Toten.

Dr. Axel Gerlach, Rechtsanwalt aus Hannover. Rechtsanwälte seien schwer suizidgefährdet, weiß Obanczek Kalenberger zu berichten, genau wie Manager, Metzger, Dachdecker, Maler und Forstwirte.

Es dauert eine Weile, bis die Kollegen vom Kriminaldauerdienst und der Kriminaltechnik aus Hannover eintreffen. Obanczek schildert seine Beobachtungen und greift nach Kalenbergers Arm. Der Rehrücken wird doch sicher warm gehalten worden sein.

„Moment", sagt Kalenberger. Die Kollegen haben die Zuschauer inzwischen zurückgedrängt und den Unglücksort mit ihrem rot-weißen Flatterband abgesperrt. Kalenberger tritt neben die Leiche, bückt sich und hebt die Tischdecke am Kopf des Verunglückten an.

„Wird sofort erledigt", sagt ein jüngerer Kollege eilfertig. „Ich hol die Goldfolie."

„Keine Panik", sagt Kalenberger. Sie wendet sich an Obanczek. „Hast du noch Hunger?"

„Mir ist der Appetit vergangen."

„Dann lass uns ins Büro fahren", sagt Kalenberger. Auch eine Art Diät.

„Lieber nach Hause", sagt Obanczek, „vor Montag passiert eh nichts!"

Montagmorgen. „Überraschung, Überraschung!"

Wie kann ein Mensch morgens nur so gut gelaunt sein. Aber Obanczek kann, Kalenberger nicht. „Hast du vielleicht fünf Euro gefunden?"

Obanczek schiebt ihr einen Computerausdruck zu. Erste Ermittlungsergebnisse der Kriminaltechnik. „Genickbruch, na klar. Aber jetzt wird's spannend: neben dem linken Ohr eine Einstichstelle von 3 mm, mit Spuren vom Blut des Opfers und Quecksilberteilchen."

„Erinnert dich das an etwas?", fragt Obanczek.

„Hundertfünfzig Milligramm Quecksilber gelten als tödlich!"

„Haben wir den Fall im Computer?"

„Natürlich, und wenn du dein nimmermüdes chinesisches Helferlein einschaltest, bist du mit wenigen Klicks schon mittendrin im Geschehen."

Staatsanwaltschaft Hannover
Am 15. Juli 2011 ist ein Mann im Stadtteil Calenberger Neustadt attackiert worden. Der Angreifer hatte eine Spritze auf einen Regenschirm montiert, unvermittelt zugestochen und sein Opfer am Gesäß getroffen. Einige Wochen später wurde eine Quecksilbervergiftung diagnostiziert. Der Zustand des 40-Jährigen verschlechterte sich, er fiel ins Koma, dann besserte sich sein Gesundheitszustand und er konnte in einer Reha-Einrichtung behandelt werden. Zehn Monate nach dem Attentat starb das Opfer an einer Quecksilbervergiftung.

Der Täter wird beschrieben als etwa 40 bis 50 Jahre alt, schlank und mit einem auffälligen Pflaster im Gesicht. Er war mit Jeans, einer Lederjacke und einer Basecap bekleidet. Vom Täter fehlt jede Spur. Ermittelt wird wegen Körperverletzung mit Todesfolge. Einen ähnlichen Fall hat es seither nicht mehr gegeben.

Adél sitzt im Cinemaxx am Raschplatz. *Wir sind die Millers*. Einen Eimer Popcorn im Schoß. Sie starrt auf die Leinwand, ohne etwas zu sehen, stopft sich Popcorn in den Mund ohne zu kauen, bis sie husten muss und das Popcorn wieder ausspuckt. Fällt nicht weiter auf, am frühen Nachmittag sind nur wenige Besucher im Kino. Ob sie ein bestimmtes Gen in sich trägt, alles zu vermurksen? Die Schule bis zur zwölften Klasse, dann keine Lust mehr, ein paar Jahre am Kröpcke rumgehangen, den Kopf zugeballert und jetzt Kalenberger. Aus und vorbei.

Sie könnte sich natürlich rauslügen. Vielleicht würde Kalenberger es gar nicht merken und sie könnte weiter mit ihr zusammenleben wie bisher. Sicheres Leben, schönes Leben. Wenig Streit, immer was zu essen auf dem Tisch und ab und zu ein wenig Kuscheln zur Beruhigung der Hormone.

Oder sie steht endlich mal zu sich selber, nimmt ihr Leben in die Hand und duckt sich nicht weg.

Mit den Schuhen schiebt sie das ausgespuckte Popcorn unter die vordere Sitzreihe, stellt den Eimer ab und verlässt das Kino.

Warum weiß sie nie, was richtig ist? Sie fährt mit der U 1 Richtung Laatzen, schaut die Leute in der Bahn an. Die Frau mit der Einkaufstüte kann bestimmt gut kochen, aber das Lindgrün steht ihr überhaupt nicht. Hat sich irgendwann einmal gegen die Meinung der Verkäuferin und für den eigenen Geschmack entschieden. Der junge Mann mit dem unverschämten Grinsen. Hat *Chantal* auf seinen Unterarm tätowieren lassen und findet es noch immer toll, sonst würde er lange Ärmel tragen. Auf einem freien Sitz ein Prospekt mit Angeboten von Flugreisen nach Mallorca. Die Insel der Deutschen, die Insel der Anspruchsvollen, die Insel der Verliebten, die Insel der Wanderer, Segler, Taucher, Schwimmer, Säufer. Jeder fühlt sich immer zu irgendeiner Gruppe dazugehörig, nur sie ist immer außen vor!

Zwischen Schlägerstraße und Geibelstraße: „Die Fahrkarten, bitte". Jetzt, Adél, gehörst du zu einer Gruppe. Zur Gruppe der Oberdämlichen. Du hast nur noch eine Chance, aus der Nummer wieder rauszukommen!

Sie kramt in ihrer Handtasche, an der Hose kleben noch Reste vom Popcorn, zieht ihr Portemonnaie heraus, wühlt in den Fächern. Es sind nur zwei Kontrolleure. Sie steckt das Portemonnaie wieder zurück, sucht in den Taschen der Jeans, fischt eine Fahrkarte aus der Tasche, die Situation entspannt sich, die U-Bahn fährt in die Haltestelle Geibelstraße ein, der zweite Kontrolleur wird von ungeduldigen Fahrgästen zur Seite gedrängt, die Tür öffnet sich, Adél stößt ihren Kontrolleur zur Seite, springt auf den Bahnsteig, aus dem vorderen Wagen sind weitere Kontrolleure ausgestiegen, Adél rennt nach hinten, lieber Gott, jetzt brauch ich dich, springt auf die Bahngleise, Gebet ist angekommen, keine U-Bahn aus der Gegenrichtung, sie hechtet auf die andere Bahnsteigkante, rennt die Treppe hinauf, läuft bei Rot über die Geibelstraße und dann über die Hildesheimer, stürmt in einen Haarsalon, durch die Hintertüre wieder raus, landet in einem Hof. Bauarbeiten, ein Kontrolleur ist ihr dicht auf den Fersen, der Kranführer oben in seinem Fahrzeugstand steht auf ihrer Seite, lässt eine Ladung Sand aus einer hochgezogenen Mulde zwischen Adél und ihren Verfolger rutschen, erwischt am Rande noch den Kontrolleur, der endlich aufgibt.

Adél hat ein Gefühl, als würde ihre Lunge explodieren. Sie hockt sich hinter die Müllcontainer, um wieder zu Atem zu kommen. Schließlich sucht sie durch den Neubau einen Ausgang zur Devrientstraße, zieht ihre Jacke aus, bindet sie um die Hüften und kauft einem Schuljungen seine NY-Kappe für fünf Euro ab. Dann wird es ein längerer Weg die Hildesheimer Straße entlang bis zur Elkartallee.

An ihrer Situation hat sich nichts geändert, allerdings hat sie jetzt wieder Boden unter den Füßen. Sie kann es schaffen! Sie kann alles schaffen.

Zu Hause versorgt sie zuerst Augenstern, es gibt *Nassfutter für ausgewachsene Katzen aus den besten Hühnerfleischzutaten*. Adél kocht sich einen Kaffee, packt dann ihre Kleidung zusammen. Mit fast nichts ist sie bei Kalenberger eingezogen, jetzt braucht sie einen Koffer, eine Tasche und zwei Plastiktüten für ihre Sachen.

Sie trinkt noch einen Kaffee, hockt sich vor die Couch, braucht eine ganze Weile, bis sie sich durchringen kann, ihr Smartphone zu bedienen. Sie ruft bei ihrer Mutter an. Zum ersten Mal nach fast zwei Jahren.

Es wird ein langes, schwieriges Telefongespräch. Als sie aufgelegt hat, hängt sie in Gedanken noch eine Weile dem Gespräch hinterher, dann steht sie auf, noch einen Kaffee, Augenstern springt auf ihren Schoß, und beide warten auf Kalenberger.

Kurz vor Feierabend kommen die Einzelheiten zu Dr. Axel Gerlachs Identifizierung herein. Anwalt mit feiner Adresse in Hannovers Zooviertel. Obanczek schnappt sich seine Jacke.

„Ich ruf erst mal an“, Kalenberger greift zum Telefon, „ob da überhaupt noch jemand ist.“

Nach wenigen Klingelzeichen meldet sich eine etwas zittrige junge Frauenstimme: „Kanzlei Dr. Gerlach und Partner.“

Kalenberger verdeckt das Mikrofon des Telefons mit der Hand. „Ist noch!“, sagt sie zu Obanczek, dann ins Telefon: „Kalenberger. Kriminalpolizei. Guten Tag. Sie haben schon vom Unfall Ihres Chefs gehört?“

„Wir wurden bereits von der Polizei informiert.“

„Wir hätten ein paar Fragen an Sie.“

„Bitte …“

„Wann kann ich bei Ihnen vorbeikommen, ich hätte Sie gern persönlich gesprochen.“ Einen Augenblick herrscht Stille, Kalenberger spürt das Zögern der Sekretärin. „Es ist wichtig“, schiebt Kalenberger hinterher, „sehr wichtig!“

„Dann kommen Sie am besten gleich. Ich habe heute Spätdienst und bin bis zwanzig Uhr anzutreffen. Aber sonst ist niemand mehr da, den Sie befragen könnten.“

„Ich mach mich sofort auf den Weg!“ Kalenberger beendet das Gespräch, zieht ihre Jacke an, die vom morgendlichen Sprint durch den Regen noch feucht ist, nimmt ihre Tasche und schaltet ihren Computer aus.

„Schön, schön“, sagt Obanczek, „machen wir eben Überstunden. Ich hab mich auch mit keinem Freund verabredet, wir wollten auch kein leckeres Bierchen zischen und keinen gemütlichen Abend haben.“

„Du hast mich!“ Kalenberger grinst.

Nach nicht einmal zehn Minuten stehen sie vor der Tür. Adenauerallee. Passt. Die ganze Straße macht den Eindruck, als würde Anwalt an Anwalt residieren. Gepflegtes Grün, gradlinige Anwesen, drei bis vier Stockwerke, aber auch an einfache Klienten wurde gedacht. U-Bahn Linie 11. Haltestelle direkt vor dem Haus.

Die Sekretärin ist älter als ihre Stimme klang. Training. Sie stellt sich als Claudia Schierweg vor, trägt Business-Look, und das einzig Auffällige an ihr ist die breite mohnrote Fassung ihrer Brille.

Begrüßung, Kalenberger und Obanczek setzen sich in weiße Lederschwingsessel, Kaffee wird angeboten, die Kommissare lehnen ab, die Befragung soll möglichst schnell beendet werden.

Die Nachricht vom Tode Dr. Axel Gerlachs war natürlich schockierend für Frau Schierweg, aber warum sich die Kripo angemeldet hätte, normalerweise würde eine solche Nachricht doch von der normalen Polizei überbracht.

Kalenberger geht nicht darauf ein. Obanczek übernimmt. Dr. Gerlach sei auf der Marienburg verunglückt und dem Anschein nach ohne Begleitung bei der Besichtigung des Schlosses gewesen. Ob Frau Schierweg etwas über Dr. Gerlachs Absicht gewusst habe, das Schloss zu besichtigen? Eventuell im Zusammenhang mit einer geplanten Familienfeier?

Das Gespräch wird von einem Anruf unterbrochen, Frau Schierweg nimmt das Gespräch an und verabredet einen Termin mit einem Anwalt der Kanzlei.

„Dazu hätten Sie Herrn Dr. Gerlach selber fragen müssen. Jetzt ist es wohl zu spät. Ich kann und darf Ihnen über das Tun und Lassen von Dr. Gerlach keinerlei Auskunft geben."

„Aber das Wetter ist gut", sagt Kalenberger, „und morgen soll es sogar noch besser werden." Sie steht auf.

Obanczek sagt wenigstens noch: „Vielen Dank!"

Sie verlassen die noble Adresse. Draußen nieselt es. „Kommst du mit auf eine Pizza?", fragt Obanczek.

„Adél erwartet mich. Sie hat sicher etwas Leckeres zubereitet. Salat oder so. Ruf deine Freunde an, sie erwarten dich."

„Welche Freunde?"

Adél sitzt im Flur, mit dem Rücken an die Wand gelehnt, neben sich den Koffer, die Tasche und die Plastiktüten.

„Willst du verreisen?"

„Schön wär's!" Adél steht auf, nimmt Kalenberger in die Arme, drückt sich an sie und schnieft. Mit dem Schuh gibt Kalenberger der Wohnungstür einen Stoß, sie fällt ins Schloss.

„Wir können über alles reden", sagt Kalenberger. Sie streicht Adél über den Rücken. Adél beruhigt sich ein wenig. Kalenberger hängt ihre Jacke an die Garderobe, Adél drückt sich erneut an sie, Kalenberger dreht sie um und schiebt sie in die Küche. Kalenberger ahnt Schlimmes, es gibt nicht einmal einen heißen Kaffee.

Kalenberger stellt die Kaffeemaschine an. „Was ist denn so Schreckliches passiert?"

Adél zieht die Nase hoch, ein Schauer durchläuft ihren Körper, Kalenberger reicht ihr ein Papiertaschentuch.

„Ich bin im vierten Monat schwanger!"

„Bitte, was? Wer?"

„Ich bin im vierten Monat schwanger."

„Das darf doch nicht wahr sein. Nach Jahrzehnten bei der Kripo sollte mich doch eigentlich nichts mehr schocken. Du bist schwanger? Das zieht mir den Boden unter den Füßen weg." Jetzt muss sich Kalenberger setzen. „Ich war mir so sicher, ich habe dir so vertraut, du kannst mich doch nicht die ganze Zeit hintergangen haben!"

„Ich hab dich nicht belogen. Es ist einfach nur … ach, Mist!"

„Das kannst du laut sagen. Weißt du, wer der Vater ist?"

„Natürlich! Chili! Ich bin nur einmal … du hast an dem Wochenende gearbeitet, ich war allein, bin zum Kröpcke gefahren, Chili hatte Feierabend und ich bin mit ihm auf seine Bude. Es ist einfach so passiert, Chili war genauso überrascht wie ich, bin nicht mal über Nacht geblieben."

„Und jetzt", Kalenberger zeigt mit dem Daumen in Richtung Flurgarderobe, „ziehst du zu ihm?"

„Nein, niemals!" Adél krallt sich mit den Fingerspitzen an der Tischplatte fest. Ihre Fingerkuppen sind weiß. „Ich hab es so versaut, ich war so gern mit dir zusammen!"

„Ich versteh es nicht. – Oder doch?"

Adél, ganz kleinlaut. „Noch nie ist es mir in meinem Leben so gut gegangen. Ich liebe dich doch."

„Ich dich auch!" Kalenberger stellt ihren Stuhl neben Adél und legt einen Arm um ihre Schulter. „Bleib erst mal hier. Vielleicht finden wir gemeinsam eine Lösung."

„Ich kann nicht hierbleiben, ich muss weg aus Hannover. Vielleicht ist es ein neuer Anfang." Adél steht auf. „Ich habe schon mit meiner Mutter telefoniert, ich kann bei ihr einziehen und nebenan in der Wäschereiannahme arbeiten. Vielleicht. Es fällt mir so wahnsinnig schwer, ich würde dir gern noch so viel sagen. Aber jetzt muss ich los, sonst verpasse ich den Zug." Kalenberger erhebt sich, Adél nimmt sie in die Arme, drückt sich nochmals an sie und flüstert ihr ein „Danke!" ins Ohr.

Sie nimmt ihre Sachen, Kalenberger macht ihr die Wohnungstür auf und schon ist Adél raus. Sie läuft die Stufen hinunter, dreht sich nicht mehr um und ist weg. Einfach raus aus Kalenbergers Leben. Vielleicht schreibt sie noch eine SMS aus dem Zug.

Kalenberger schließt die Tür. Ein Mauzen von draußen. Augenstern will zurück in die Wohnung. Kalenberger lässt sie herein, geht in die Küche und spürt die Tränen in ihren Augen. Hätte sie um Adél kämpfen sollen? Ihr fehlen die Worte, wenn's um die eigenen Gefühle geht. Sie zieht die Betten ab und stopft Betttuch und Bezüge in die Waschmaschine. Hat sie wirklich geglaubt, es würde ewig halten? Aber musste es so enden? Seltsam emotionslos, fast unpersönlich das Auseinandergehen. Kein Drama, keine Vorwürfe, keine Verzweiflung. Wenn man nicht viel erwartet, kann man auch nicht viel verlieren. Eine Erfahrung mehr im Leben. Und dann kommt er doch, der

Schmerz. Kalenberger lässt sich auf die Couch fallen, die Tränen fließen, sie schreit und drückt sich das Sofakissen aufs Gesicht, es riecht ganz leicht nach Adél.

„Ist dir jemand erschienen?", fragt Obanczek.

„Ich habe nicht geschlafen."

„Sieht nach einer ganzen Woche ohne Schlaf aus."

„Kann durchaus draus werden. Lass uns arbeiten. Wir müssen ins 3.2, etwas über diesen Gerlach herausbekommen. Gehst du, ich würde mich hier gerne für die nächsten Stunden einmauern."

Obanczek in der Fachinspektion 3. – 3.2 Wirtschaftskriminalität. Durchaus angenehm. Eine nette Kollegin erwartet ihn. Nele Dettmann, faszinierender Blick, strahlend blaue Augen in leicht verschobener Blickachse. Obanczek hat bei einem Excel-Kurs mal neben ihr gesessen.

Nele Dettmann schaut auf ihren Bildschirm. Dr. Axel Gerlach? Vermögensberater. Hat sich seit Jahren auf die anspruchsvolle Klientel spezialisiert. „... bei ihm geht es, pardon, *ging* es um die wirklich lukrativen Geschäfte. Immobilien, Kunst und so dies und das. Alles, was alt und teuer ist, findet fast immer Interesse bei Russen, Chinesen und Arabern."

„Dr. Axel Gerlach ist vom Turm der Marienburg gestürzt."

„Wie spektakulär!"

„Eher unappetitlich, ich war zufällig gerade vor Ort."

„Glück gehabt!"

„Ich hätte durchaus darauf verzichten können!"

„... dass du seinem Fall nicht im Wege gestanden hast."

„Ich kann mir irgendwie nicht vorstellen, dass Dr. Axel Gerlach an einem strahlend schönen Sonntagnachmittag die Marienburg besichtigt und zur besonderen Erbauung den Turm besteigt."

Nele Dettmann lacht. „Ich schau mal, was ich so für dich habe." Sie widmet sich wieder ihrem Computer, sucht, öffnet Dateien, schließt sie, scheint endlich fündig zu werden. „Vielleicht hilft dir das weiter: Du kennst doch Ernst August V., Albert Paul Otto Rupprecht Oskar Berthold Friedrich-Ferdinand Christian-Ludwig Prinz von Hannover Herzog zu Braunschweig und Lüneburg?"

„Du meinst *den* Ernst August?"

„Genau! In einer spektakulären Sotheby's Auktion ließen seine Söhne Ernst August und Christian Heinrich 2005 in seinem Namen auf Schloss Marienburg Teile des Welfenschatzes und der Einrichtung für 44 Millionen Euro versteigern. – 2011 wurde dann noch die Hofstelle des benachbarten Hausgutes Calenberg verkauft."

„Wenn man nicht aufpasst, ist so viel Geld auch schnell wieder weg."

„Vielleicht wollte Gerlach dem Schlossherrn ein Angebot machen …", dann kehlig flüsternd, „… das er nicht ablehnen konnte?"

„Warst du schon mal auf Sizilien?"

„Paten gibt es doch überall."

„Und wer war Gerlachs Pate?"

„Hatte er überhaupt einen Paten? Darüber ist uns nichts bekannt."

„Na denn."

„Na denn."

Obanczek, du kannst hier nicht einfach sitzen bleiben. Reiß dich endlich los von ihren Augen, auch wenn's schwerfällt.

„Man sieht sich!"
„Immer wieder gern."

Kalenberger wischt sich den Schweiß von der Stirn. „Glotz nicht so blöd, dafür müsst ihr Männer nachts dreißig Mal aufs Klo."

„Ich nicht", Obanczek grinst, „ich bin noch jung."

„Und ich?"

„Es könnte sein, dass Gerlach Schloss Marienburg seinem Portefeuille hinzufügen wollte, um es seinen reichen Kunden anzubieten." Obanczek berichtet von seinem Gespräch mit Nele Dettmann.

„Könnte, wollte, hätte! Adél ist abgehauen und mir geht es richtig mies."

„Oje, damit hätte ich niemals gerechnet. Ihr habt euch doch so prima ergänzt. Ich denke nur an eure Verlobungsfeier ..."

„Danke für deine Hilfe, dein Taktgefühl macht es mir wirklich leichter." Kalenberger schnieft in ihr Taschentuch.

„Tut mir leid. Lass einfach Arbeit Arbeit sein und geh nach Hause!"

„Zu Hause geht es mir noch schlechter. Wir sollten also einiges über die Kunden von Gerlach herausbekommen."

„Zumindest über einen eventuellen Kunden mit Interesse an der Marienburg."

„Der eine zahlt, der andere kassiert. Wer sollte daran Interesse haben, einen Vermittler zu beseitigen?"

„Vielleicht gibt es Personen, die grundsätzlich etwas gegen solche Geschäfte mit Kulturgütern haben."

Kalenberger nimmt eine Packung getrockneter Apfelscheiben aus ihrer Schreibtischschublade, probiert eine abgebrochene Ecke, wirft Obanczek die Packung über den Tisch.

„Da war doch etwas im Zusammenhang mit der Versteigerung des Welfenschatzes, aber was, aber was ..." Kalenberger durchsucht verschiedene Dateien, nimmt einen Aktenordner zur Hand, schaut wieder auf den Bildschirm.

„Dann such mal fleißig! Ich probiere es noch mal in Gerlachs Kanzlei, vielleicht ist diese Claudia Schierweg heute ein wenig besser gelaunt." Obanczek schiebt die Apfelringe unberührt zurück, Kalenberger legt sie zurück in die offene Schreibtischschublade.

Obanczek ruft an. „Kripo Hannover, ich hätte gern Claudia Schierweg gesprochen. – Sie hat sich krankgemeldet? Das ist aber schade! – Ob Sie mir helfen können? – Ich glaube nicht. Frau Schierweg ist doch wohl die Vertraute ihres Chefs und als einzige in alle Vorgänge der Kanzlei eingeweiht. So hat sie es mir jedenfalls geschildert."

Kalenberger droht Obanczek mit dem Finger.

„Das geht nicht so einfach am Telefon. Sie wissen doch, NSA, PRISM und GCHQ. Bleiben Sie bitte in der nächsten halben Stunde an Ihrem Arbeitsplatz. Ich komme zu Ihnen!"

Obanczek beendet das Gespräch, Kalenberger wiegt gedankenverloren ihren Kopf, Obanczek schlüpft in seine Jacke. „Ich bin dann mal weg", sagt Obanczek. „Ich wette um einen Cappuccino in der Markthalle, dass ich in einer Stunde mit einem Namen zurück bin."

„Ich halte dagegen", sagt Kalenberger, „Cappuccino und ein Stück Tiramisu."

„Du hast doch deine Apfelchips!"

Kalenberger schnappt den Plastikbeutel aus der Schreibtischschublade und wirft Obanczek die Apfelspalten hinterher. Nachher wird sie die runtergefallenen Krümel auffegen.

Sie schaut auf ihren Bildschirm, fängt das zweite Paket Papiertaschentücher an.

… zur Auktion kamen Bieter aus 39 Ländern. 16.000 Gebote wurden abgegeben, Vertreter von 12 Fernsehsendern und 20 internationalen Tageszeitungen berichteten. 98 Prozent der angebotenen Objekte wurden verkauft, die Hälfte davon ging ins Ausland, nur ein Viertel blieb in Niedersachsen. Niedersachsen verlor drei Viertel des Kulturgutes auf der Marienburg. Die Auktion erbrachte 44 Millionen Euro. Mit einem Teil des Erlöses gründete Erbprinz Ernst August V. eine Stiftung, die dem Erhalt des Schlosses Marienburg und des Fürstenhaus Herrenhausen-Museums dienen sollte. Seit 2011 ist das Museum für die Öffentlichkeit geschlossen und dient ausschließlich dem Erbprinzen als privater Wohnsitz.

Waldemar R. Röhrbein, von 1976 bis 1997 Leitender Direktor des Historischen Museums Hannover, schreibt 2006 in einem Artikel für die Zeitschrift: Niedersachsen. Zeitschrift für Kultur, Geschichte, Heimat und Natur seit 1895: ‚Denn es wurde verantwortungslos alles, was gute Einnahmen versprach, angeboten, ohne dass vorher detailliertere Überlegungen zur Ausgestaltung der Schlossräume angestellt oder notwendige Kontakte mit Kennern der welfischen Haus- und der hannoverschen Landesgeschichte aufgenommen worden wären. Man hätte den jungen Prinzen und ihren Beratern gern etwas Ehrfurcht oder Achtung vor der Geschichte ihres Hauses und ihrer Vorfahren, die diese prägten, gewünscht. … Alles in allem hat auf der Marienburg ein Ausverkauf der Welfen- wie der Landesgeschichte stattgefunden, den man als Landeshistoriker bedauerlich bis skandalös nennen kann.'

Kalenberger findet noch eine weitere Notiz:
Heinrich Prinz von Hannover, ein Bruder von Ernst August V., kritisiert die Auktion ebenfalls öffentlich: Er fürchte einen Ausverkauf von unersetzlichen Kulturschätzen. Jetzt werde kulturelles Erbe in Bares umgesetzt. Auf Schloss Marienburg könne man sehen, wie man mit Kultur nicht umgehen dürfe.

Also keineswegs nur eitel Sonnenschein im Hause Hannover. Aber einfach mal so bei Ihro Durchlaucht in Herrenhausen klingeln und ein paar Fragen zu den Differenzen stellen, daraus wird wohl nichts. Warum eigentlich nicht?

Ob sie bei Adéls Mutter anrufen soll? Sie wird doch sicher in ihrem Alter sein und sie verstehen. Wird sie nicht, sie wird sie hassen!

„Die Kripo Hannover", flötet Obanczek in die Türsprechanlage. Es dauert ein paar Augenblicke, bis die Tür geöffnet wird.

Eine Frau, eine Dame, mindestens zehn Jahre älter als Frau Schierweg, sagt „Einen Moment, bitte", als Obanczek die Kanzlei betritt, tippt noch einige Zeilen in den Computer, wendet sich dann mit einem geschäftsmäßigen Lächeln Obanczek zu. Vor ganz kurzer Zeit muss sie noch vor einem Spiegel gestanden haben, ihre Lippen sind frisch nachgezogen, Obanczek tippt auf *Ginger* oder *Indian Coral*.

„Ja bitte?", jetzt lächelt sie, hat Obanczeks intensiven Blick auf ihre Lippen bemerkt.

„Ich weiß gar nicht", sagt Obanczek, „ob ich Sie damit belästigen darf. Es geht eigentlich nur um einen Namen, den mir Frau Schierweg heraussuchen wollte. Sie hat nichts für mich hinterlegt?"

„Herr?“

„Obanczek, Urs Obanczek!“

Indian Coral, Obanczek hat sich entschieden. Sie rückt ihr Namensschild auf dem Schreibtisch in Obanczeks Blickrichtung. *Annette von Auen*. Sie wird sich einer Claudia Schierweg bestimmt nicht unterordnen.

„Frau Schierweg hat nichts für Sie hinterlassen. Worum ging es denn?“

„Dr. Gerlach sollte sich auf Schloss Marienburg für einen Interessenten umsehen.“

„Ich weiß nicht, womit manche Leute während ihrer Arbeitszeit beschäftigt sind. Bei einer Praktikantin mag das noch angehen, aber bei einer Vollzeitkraft … Dr. Gerlach wollte sich auf Schloss Marienburg für einen seiner besten Klienten umsehen. Der Name Sergei Denissow hat in der Kanzlei ständig präsent zu sein, wenn man mit den Gedanken aber ständig …“

Cappuccino! Tiramisu! – Cappuccino! Tiramisu!

„Wollte Herr Denissow das Schloss mieten oder kaufen?“

„Ein Mann wie Sergei Denissow kauft und bezahlt …“ Plötzlich scheint Frau von Auen ein unangenehmer Gedanke zu erreichen. Alle Freundlichkeit verschwindet schlagartig aus ihrem Gesicht, sie presst die Lippen aufeinander. Sollte man bei der Farbe nicht machen, sollte man bei keinem frisch aufgetragenen Lippenstift machen. „Für weitere Auskünfte steht Ihnen nach Terminabsprache einer der Partner von Dr. Gerlach sicher gerne zur Verfügung. Auf Wiedersehen!“

Okay, war nicht mal eine halbe Stunde, aber den Kontakt zu Frau von Auen wird er wohl nicht ausbauen können.

„Hypothese …“, sagt Kalenberger.

„Statt Tiramisu eine Torta della Nonna?“

„… dich müsste man mal vierzehn Tage mit dem Ordnungsamt auf Kontrollgänge in die Restaurants schicken, dann würde dir dein ständiger Appetit vergehen!“

„Wer weiß, wo deine Apfelringe herkommen!“

„Zusammengefasst …“, Kalenberger schaut Obanczek strafend an, „… die erste Spur: Der Schirmattentäter hat sich willkürlich ein Opfer gesucht und Gerlach ist ihm zufällig vor die Spritze geraten. Zweitens: Irgendjemand wollte einen weiteren Ausverkauf des Welfenbesitzes verhindern und drittens: Sergei Denissow hat Dr. Gerlach beauftragt, Kaufverhandlungen über Schloss Marienburg zu führen, und da waren noch andere Interessenten im Spiel. Wo fangen wir an?“

„Wir haken den Zufall erst einmal ab und machen Mittag.“

„Meinst du“, Kalenberger sieht Obanczek an, „ich kann mich schon wieder unter Menschen wagen?“

„Sag einfach, du würdest ein neues Paar Schuhe einlaufen, das erklärt die verheulten Augen und deinen Gesichtsausdruck.“

„Wer solche Kollegen hat …“

„Nun komm schon, sonst wird der Cappuccino kalt!“

Markthalle Hannover. Fisch und Fleisch, Obst und Gemüse, Spezialitäten, Gebäck und Cappuccino. Im Sommer nicht immer etwas für das frisch gepuderte Näschen von Verena, Doris oder Bettina. Aber beliebt, so beliebt.

Kalenberger und Obanczek haben sich nach draußen gesetzt, an die Leinstraße. Kalenberger starrt auf ein abgestelltes Fahrrad mit Kindersitz auf dem Gepäckträger. Obanczek versucht es mit „Was meinst du?", „Ist dir auch aufgefallen?", und, als alles nichts hilft, mit „Regenschirme waren auch schon mal gesprächiger". Dann gibt er auf, zählt die Gehhilfen, zwei blaue und eine gelbe, die vorbeifahrenden Autos mit fremden Kennzeichen und die nervösen Spatzen im Busch am Straßenrand. Alles zusammen einhundertvierundzwanzig oder mehr.

„Du hast recht", erwacht Kalenberger aus ihren Grübeleien. „Wir sollten erst einmal ausschließen, was sich ausschließen lässt." Sie steht auf. „Ein Mann mit Stockschirm an einem Tag ohne Wölkchen am Himmel und mit den Vorhersagen müsste doch aufgefallen sein."

„Müsste", sagt Obanczek. „Oder auch nicht!"

„Einen Ausflug ins Calenberger Land ist es allemal wert."

„Frau von Kalenberger im Calenberger Land, ein Birnbaum in ihrem Garten stand, und kam die goldene Herbsteszeit …"

„Hol den Wagen!"

„Ich bin doch nicht dein Harry!"

Sie gehen zum Auto. Harry darf fahren.

„Noch einmal *Harry*, und du gehst zu Fuß!"

Bruchmeisterallee, Robert-Enke-Straße, Beuermannstraße, Stadionbrücke, rauf auf die B 6, am Landwehrkreisel dann geradeaus auf die B 3, Hemmingen, Pattensen …

„Wir hätten anrufen sollen", sagt Kalenberger, als sie aus dem Auto steigen.

„Gute Idee", meint Obanczek. „Schlossführungen zwischen halb elf und fünf. Frau Borsig hat nichts dagegen, unsere Fragen zwischen zwei Führungen zu beantworten."

„Hätte ich selber auch nicht besser machen können!" Kalenberger ringt sich ein gequältes Lächeln ab.

Obanczek schaut sie kurz an. „Geht doch!"

Kalenberger und Obanczek sehen sich um, suchen den Kassenraum für die Führungen. Da muss man nicht lange suchen und sie werden erwartet. Eine kleine dralle Frau mit schwarzem Haar und schwarzen Schuhen, sonst alles grau, kommt auf sie zu. „Sind Sie von der Kripo?"

Obanczek stellt sich vor, zieht seinen Ausweis. „Frau Borsig?"

„Wir haben miteinander telefoniert. Was wollen Sie wissen?"

„Sie erinnern sich noch an den tödlichen Sturz vom Turm?"

„Wie könnte ich den vergessen? Sie sind sicher andere Kaliber gewöhnt."

„Sie waren doch mit der Gruppe, zu der auch der Verunglückte gehörte, auf dem Turm. Können Sie sich an etwas Außergewöhnliches erinnern."

Frau Borsig überlegt, schüttelt den Kopf. Obanczek schaut Kalenberger an und macht mit dem rechten Zeigefinger eine verdeckte Bewegung, als würde er etwas abhaken.

„Das war's schon", sagt Obanczek, „vielen …"

„Moment", unterbricht Kalenberger, „es war doch ein sonniger Tag. Ist Ihnen an der Kleidung der Turmbesteiger etwas aufgefallen?"

„Nein, eigentlich nicht. Bloß … warten Sie mal … einer der Männer hatte einen Stockschirm über dem Arm. Wäre mir vielleicht auch nicht aufgefallen, ich wundere mich schon über gar nichts mehr, doch als der Mann an mir vorbeiging, hat er mich mit seinem Regenschirm wohl unabsichtlich gestreift. Es ist nichts passiert, doch er hat den Schirm an sich gedrückt und sich ganz übertrieben entschuldigt. Er sah richtig entsetzt aus. Na ja, jeder hat seine Macke ..."

„Wissen Sie zufällig, ob jemand in der Nähe war, als Dr. Gerlach über die Brüstung gefallen ist?"

„Davon habe ich nichts mitbekommen. Ich bin erst aufmerksam geworden, als die Menschen vor dem Turm geschrien haben."

„Danke", sagt Kalenberger, und zu Obanczek: „Jetzt können wir gehen!"

Als sie wieder im Auto sitzen, ruft Kalenberger die Kriminaltechnik an. Will nach dem Quecksilber in Gerlachs Körper fragen. Braucht Geduld, bis sie beim richtigen Ansprechpartner ist.

„Minimal", sagt Dr. Jakoby, „wirklich nur Spuren."

„Daran ist er also nicht gestorben?"

„Wäre sehr unwahrscheinlich." Kriminaltechniker kennen nur Fakten, keine Meinungen.

Ein nächstes Gespräch mit der Spurensicherung. Sie sollen auf der Marienburg noch einmal gründlich nachforschen, ob von dem Quecksilber etwas zu finden ist. Könnte doch sein, dass sich Gerlach im Augenblick des Zustechens weggedreht hat, sodass nur wenig Quecksilber injiziert wurde und vielleicht einiges danebenging.

Man kommt schon wieder durch Hemmingen. Grübelt Kalenberger oder trauert sie? Obanczek ist sich nicht sicher. Sie halten vor einer Ampel. „Die Marienburg gehört doch zu Pattensen?" Sie denkt also nach, besser nicht stören. „Die beiden großen hannoverschen Tageszeitungen haben doch Beilagen mit einem lokalen Teil, und so ein Lokalredakteur kennt sich aus mit dem Geschiebe hinter den Kulissen, auch wenn er es nicht veröffentlichen kann."

Die Ampel ist auf Grün gesprungen, es wird gehupt, Obanczek fährt an, Kalenberger sagt: „Stehen bleiben!" Obanczek biegt in die Haltebucht des Nahverkehrsbusses ab.

Kalenberger telefoniert schon wieder, fragt nach der Lokalredaktion für Pattensen, notiert sich einen Namen und eine Telefonnummer.

Hinter ihrem Auto taucht plötzlich der Linienbus auf, Obanczek startet, biegt von der Hauptstraße ab und stellt sich auf den Parkplatz eines Supermarkts.

Kalenberger spricht mit Frau Trapp, wohl die zuständige Redakteurin für Pattensen. „Bis gleich", sagt Kalenberger, bevor sie auflegt.

„Also zurück nach Pattensen?", fragt Obanczek.

„Die Redaktion ist in Laatzen. Bring mich hin, ich komm dann mit der Bahn in die Direktion."

„Du willst mich wohl nicht dabei haben?"

„Du störst! Frauengespräche!" Jetzt ist Kalenbergers Lachen schon ein wenig offener.

Laatzen, Hildesheimer Straße, dann links auf den großen Parkplatz des Leine-Centers. Kalenberger nimmt ihre Tasche, steigt aus, sagt zu Obanczek: „Mach keinen Blödsinn!", und wirft die Tür zu.

Leine-Bote. Neben Apotheke, Sonnenstudio und Brillengeschäft die Redaktion. Kati Trapp? Kalenberger wird an eine schlanke Frau mit schulterlangem, dunkelblondem Haar verwiesen. Kalenberger stellt sich vor, Kati Trapp bietet ihr einen Stuhl neben ihrem Schreibtisch an.

Es ist ein größeres Büro, ein wenig dunkel, zwei Kollegen arbeiten an ihren Berichten, auf einem Bildschirm läuft ein Video, der Arbeitsplatz ist nicht besetzt und das Video scheint niemanden zu interessieren.

Kalenberger weiß, dass ihre Stimme nicht gerade zu einem vertraulichen Flüstern geeignet ist. „Kann ich Sie zu einem Kaffee einladen?“, fragt sie Kati Trapp.

Kati Trapp missversteht die Einladung, entschuldigt sich, steht auf, um Thermoskanne und Tassen zu holen.

„Koffeinfreier Kaffee?“, fragt Kalenberger, als sich Kati Trapp gerade wieder setzen will.

„Tut mir leid …“

„Hier in der Nähe gibt es doch sicher ein Café?“

„Natürlich. Wir hätten aber auch Milch für einen Milchkaffee ...“ Kati Trapp sieht Kalenberger in die Augen und plötzlich scheint sie zu verstehen. Ein leichtes Lächeln huscht über ihr Gesicht. „Ich bin dann mal eine halbe Stunde weg!“, sagt sie in den Raum. Beide Kollegen nicken.

Nur wenige Schritte entfernt, im Leine-Center, ein italienisches Eis-Café in der ersten Etage. Die beiden Frauen suchen sich einen Tisch am Rand der Bestuhlung, Kalenberger bestellt sich einen Cappuccino, Kati Trapp lacht und schließt sich an.

Kalenberger nimmt ihr Notizbuch aus der Tasche.

„So offiziell?“, fragt Kati Trapp.

„So vergesslich!“ Kalenberger sucht in ihrer Handtasche nach Papiertaschentüchern, um sich den Schweiß aus dem Gesicht zu wischen. Kati Trapp schaut diskret in eine andere Richtung, Kalenberger nutzt die Gelegenheit, um sich auch schnell noch den Nacken trocken zu reiben.

„Von dem Todessturz auf der Marienburg haben Sie sicher schon selber berichtet?“

„Natürlich, aber da gab es nicht viel zu schreiben. Ein Unglücksfall!“ Sie schaut Kalenberger wieder direkt an. „Oder?“

„Bleiben wir erst einmal bei einem Unglücksfall …“

„Wenn sich etwas anderes ergeben sollte, informieren Sie mich?“

„Versprochen!“ Kalenberger tippt mit ihrem Kugelschreiber auf das geschlossene Notizbuch. „Im Augenblick sammeln wir noch Fakten und Hintergründe im Umkreis des tödlichen Ereignisses.“

„So viel Aufwand bei einem Unfall?“

Darauf will Kalenberger jetzt nicht eingehen. „Sie haben doch einiges über die Marienburg geschrieben, und ich bin sicher, dass Sie noch mehr wissen, als Sie geschrieben haben.“

„Das meiste sind offizielle Sachen: Saisoneröffnung auf der Burg, Saisonende, VIPs zu Besuch, ein australisches Team dreht einen Fernsehfilm, Heirat von Prominenten in der Schlosskapelle, alles nichts für die Kripo.“

„Alles eitel Sonnenschein?“

„Gibt es den überhaupt irgendwo?“

Kalenberger bestellt sich noch ein Mineralwasser.

„Sicher“, sagt Kati Trapp, „das neue Nutzungskonzept von Schloss Marienburg hat zu einigen Irritationen geführt. Aber alles nichts Großes.“

„Auch unscheinbare Ereignisse können manchmal von entscheidender Bedeutung sein.“

„Ein großer Aufreger war die Privatisierung des Parkplatzes. Das Abstellen von Fahrzeugen durch Wanderer, die das Schloss nicht besuchen wollten, wurde untersagt. Auch die traditionellen Motorrad- und Oldtimertreffen durften nicht mehr stattfinden.“ Kati Trapp bestellt sich noch einen Espresso. „Besonders sauer war die Region allerdings über die Vertreibung eines Imbissbudenbesitzers. Der gute Mann hatte mit einer mündlichen Genehmigung des verstorbenen Welfenchefs Ernst August IV. sechsundzwanzig Jahre lang Würstchen auf dem Parkplatz verkauft. Großer Protest, Unterschriftenlisten, Gerichtsklagen, aber nichts hat geholfen. Er musste mit seinem Imbisswagen abziehen. Der hat jedenfalls nicht Hurra gerufen."

Kalenberger bedankt sich für das Gespräch, bezahlt die Rechnung, lässt sich die Ausgaben quittieren. Die beiden Frauen fahren mit der Rolltreppe ins Erdgeschoss. Ein dickes Kind fährt Kalenberger mit seinem Laufrad in die Beine. „Können Sie denn nicht aufpassen?" Die Mutter streicht ihrem Kind übers Haar.

„Laatzen", sagt Kati Trapp.

„Von einem eventuellen Verkauf der Marienburg an einen ausländischen Investor ist Ihnen nichts bekannt?" Kalenberger überlegt, wie sie das Kind einlochen kann. Und die Mutter gleich mit dazu.

„Davon habe ich noch nichts gehört. Bloß ...", Kati Trapp kichert, „... im Randbereich des Schlosses gibt es eine Gruppe mit etwas verworrenen Zielen. Der Verein nennt sich *Royal Flash* und will den baufälligen Nordstemmer Bahnhof der Deutschen Bahn abkaufen und restaurieren.

Der königliche Bahnhof ist damals für die herrschaftlichen Gäste von Schloss Marienburg ausgebaut worden und bildet mit dem Schloss ein kultur- und bauhistorisches Ensemble. Jetzt steht er kurz vor dem Zusammenbruch."

„Wie schön." Kalenberger gibt Kati Trapp ihre Visitenkarte. „Wenn Ihnen noch etwas einfallen sollte ..." Die beiden Frauen verabschieden sich.

Kalenberger will durch einen anderen Eingang noch mal zurück ins Leine-Center. Sie hat da einen fantastischen Schal an einem Verkaufsständer gesehen. Sie braucht einen neuen, ihrer hat sich wohl unbeabsichtigt in den Koffer von Adél verlaufen. Ach, Adél!

Als 1858 Seine Majestät Georg V. von Hannover und seine Allerhöchste Königliche Familie ein Militärmanöver in der Umgebung von Nordstemmen mit ihrer Anwesenheit beehrten, wurden im Bahnhofsgebäude zu Nordstemmen die nötigen Räumlichkeiten für ihren vorübergehenden Aufenthalt bereitgehalten.

Dies war der Anlass für den Umbau des Empfangsgebäudes.

Conrad Wilhelm Hase baute 1858 bis 1860 in dem südlichen Eckpavillon die drei östlichen Räume mit eigenem Zugang, die bis dahin von der Bahnpost genutzt worden waren, als Empfangsräume für die königliche Familie um und fügte in dem Wartesaal erster und zweiter Klasse ein Buffet für den Hofstaat ein. Alles angelehnt an die Backsteinromanik und Backsteingotik im Stil des romantischen Historismus.

Damit wurde der Bahnhof zu einem königlichen Empfangsbahnhof. König Georg V. von Hannover verließ mit seinem Hofstaat in Nordstemmen den Zug, wenn er zur Marienburg fahren wollte. Er reiste in einem dreiachsigen Eisenbahnsalonwagen, der außen mit Wappen, Orden, Initialen und Königskronen reich geschmückt war. Der Bahnhof in Nordstemmen diente auch als Emp-

fangsbahnhof für hochrangige Gäste, er bildet mit Schloss Marienburg ein kunsthistorisches Ensemble.

Obanczek ist in der Waterloostraße angekommen. Er läuft zur vierten Etage hinauf, statt mit dem Fahrstuhl zu fahren. Die Wahrscheinlichkeit, auf der Treppe ganz zufällig auf Nele Dettmann zu stoßen, ist eindeutig höher als im Fahrstuhl. Man könnte es auch genauer berechnen. Weg mal Zeit geteilt durch ... er trifft sie nicht. Hat nur etwas für seinen Fitnesslevel getan. Frauen mögen knackige ... in seinem Büro lässt er sich auf seinen Schreibtischstuhl fallen, muss erst einmal durchatmen.

Er fährt den Computer hoch, eine Runde *Tetris* und dann geht's ran ans Ermitteln. Auch mal schön, so ungestört arbeiten zu können. Nach fünf oder sechs Spielen ruft Obanczek seine alternative Suchmaschine auf. *DuckDuckGo*. Herr Google braucht auch nicht alles zu wissen.

Obanczek sucht nach Einträgen zu Schloss Marienburg, Welfen, Expo und dann fällt ihm auch noch der Welfenlöwe ein. Er scrollt einige Einträge durch, dann bleibt er an einer skurrilen Geschichte hängen:

Harzstadt Blankenburg im Streit mit der Welfenfamilie um Löwenstatue!

Zwischen dem Adelshaus Hannover und der Harzstadt Blankenburg herrscht Streit. Die Familie von Erbprinz Ernst August VI. will dem Ort sein liebstes Wahrzeichen nehmen, den Braunschweiger Löwen. Noch steht der Braunschweiger Löwe ehern und friedvoll im Terrassengarten vor dem Kleinen Schloss in Blankenburg. Für unbedarfte Betrachter mag das Streitobjekt eine belanglose

Bronzestatue sein, die mit den Jahren grüne Patina angesetzt hat. Für die Bürger der Harzstadt Blankenburg dagegen ist die Löwenplastik ungefähr das, was für den Hamburger der Michel ist und für den Berliner der Funkturm.

Nach Aussage des Blankenburger Bürgermeisters Hanns-Michael Noll ist der Löwe ein Kulturgut von herausragender Bedeutung. Jeder Blankenburger kenne die rund zwei Meter hohe Statue. Fast jeder habe als Kind schon auf ihr gesessen. Davon zeugt auch der Rücken des Bronzetieres. Blitzblank poliert von den vielen Hintern, die dort schon Platz genommen hätten.

Doch die Welfen wollen den Löwen, ihren Löwen, wiederhaben. Das Wahrzeichen der Blankenburger könnte seinen Stammplatz verlassen müssen. Denn rechtlich gehört der Leu – eine Nachbildung des Braunschweiger Löwen von 1166 – nicht den Blankenburgern, sondern dem ältesten Fürstenhaus Europas: dem Haus Hannover. Das war einst eng mit Blankenburg verbunden.

Der Urgroßvater des heutigen Welfenprinzen Ernst August VI. von Hannover lebte in den dreißiger und vierziger Jahren des 20. Jahrhunderts mit seiner Familie auf dem Großen Schloss im Harz. Als der Zweite Weltkrieg endete, flohen die Blaublütigen vor den sowjetischen Truppen nach Niedersachsen.

Zunächst hielten allerdings noch die britischen Besatzungstruppen den Harz besetzt, sodass der Umzug der Welfenfamilie von der britischen Armee durchgeführt werden konnte. Vier Wochen lang fuhren gut 30 Lkw unter dem Geleitschutz dreier Panzerwagen zwischen Blankenburg und dem Schloss Marienburg hin und her und räumten die Schlösser in Blankenburg fast vollständig leer. Das Umzugsgut ging größtenteils zum Schloss Marienburg, wo schon das Inventar der Schlösser Braun-

schweig, Hannover und Gmunden sowie des königlichen Empfangsbahnhofs in Nordstemmen lagerte. Doch einiges an Hab und Gut musste zurückgelassen werden, darunter auch der Bronzelöwe. Jetzt wollen ihn die Welfen wiederhaben.

Zuständig im Rechtsstreit ist das Landesamt zur Regelung offener Vermögensfragen in Sachsen-Anhalt, und dieses Amt hat dem Antrag der Welfen-Familie auf Rückübertragung des Löwen stattgegeben. Die Statue sei nach dem Ausgleichsleistungsgesetz ein ‚bewegliches Vermögen' und die Blankenburger müssten das Bronzetier daher zurückgeben. Unter den Einwohnern der Harzstadt hat der Beschluss eine Welle der Entrüstung ausgelöst.

‚Eine Frechheit' sei die Rückforderung, so die Stellungnahme eines wütenden Bürgers auf der städtischen Website. Für die Welfen sei der Löwe doch nur ‚ein Stück Metall'. Und dann die Zusammenfassung seiner Empörung: ‚Hier geht es wieder nur ums Geld, und das finde ich traurig'.

Ähnliches befürchten viele Blankenburger. Denn der Streit um den Löwen könnte der Startschuss für weitere Auseinandersetzungen mit der fürstlichen Familie sein. Die Welfen beanspruchen weit mehr als tausend Kunst- und Kulturgüter an verschiedenen Standorten Sachsen-Anhalts. Sie stehen dem Adelshaus zu, betont der Bevollmächtigte der Welfenfamilie. Einige davon habe man sich bereits zurückgeholt – darunter sieben barocke Gemälde aus dem Kaisersaal des Blankenburger Schlosses.

Obanczek sucht in seiner Schublade, findet nichts, angelt dann mit seinem Smartphone nach Kalenbergers „Tic Tacs" und wirft sich zwei, drei, sechs der kleinen Pfefferminzdragees in den Mund.

Blankenburgs Bürgermeister ist über diese rüde aristokratische Haltung empört. Auch er ist der Meinung, dass es bei der Eigentumsfrage für bewegliche Güter keine Diskussion gebe. ‚Aber bei dem Löwen geht es doch um ein Denkmal, das fest mit der Stadt verbunden ist', und darum sei er kein ‚bewegliches Vermögen', sondern eine ‚bauliche Anlage'. Das Gebaren des Adelshauses sei ‚von wenig Geschichtsbewusstsein geprägt'. Schließlich würde es den Löwen ohne die Blankenburger gar nicht mehr geben. Als die Kommunisten die Plastik 1952 vernichten wollten, seien es Bürger der Stadt gewesen, die den Löwen vor der Einschmelzung gerettet hätten. Seiner Meinung nach benutze das Haus Hannover die Statue sowieso nur als emotionales Druckmittel, um vom Land eine Gesamtlösung zu erzwingen. Was keine Fehleinschätzung sein muss. Schließlich gibt die Fürstenfamilie schon mal die Richtung möglicher Verhandlungen vor: ‚Alles ist eine Frage des Preises'.

Kalenberger fährt mit der U-Bahn nach Hause. Ihre Aufzeichnungen kann sie auch zu Hause vervollständigen. Augenstern hat natürlich Hunger, blickt Kalenberger vorwurfsvoll an und schleicht zu seinem Fressnapf.

Auf dem Anrufbeantworter eine Nachricht. Aber erst die Katze, dann das Telefon.

Kalenberger drückt auf die erleuchtete Taste. Stille. Für ein paar Sekunden. Doch der Teilnehmer hat nicht aufgelegt. Dann Adél. „Hi!"

Tolle Begrüßung! „Entschuldige, dass ich anrufe. Ich will auch nicht lange stören. Ich mache mir nur Sorgen … um Elfriede!"

Sie macht sich Sorgen um ihre fleischfressende Pflanze. Was ist das nur für eine Welt? Man kann sich nur noch über Funktionen austauschen, für Gefühle ist da kein Platz.

„Ich nehme an, Elfriede gehört nicht gerade zu deinen beliebtesten Topfpflanzen ..."

Humor!

„... könntest du sie bitte in die Friedhofsgärtnerei bringen, damit sich Herr Sander um sie kümmern kann." Ein Zögern. „War eine schöne Zeit mit dir. Mir geht es gut. Ach ja, ich hab aus Versehen deinen Schal mitgenommen. Schicke ihn dir gelegentlich zurück! Vergiss mich nicht!"

Aufgelegt. Kalenberger isst einen Apfel. Elfriede steht auf der Fensterbank und sieht wirklich ein wenig vorwurfsvoll herüber. Kalenberger hat keine Lust, Fliegen für sie zu fangen, und manchmal sind auch einfach keine da. Ein kleiner Spaziergang wird ihr guttun.

Sie packt Elfriede in einen Karton und den Karton in eine Tragetasche. Augenstern hat keine Lust, in Kalenbergers Handtasche gestopft zu werden und verzieht sich in die hinterste Sofaecke.

Herr Sander berät einen Kunden. Ein Mann um die sechzig, geputzte Schuhe, ein leichter dunkler Tuchmantel, eine wilde Haarsträhne fällt ihm immer wieder ins Gesicht und er streicht sie mit einer fast zärtlichen Geste zurück.

Seitlich an einem Metallständer hängen fertig gebundene Trauerkränze. Aber die Liebe bleibt – Als Freund unvergessen – As time goes by. Auch die letzten Wünsche gehen mit der Zeit.

Auf den Schultern scheint der Trauerkunde alle Last dieser Welt zu tragen. Dabei sieht er so stark aus, als ob er eine Frau auf Händen tragen könnte. Er dreht sich in Richtung der Trauerkränze, schaut Kalenberger kurz an, scheint sie gar nicht zu bemerken. Sein Gesicht ist verschlossen, er hat tiefe Stirnfalten, aber einen sehr sensiblen Mund.

Der Mann bezahlt eine Rechnung, Herr Sander bringt ihn zur Tür, hält sie auf, wünscht „Toi, toi, toi!"

Mit ihrem aktuellen Gesichtsausdruck könnte Kalenberger direkt in die Psychiatrie eingeliefert werden.

Herr Sander kommt zurück. Grinst. „Der Mann leitet eine Theatergruppe, er braucht einen Trauerkranz zur Dekoration der Bühne. Ist aber eine Komödie."

„Aha!", sagt Kalenberger. Sie stellt den Karton neben die Kasse, Herr Sander schaut hinein. „Warum kommt Adél nicht selbst vorbei? Sie bekommt noch vierzehn Euro von mir."

„Adél ist verreist."

Herr Sander stutzt: „Für immer?"

„Jedenfalls für längere Zeit. Ob Sie sich um ihre Elfriede kümmern könnten? Mir sind die Fliegen zu schnell."

„Ich stell sie hinten ins Gewächshaus. Da hat sie Selbstbedienung. Und sonst?"

Kalenberger hat mal für kurze Zeit in der Friedhofsgärtnerei ausgeholfen. Sie will aber nicht mehr daran erinnert werden. „Gut. Ich muss los."

„Bestellen Sie Adél schöne Grüße."

Darauf sagt Kalenberger nichts mehr.

Am nächsten Morgen ist sie vor Obanczek im Büro. Eigentlich auch nicht, seine Jacke hängt auf einem Bügel am Aktenschrank. Also ist er im Haus unterwegs. Kalenberger braucht einen Kaffee, hat mal wieder schlecht geschlafen. Obanczek hat vorgesorgt, sie schüttet sich eine Tasse Kaffee ein, stellt sie auf ihren Schreibtisch, erst danach stellt sie ihre

Handtasche ab und zieht die Jacke aus. Sie setzt sich und startet den Computer. Allgemeine Nachrichten – News aus aller Welt: In Australien hat ein Känguru den Flughafen von Melbourne lahmgelegt, weil es sich für die Pflegeprodukte in einem Drogeriemarkt interessierte; Blinde sehen auch, nur anders; Rentner vermisst.

Obanczek kommt ins Büro, zu forsch, zu laut, zu jung. „Moin! Chefin!"

„Guten Morgen, Herr Kommissar. Schon so früh unterwegs?"

„Die Spurensicherung hat sich aufgeregt, was der Zauber auf der Marienburg sollte."

„Und?"

„Da ich gerade auf dem Weg zur Toilette war, hab ich einen kleinen Umweg gemacht."

„Uuund?"

„Niemanden auf der Toilette getroffen!" Obanczek feixt, setzt sich an seinen Schreibtisch.

„Endlich mal eine gute Nachricht."

„Also mal rein fachlich, sachlich: Auf der Marienburg wurden keine Spuren von Quecksilber gefunden."

„Was sagt uns das?"

„Das Regenschirm-Attentat war das geringere Übel, der Sturz hat's gebracht."

„Ein Ablenkungsmanöver?"

„Oder ein Hinweis. Das Schirm-Attentat in Hannover war nicht das erste seiner Art." Obanczek liest vom Bildschirm ab: „Als Regenschirm-Attentat wird der Giftanschlag mit dem hochtoxischen pflanzlichen Gift Rizin auf den bulgarischen Schriftsteller und Dissidenten Georgi Markow in London am 7. September 1978, dem Geburtstag des von Markow häufig kritisierten bulgarischen Staatschefs Todor Schiwkow, bezeichnet.

Der Täter, vermutlich ein Agent des damaligen bulgarischen Geheimdienstes, verletzte das Opfer auf der Londoner Waterloo Bridge scheinbar zufällig mit einer präparierten Regenschirmspitze - sogenannter Bulgarischer Regenschirm. Das Kügelchen wurde bei der Obduktion entdeckt."

„Spiegel-Archiv?"

„Wikipedia."

„Glaub nicht alles, was du liest!"

Obanczek liest weiter: „Zunächst als harmloser Zwischenfall abgetan, wurde die Ursache der spät einsetzenden Symptome der Vergiftung viel zu spät erkannt. Markow starb drei Tage nach dem Attentat. Ein gleichartiges Attentat gegen den bulgarischen Dissidenten und Journalisten Wladimir Kostow scheiterte im August 1978 in der Pariser Metro."

„Und was machen wir jetzt mit unserm neuen Wissen?"

„Ablegen unter Sch wie Schirmattentat und gelegentlich mit neuen Erkenntnissen zusammenführen."

„Ich hab da eine andere Theorie", sagt Kalenberger. Sie nimmt eine Plastikdose mit Haribo Color-Rado aus der Schublade und schiebt sie genau auf die Trennlinie zwischen den beiden Schreibtischen. Obanczeks Interesse ist geweckt. Mehr für Haribo, aber wenn er an die Süßigkeiten will, muss er sich auch für Kalenbergers Theorie interessieren. Er kennt das Spiel und fischt sofort nach den kleinen Kokos-Lakritz-Stückchen.

„Ich will es mal an einem Beispiel erläutern."

„Leg los! Ich bewundre deinen scharfen Sachverstand!" Obanczek sucht in der Haribo-Dose nach seinen Lieblingsleckereien.

Kalenberger schnappt sich die erstbeste Akte und will sie Obanczek an den Kopf werfen, doch Obanczek duckt sich, die Akte fliegt gegen den Schrank.

„Konzentrier dich! Investmentbanker X ist in den Sog der Finanzkrise geraten. Statt Gewinn hat er Schulden gemacht. Fünfzig Millionen. Normalerweise müsste er sich jetzt einen Schlafplatz unter den Brücken suchen. Aber nicht so Herr X. Er hat ziemlich viel geerbt. Doch das Erbe ist nicht flüssig, Immobilien, Familienschmuck, Firmenbeteiligungen im Ausland. Was tut also Herr X, bevor der Gerichtsvollzieher vor der Tür steht? Er verkauft, was sich zu Geld machen lässt. Ohne Rücksicht auf Familientradition und öffentliche Meinung und schon ..."

„Was sagt unsere Fachkraft aus dem Wirtschaftskommissariat dazu?"

„Für die Abteilung bist du zuständig."

So leicht lässt sich Obanczek nicht von seinen Haribos trennen. „Soviel ich weiß, ist dort über wirtschaftliche Schwierigkeiten des Hauses Hannover nichts bekannt."

„Und jetzt denk mal einen Augenblick nach: Warum sollte Herr X sich gerade an dem Mann vergreifen, der ihm zu einigen Millionen verhelfen kann? Könnte sich da nicht viel eher ein fehlgeleiteter Royalist für die Rettung des monarchistischen Erbes einsetzen?"

„Also stellvertretend für das Erbe, das sich nicht wehren kann?"

„Genau!"

„Hast du eine bessere Spur?"

„Stellen wir deine Insolvenztheorie erst einmal zurück. Wenn man Geld braucht, bringt man den Vermittler nicht um."

„Vielleicht eine Tat aus dem Umfeld von Dr. Gerlach. Eventuell Eifersucht?“

„Haben wir Anhaltspunkte?“

„Ich hab da noch mal in seiner Kanzlei nachgehakt. Dr. Gerlach war kein Kind von Traurigkeit, aber von persönlichen Feinden ist da niemandem etwas bekannt. Er muss wohl eher ein Mann des Ausgleichs als der Konfrontation gewesen sein. Obwohl - bei Eifersucht fallen mir gleich wieder die Welfen ein.“

„Bringt uns das weiter?“

„Im siebzehnten Jahrhundert gab's da einen ordentlichen Skandal im Königshaus Hannover. Eventuell sogar ein unaufgeklärter Mord. Noch nie etwas von der Königsmarck-Affäre gehört?“

„Haben wir wieder in kleinen bunten Heftchen geblättert?“

„Blödsinn! Eine echte Geschichte, nicht Groschenheft. Prinzessin Sophie Dorothea heiratet in Celle ihren Cousin Kurprinz Georg Ludwig, den späteren britischen König Georg I. Nach der Geburt der Kinder entfremdeten sich die beiden, was vorkommen soll. Der Kurprinz hat seine Mätressen und Prinzessin Sophie Dorothea ihr Gebetbuch. Doch da hat sich der Herr Gemahl wohl geirrt. Sophie Dorothea lernt Graf von Königsmarck kennen und lieben. Was nicht lange verborgen bleibt. Nach einem frustrierenden Hin und Her planen Sophie Dorothea und Königsmarck die Flucht. Der Plan wird bekannt und Königsmarck verschwindet über Nacht im hannoverschen Schloss. Spurlos. Und taucht nie wieder auf.“

„Bin mal gespannt, wie du unseren Ersten Kriminalhauptkommissar von neuerlichen Ermittlungen in einem fast vierhundert Jahre alten Fall überzeugen willst.“

„Und? Was hast du?“ Obanczek rollt sich mit seinem Arbeitsstuhl bis ans Aktenregal, hebt Kalenbergers Akte auf und schiebt sie ihr über den Tisch zu. „Servierst du ihm den Täter auf dem Silbertablett?“

„Ich hab da so eine Idee für einen Zusammenhang, der fast schon zu einfach ist.“ Kalenberger berichtet Obanczek von ihrem Gespräch mit Kati Trapp. „… und dieser Club nennt sich *Royal Flash* und will den baufälligen Nordstemmer Bahnhof der Deutschen Bahn zum herrschaftlichen Clubhaus herrichten. Ich könnte mir vorstellen, dass eingefleischte Royalisten es kaum ertragen können, ein Kulturgut wie die Marienburg in den Händen eines russischen Oligarchen zu sehen.“

„Ein Desaster! Und dazu vielleicht noch orthodox? Schrecklich! Ich kümmre mich um den Oligarchen.“ Obanczek erhebt sich von seinem Stuhl.

„Bestell der Kollegin beste Grüße und einen schönen Feierabend!“, sagt Kalenberger.

„Ich weiß Beruf und Privatleben exakt zu trennen! Bin gleich zurück!“

„Hast du an einer Fortbildung teilgenommen?“

Obanczek grinst, Kalenberger greift zum Telefon. Sie ruft in Laatzen an.

Kati Trapp hat ein Foto von den Royalisten. Kann sie Kalenberger sofort als E-Mail-Anhang schicken. Genug Zeit für einen Kaffee und zwei Bissen ins Käsebrot.

Auf dem Foto ein heruntergekommenes zweigeschossiges Backsteingebäude mit überdachter Terrasse. Sieht irgendwie aus wie ein Zwischending zwischen Getreidespeicher, Kirche und Herrschaftshaus. Überall Simse, Säulen und dekorative Friese. Angenehme Proportionen zeugen von einer architektonischen Meisterleistung. Der Nordstemmer Fürstenbahnhof.

Unter dem Dach, auf den Stufen vor dem Eingangsportal, nebeneinander sechs Herren, die dem Fotografen mit einem Glas in den erhobenen Händen zuprosten. Mit Whisky, nimmt Kalenberger an, da es sich um einen royalistischen Club handelt.

Kalenberger druckt das Foto aus, nimmt ihre Lupe aus der Schreibtischschublade und betrachtet die Männer genauer. Für einen Sekundenbruchteil fällt ihr der Kunde in der Friedhofsgärtnerei ein. Keiner von den Männern auf dem Foto ist besonders auffällig, nur ein stämmiger Mann ganz rechts außen trägt auf dem Kopf eine schwarze Mütze mit rotem Bommel, zwei Bändern hinten und einem umlaufenden rot-weißen Band. Das Glas in seiner Hand ist leer.

Kalenberger legt die Lupe zurück, gönnt sich noch einen Bissen von ihrem Käsebrot und überlegt. Sie trinkt einen Schluck Kaffee und greift zum Telefon.

Sie fragt nach der Schlossführerin Frau Borsig, muss warten, wird noch einmal vertröstet, muss noch länger warten, dann die Nachricht, Frau Borsig hat noch zwei Führungen.

Kalenberger nimmt das Foto, vorsichtshalber auch die Lupe, zieht sich ihre Jacke an, setzt sich ins Auto und macht sich auf den Weg.

Ein heftiger Wind fegt übers Land, reißt die Blätter von den Bäumen und schichtet sie zu rutschigen Flächen auf die Straßen. Lieber nicht, denkt Kalenberger, sie hat vor Jahren mal an einem Fahrsicherheitstraining teilgenommen, und nimmt den Fuß vom Gas.

Frau Borsig ist überrascht, als Kalenberger sie anspricht. Viele Besucher bevölkern den Innenhof des Schlosses trotz des ungemütlichen Wetters.

Kalenberger zieht das Foto aus ihrer Tasche, kann es wegen des heftigen Winds nicht ausbreiten, Frau Borsig nimmt sie mit in den Schloss-Shop. Ob ihr jemand auf dem Bild bekannt vorkommt? Frau Borsig betrachtet das Bild genau, stellt sich unter eine Lampe, schaut, überlegt, schaut, dann wendet sie sich wieder Kalenberger zu.

„Ich bin mir ziemlich sicher", sagt Frau Borsig, „den Mann ganz rechts habe ich schon einmal gesehen. Er hat bei einer Führung nach dem Lieblingsessen von Königin Marie gefragt. Ich habe Plumpudding gesagt, mit Brandy flambiert, ob es stimmt, weiß ich nicht."

„Und Sie sind sich sicher?"

„So ziemlich. Seine Mütze auf dem Kopf und der Sticker am Revers hatten die gleichen englischen Farben. Außerdem hatte er einen Stockschirm am Arm, schon ungewöhnlich bei dem guten Wetter. Ob der Spaßvogel allerdings bei der Führung dabei war, als der Anwalt verunglückte ... könnte sein, ich kann es aber nicht genau sagen."

Kalenberger überlegt, ob sie Frau Borsig ein Trinkgeld geben sollte. Frau Borsig scheint amüsiert. „Lassen Sie mal, wir sind doch beide im Dienst."

Auf dem Parkplatz nimmt Kalenberger das Foto aus der Tasche. Der Bildunterzeile entnimmt sie, dass der letzte Mann ganz links Alfred Jagoda ist. Hätte sie auch selbst drauf kommen können. Schließlich ist Alfred Jagoda kein Unbekannter, Galerist in der Herschelstraße, oder war das auf dem Weidendamm? Sie wird im Büro nachsehen.

Obanczek ist bereits zurück, denkt demonstrativ nach, die Dose mit den Haribo Color-Rados ist leer.

„Wo sind die …"

„Du wirst mir eine neue Dose kaufen, wenn du erfährst, was ich herausbekommen habe."

„Ihre Handynummer?"

„Du kannst so was von originell sein. Hör dir das mal an: Ernst August V. …"

„Der Expo-Prinz?"

„… genau der, hat zweitausenddrei Mauritz von Reden als Generalbevollmächtigten und Leiter des Familienbetriebs des Hauses von Hannover eingesetzt. In seine Amtszeit fallen die Sotheby's-Auktion, der Verkauf des Hausgutes Calenberg und die Durchsetzung der Ansprüche auf ausgelagertes Welfen-Gut."

„Dem Recherchör ist nichts zu schwör!"

„2006 hat Mauritz von Reden für die Marienburg ein neues Nutzungskonzept erarbeitet, Museum, Gastronomie, Restaurant, Vermietung der Schlossräume und Veranstaltungen im Innenhof sollten den Erfolg bringen. Die Besucherzahlen nahmen zu, doch Mauritz von Reden suchte sich Mitte 2012 trotz wirtschaftlichen Erfolgs unerwartet *andere Aufgaben*. Die Geschäftsführung übernahm als Nachfolgerin Stefanie Hentschel. Sie hat ihr Amt zum 31. Juli 2013 aufgeben, um sich *beruflich neu zu orientieren*."

„Ich denke mal, du solltest dranbleiben."

„Na klar. Wir gehen heute Abend in den Jazz-Klub." Obanczek grinst.

Jazz-Klub Hannover. Seit 1966 auf dem Lindener Berg. Legendär. Jahrzehntelang mit dem Namen Michael ‚Mike' Gehrke verbunden, der den Club zu dem gemacht hat, was er heute ist: *‚... eine international bekannte Spielstätte und somit Hannovers Botschafter für Weltoffenheit und kulturelle Vielfalt, eben der Orange Club'.*

Obanczek steigt mit Nele Dettmann die acht Treppenstufen hinab, reicht ihr seine Hand, sie ignoriert sie. Obanczek öffnet die unscheinbare schwarze Tür, dahinter der *Orange Club.* Und so sieht er auch aus. Orange. Niedrige Decken, Bar, Bühne, verwinkelte Räumlichkeiten. *Stars of British Jazz.* Eintritt 25 €.

„Haben Sie reserviert?"

Obanczek ist kein Reservierer. Sie finden aber noch zwei Plätze auf einer Bank ohne Blick auf die Bühne. Ist Obanczek ganz recht, wird Nele ihn mangels Alternative öfter ansehen.

Gemütliches kuscheliges Plätzchen. Man muss zusammenrücken. Wenn erst die Musik beginnt, wird niemand mehr auf sie achten und sie können sich ungestört unterhalten.

Können sie nicht. Sie können sich überhaupt nicht unterhalten. Ist schließlich ein Jazz-Club und kein Flirt-Café.

„Was willst du trinken?"

„Häh?"

„Trinken?" Dazu eine typische Handbewegung.

„Saxofon!"

Wohin mit der Hand? „Du! Trinken?" Obanczek legt Nele seine Hand auf die Schulter.

„Saaxoofoon!"

Nele windet sich aus seiner Umarmung.

„Toller Abend!“, ruft Obanczek Nele zu. „Wollen wir irgendwo noch einen Absacker trinken?“

„Spinn nicht rum!“

Das war's dann für Obanczek, aber der Jazz, für sich genommen, ist schon gut. Kann seine Laune aber auch nicht verbessern. Und wenn ein Abend schon so beginnt ... Kein Absacker, kein kleiner Umweg ans Leineufer, zu Nele nach Hause, also nicht direkt bis nach Hause, sie will vorher aussteigen, wünscht eine *Gute Nacht* und Obanczek weiß, dass ihn die Spur nicht weiterführt.

Die Abende sind besonders schwierig für Kalenberger. Sie hat noch nichts gefunden, um sich wirklich von den Gedanken an Adél abzulenken. Das Fernsehprogramm lohnt nicht das Durchzappen, die Frauenzeitschriften sind öde und für die Themen aus *Spiegel, Fokus* und *Zeit* ist sie einfach zu unkonzentriert.

Es klingelt an der Wohnungstür. Die Nachbarin Lotte Rohrbach. Soll reinkommen, will nicht reinkommen. Sie haben Karten für die Oper, Lotte Rohrbachs Mann hat keine Lust auf Oper, um Viertel vor neun beginnt die Fußballübertragung im Fernsehen. Hannover 96 in irgendeinem Pokalspiel. Ob Kalenberger ...

Was gegeben wird, kann Lotte Rohrbach nicht sagen. Sie haben ein Abonnement. Aber bisher sind sie noch nie enttäuscht worden. Ihr Mann schläft meist im zweiten Akt ein.

Oper? Immer noch besser als der Casting-Quatsch im Fernsehen oder das monegassische Fürstenhaus in den Zeitschriften.

„Beeil dich aber, wir müssen in einer Dreiviertelstunde los.“

Sie fahren mit der U-Bahn bis zum Kröpcke. Allein der Anblick des Opernhauses stimmt schon festlich.

Als königliches Hoftheater im spätklassizistischen Stil erbaut. Alles aufsteigend beleuchtet, Menschen auf dem großen Balkon, schwere Türen, freundliche junge Männer kontrollieren die Eintrittskarten, Giuseppe Verdis *Ein Maskenball* wird gegeben.

Kalenberger hatte sogar noch Zeit, im Internet den Spielplan aufzurufen: Ein Maskenball von Giuseppe Verdi. *... zusammen mit dem selbstsicher auftretenden, stimmlich harmonischen Chor unter der Leitung von Dan Ratiu wird der Abend zu einem tollen und besonders durch das Bühnenbild beeindruckenden, mit viel Applaus honorierten Saisonauftakt für die Staatsoper Hannover.*

Soweit die Kritik.

Rohrbachs lassen sich ihr Abonnement etwas kosten. Zweiter Rang, zweite Reihe, Mitte.

Die Türen werden geschlossen, erwartungsvolles Stimmengewirr im Saal, das Licht wird eingezogen, und in den wenigen Augenblicken, bevor es ganz verlöscht, stutzt Kalenberger. Ganz rechts, direkt neben dem Gang, sitzt der Theatermensch aus der Friedhofsgärtnerei. Warum ist sie so überrascht? Ist doch kein ungewöhnlicher Ort für einen Theatermenschen. Sie wird sich auf Verdi konzentrieren.

In der Pause lädt sie Lotte Rohrbach zu einem Glas Sekt ein. Eine Schlange vor der Theke, doch es geht recht zügig. Sie nehmen ihre Gläser und wollen auf den Balkon hinaustreten. Nur eine Tür ist geöffnet, und gerade als Kalenberger nach draußen treten will, versperrt ihr ein Eintretender den Weg. Der Theatermensch. Er lächelt ihr zu, lässt ihr den Vortritt, ob er sie erkannt hat?

Kalenberger und Lotte Rohrbach wird es schon nach kurzer Zeit zu kalt auf dem Balkon. Der Maskenball dauert zwei Stunden und vierzig Minuten. Danach gibt's noch ein Häppchen und einen Rotwein gegenüber im *Maredo*.

„Wie war dein Abend?", fragt Kalenberger am nächsten Morgen. Doch nach einer kurzen Begutachtung von Obanczeks Gesichtsausdruck hätte sie auch selbst drauf kommen können.

„Hast du nicht auch manchmal das Bedürfnis, dich vom nächstbesten Auto überfahren zu lassen oder einem Wildfremden in die Fresse zu hauen?"

„Gestern, in der Oper! Dritter Akt, alles lauscht tief ergriffen und ich wär am liebsten aufgestanden und hätte *Hier fliegen gleich die Löcher aus dem Käse ...* gesungen."

„Ich versteh dich", sagt Obanczek, „ich versteh dich so gut!"

Kalenberger hat noch keine Lust zu arbeiten. „Du warst doch gestern mit 3.2 Wirtschaftskriminalität unterwegs."

„Ach so. Nee, ist nicht mehr."

„Hast wohl wieder einen auf Macho gemacht?"

„War ein rein kollegiales Gespräch."

Der Tag bleibt grau, die Stimmung bleibt grau und selbst das Mittagessen in der benachbarten Kantine der Oberfinanzdirektion kann den Tag auch nicht mehr retten.

Nordstemmen. Direkt gegenüber vom königlichen Bahnhof: Hotel, Restaurant *Deutsche Eiche*. Ausreichend Parkplätze vor der Tür. Dienstagabend zwanzig Uhr. Die Herren des Clubs *Royal Flash* treffen ein, sie begrüßen den Wirt mit Handschlag und gehen gleich durch in den Clubraum. Eine Stufe hinauf, helle Kieferntür, aber dahinter dunkle Biedermeiermöbel.

Rechts vom Eingang ein Schirmständer mit den Stockschirmen der Herren, die sie gern zu offiziellen Anlässen als Vereinszeichen mit sich führen. Zwei mal zwei Tische zusammengestellt, an der Wand ein weiterer Tisch für drei Personen, eine Vitrine mit Gläsern, gegenüber das Fenster.

Man besetzt die Stammplätze, Morgan Ostertag ans Kopfende der zusammengeschobenen Tafel, auf der rechten Seite Alfred Jagoda und Hugh Kinzle, auf der linken Seite Dr. Fritz Kullmann. Einer verspätet sich wie immer: Dr. Jürgen Walther, niedergelassener Mediziner mit Lehrverpflichtung an der Medizinischen Hochschule Hannover. Er betritt den Clubraum mit seinem Bereitschaftskoffer in der Hand.

Walther wird mit einem allgemeinen *„Hipp, hipp, hurra!"* begrüßt. Er lächelt säuerlich, wird wegen seiner Verspätung drei Flaschen vom Rotwein *Alde Gott* ausgeben müssen. Er stellt seinen Bereitschaftskoffer unter den Tisch an der Wand und setzt sich neben Kullmann.

Die Bedienung betritt den Clubraum, man bestellt Rouladen mit Rotkohl und Klößen, Gulasch mit Rotkohl und Kroketten, nur Dr. Walther verzichtet auf ein Abendessen. So spät am Abend würde ihm ein warmes Essen den Schlaf rauben.

Man wartet auf den Wein, unterhält sich, prostet sich schließlich zu: „Für immer treu!"

Ostertag zieht eine Zeitungsseite aus der Innenseite seines Jacketts. Ein Bericht über den tödlichen Sturz vom Turm der Marienburg. „Wir gedenken des allseits geschätzten Dr. Axel Gerlach in stiller Trauer."

Die Türe wird aufgestoßen, die Bedienung sagt „Oh!" und verschwindet wieder.

„Sicher hat jeder von Euch den Artikel oder einen ähnlichen in einer anderen Zeitung gelesen. Ein Sturz von des Turmes Zinne kann schon mal passieren, wenn man sich zu weit hinaufwagt. Aber unsere findige Kriminalpolizei glaubt wohl nicht so recht an einen Unfall. Ihren Adleraugen ist die kleine Einstichstelle hinter dem linken Ohr nicht entgangen. Auch ist von Quecksilber die Rede. Damit dürfte die Kripo einige Zeit beschäftigt sein."

Beifälliges Klopfen auf die Tischplatte. Ein überlegenes Lächeln huscht über Ostertags Gesicht, stoppt den Beifall mit einer Handbewegung. „Was gibt es Neues?"

Jagoda meldet sich zu Wort. Er ist Besitzer einer angesehenen Galerie in Hannover und die Herren interessieren sich ausnahmslos für Kunst.

„Unser Sorgenkind muckt auf. Er will sich nicht mehr bezahlen lassen, sondern beteiligt werden."

„Wer ist dafür?", fragt Ostertag.

Keine Hand regt sich.

„Ist er entbehrlich?"

„Natürlich", sagt Jagoda, „Künstler wie Akki Loos sind nicht einmalig."

„Was will er tun, wenn wir auf seine Forderung nicht eingehen?"

„Er wird sich mit einem Experten des Sprengel Museums treffen."

„Das soll er aber nicht!", sagt Ostertag. „Man müsste ihm ins Gewissen reden!"

Jetzt werden beide Türflügel geöffnet und das Essen wird von zwei Bedienungen hereingetragen.

„Wenden wir uns erfreulicheren Angelegenheiten zu!", sagt Ostertag. „Guten Appetit!" Und zur Bedienung: „Bringen Sie bitte noch zwei Flaschen Wein!"

„Jürgen", wendet sich Ostertag an Dr. Walter, „wie weit ist dein Komponist mit unserer Vereinshymne?"

Das war Lauschfutter für die Bedienung. Die Tür wird geschlossen. Am Tisch prostet man sich zu, man kennt die Regeln.

„Ich übernehme das Gespräch mit Akki Loos", sagt Ostertag.

Der Wein wird gebracht. Zum Abschluss bestellen alle eine Welfenspeise, nur Dr. Walter verzichtet.

Welfenspeise ist eine zweischichtige Süßspeise, die aus einer weißen, gekochten Milch-Vanille-Creme besteht, unter die sehr steif geschlagener Eiweißschaum gehoben wird. Nach dem Erkalten kommt darüber eine gelbe Schicht von Weincreme aus geschlagenem Eigelb, Weißwein und etwas Zitronensaft. Die Welfenspeise erhielt ihren Namen nach den Farben des Adelsgeschlechtes: Weiß und Gelb. Sie wurde von einem hannoverschen Koch erstmals 1914 zum 200-jährigen Thronjubiläum des Herrscherhauses serviert.

Wind pfeift übers Land. Orkanböen bis einhundertzwanzig Stundenkilometer. Die Deutsche Bahn musste wegen umgestürzter Bäume oder heruntergefallener Äste auf verschiedenen Strecken den Verkehr einstellen.

Als Kalenberger aus ihrem Auto steigt, schaut sie kurz auf ihr Spiegelbild in der Seitenscheibe. Sie wird zum Frisör müssen. Vom Büro aus wird sie gleich einen Termin machen. In den letzten Monaten hat Adél sie daran erinnert, wenn es mal wieder so weit war.

Kalenberger begrüßt Obanczek. Sie hat vergessen, die Haribo-Dose in ihre Schreibtischschublade zu stellen. Nun bedeckt nur noch ein kümmerlicher Rest den Boden der Dose und Obanczek kaut. Was auf dem Tisch steht, ist Allgemeingut, darauf haben sie sich geeinigt. Also kann Kalenberger ihren Mund wieder schließen.

„Wenn man so in unsern modernen Alltag hineinlebt", sagt Obanczek, ohne den Blick von seinem Bildschirm zu nehmen, „kann man sich gar nicht vorstellen, wie viele Menschen die gute alte Zeit wieder herbeisehnen ..."

Kalenberger hängt ihre Jacke auf, richtet ihr Haar notdürftig in einem kleinen Spiegel und setzt sich an ihren Computer.

„Da will ein Landwirt eine Gedenkpyramide für den letzten Regenten aus dem Königshaus Hannover sanieren. Der Urgroßvater des Sanierers hat 1911 in dem als Denkmalstreit im Landkreis Harburg bekannt gewordenen Wettlauf zwischen Preußen- und Welfentreuen das Ehrenmal für den König von Hannover gebaut."

Kalenberger streift die Schuhe unter dem Tisch von ihren Füßen.

„Als historisch verbürgt", liest Obanczek weiter, „gelten die Worte, mit denen der Landwirt den preußischen Landrat zurückwies, als dieser ihm das Ehrenmal für König Georg auszureden versuchte: ‚Hier auf diesem Berg kommt das Denkmal für unseren König zum Stehen. Daneben ist noch ein Berg, dort können Sie meinetwegen ein Denkmal für Bismarck hinstellen, dann können alle Leute sehen, wer unserem König das Land gestohlen hat.'"

„Vielleicht sollten wir Bismarck in unsere Ermittlungen mit einbeziehen."

„Eigentümer der Pyramide ist das Haus Hannover. Mauritz von Reden hat das Fürstendenkmal auch bereits aufgesucht. Wohl nicht mit dem Scheckheft für die Sanierung, eher mit dem Fotoapparat für die Aufnahme in seine Bestandslisten. Aber wer kauft schon eine acht Meter hohe Pyramide? Obwohl – man weiß nie. Die Stiefmütterchen auf dem Hof des Landwirts sind gelb und weiß gepflanzt."

„Dranbleiben, immer dranbleiben", sagt Kalenberger. Sie ruft bei der Redaktion des *Leine-Boten* in Laatzen an. Kati Trapp.

„Sagt Ihnen der Verein *Royal Flash* etwas?"

Kati Trapp lacht. „Die treusten der Treuen. Sie stehen mit ganzen Herzen hinter ihren Welfen. Und Königin Marie wird fast wie eine Heilige verehrt."

„Obwohl Welfen und Heiligenverehrung …"

„Stimmt", Kati Trapp lacht. „Der Club *Royal Flash* ist schon etwas ungewöhnlich. Man trifft sich zum Stammtisch in der *Deutschen Eiche* in Nordstemmen und hat sich die Sanierung des Königsbahnhofs auf die Fahnen geschrieben. Offiziell besteht natürlich keinerlei Verbindung zwischen der Schlossverwaltung und den Hobby-Monarchisten. Offiziell!"

Kalenberger bedankt sich, legt auf.

„Das war's für heute." Sie schaltet den Computer aus, schlüpft in ihre Schuhe und nimmt ihre Jacke vom Haken. „Morgen ist auch noch ein Tag, und Monarchisten sind sicher nicht von der schnellen Truppe. Du solltest dich um einen Aufnahmeantrag bemühen."

Kalenberger entgeht nur knapp Obanczeks Tageszeitung, die er als Wurfgeschoss zweckentfremdet hat.

Kalenberger sucht den halben Abend nach einer schicken Bluse bei *E-Bay*. Oder einer Weste. Sie schläft schlecht in der Nacht. Nicht wegen *E-Bay*, weil sie nichts gefunden hat. Mitten in der Nacht klingelt das Telefon. Oder ist es schon früher Morgen. Adél? Sie hebt ab, auf der anderen Seite ein heftiges Schnaufen.

Heftiges Atmen. „Zeig mir deine Möse, du Nutte, du willst mich … mich …"

Entsetzt beendet Kalenberger den Anruf. Vier Minuten nach halb fünf. Sie ist zu aufgebracht, um sich gleich wieder ins Bett zu legen. Manchmal wünscht sie sich eine Zigarette. Sie könnte natürlich wieder mit ihren Tai-Chi-Übungen beginnen. Doch dazu fehlt ihr der Antrieb. Sie kocht sich einen Kaffee, nimmt ihn mit ans Bett. Noch immer pocht ihr Herz. Es hat keinen Zweck, den Anruf zurückverfolgen zu wollen. Regentropfen klopfen in unregelmäßigen Abständen gegen die Fenster. Hätte sie keinen Kaffee getrunken, könnte sie jetzt gut noch ein Stündchen schlafen. Sie ärgert sich über ihre eigene Unzulänglichkeit und wacht um zehn nach acht auf.

Obanczek hat einen Zettel auf ihren Schreibtisch gelegt: *Bin beim Chef!*

Kalenberger setzt sich vor ihren Computer, ohne ihn einzuschalten, starrt auf das gegenüberliegende Aktenregal und hat so was von überhaupt keine Lust mehr auf den Fall. Da bricht sich einer den Hals, die Eltern trauern angemessen, wie die Kollegen berichtet haben, die ihnen die Todesnachricht überbrachten. Bei der Beerdigung standen vier bis sechs junge Frauen am Grab, die Gerlach aber nur flüchtig gekannt haben wollten. Namen und Adressen wurden notiert. Ergebnislose Zweitbefragung. Die Kollegen wurden vom Fall abgezogen, jetzt ermitteln nur noch Kalenberger und Obanczek.

Die Angestellten in der Kanzlei verkrochen sich hinter ihren geschäftlichen Beziehungen, obwohl Gerlach bestimmt kein Kind von Traurigkeit war. In seinen persönlichen Unterlagen fanden sich Adressen von zwei Swingerklubs und auf seinem Smartphone Fotos eine der Kanzleiangestellten in aufreizenden Stellungen. Unbekleidet. Aber das musste Privatsache bleiben, es gab einfach keinen Anhaltspunkt für eine kriminelle Verstrickung. Auf seinem Computer eine aufreißerische E-Mail an eine Sechzehnjährige, die sich bei näherer Nachforschung als Dreiunddreißigjährige herausstellte.

Für einen Augenblick überlegt Kalenberger, was man in ihren persönlichen Dingen finden könnte. Nicht viel. Doch. Die E-Mails von Adél, Handyfotos von ihrer Stieftochter, George Clooney und dem jungen Horst Buchholz. Im Portemonnaie zwei abgerissene Kinokarten. Im Seitenfach vom Notizbuch zwei Zeitschriftenfotos mit Frisuren, zu denen sie sich seit Monaten nicht durchringen kann.

Obanczek kommt zurück. Sauer. Stinksauer. „Nisalski lässt fragen, ob wir unseren unbezahlten Urlaub ordnungsgemäß eingereicht hätten."

„Sollen wir ihm die Reifen am Auto zerstechen?"

„Er will bis zum Wochenende Ergebnisse."

„Mach dich nicht verrückt. Bis zum Wochenende hat er's wieder vergessen."

„Wie war dein Besuch auf der Marienburg?"

„Nichts Konkretes. Aber vielleicht ein Anhaltspunkt." Kalenberger schiebt Obanczek das Fax von Kati Trapp auf seinen Schreibtisch und berichtet ihm von dem kurzen Gespräch mit Frau Borsig.

„Wir sollten uns die Herren des Vereins einmal genauer ansehen. Es könnte ein Zusammenhang mit dem Attentat auf dem Schlossturm bestehen, und irgendwie habe ich das Gefühl, dass sie sich nicht nur treffen, um die Strategie beim Erwerb des königlichen Bahnhofs zu besprechen. Frau Borsig meint zwar, die Herren hätten keinerlei Verbindung zur königlichen Familie, aber warum strengen sie sich dann so an, das verfallende Gemäuer zu erwerben und wieder herzurichten. Es ist nur ein kleiner Schritt vom historischen Interesse zur Manie."

„Also Recherche", sagt Obanczek. „Wie viele Mitglieder sind es denn?"

„Fünf für dich."

„Und wie viele für dich?"

„Einer."

„Also halbe-halbe nach Kalenberger-Rechnung."

„Du bist besser am Computer und ich folge meiner Intuition. Ich fahre raus zu diesem Galeristen Alfred Jagoda. Von ihm habe ich schon mal gehört und Kunst interessiert mich. Da lohnt sich doch ein Schwätzchen." Kalenberger zieht sich ihre Jacke an.

„Vergiss nicht den Regenschirm", sagt Obanczek, „wenn du dazugehören willst."

„Ich hab meinen Schirm verlegt. Kannst du mir deinen Schirm leihen?"

„Ein richtiger Mann hat keinen Schirm."

„Stimmt, deine Glatze könnte ein wenig Bewässerung vertragen."

„Sag ich doch", Obanczek grinst, „Haare sind Wasserpflanzen und gedeihen bevorzugt auf Wasserköpfen."

„Kollege, wir sitzen im selben Boot."

Kalenberger fährt in die Nikolaistraße. Ein Haus ohne Auffälligkeiten und eine Galerie, die vom Understatement lebt. Galerie Jagoda. Seitlich fünf reservierte Parkplätze, der äußere von einem protzigen Mercedes belegt, neben dem Schaufenster lehnt ein gepflegtes Fahrrad an der Wand.

Kalenberger betritt die Galerie, im Hintergrund ein jüngerer Mann, der sie zurückhaltend grüßt.

Kalenberger sieht sich um. An den Wänden Gemälde, Zeichnungen und Fotografien in unterschiedlichsten Formaten. Hannover: Rathaus, Lister Meile, Maschsee, Markthalle, Schützenumzug, Rennbahn und so weiter. Alles von Akki Loos. Modern, aber nicht zu modern. Sicher gut verkäuflich. Aber Preise um die fünftausend. Kann man sich von der Provision den PS-Schlitten vor der Tür leisten?

„Kann ich Ihnen helfen?" Der junge Mann kommt Kalenberger ein paar Schritte entgegen. Strahlend blaue Augen und eine butterweiche Stimme. Mindestens zwanzig Jahre zu jung.

„Bieten Sie nur diesen einen Künstler an?", fragt Kalenberger.

„Die Objekte in unseren Ausstellungsräumen sind alle von Akki Loos, einem ortsansässigen Künstler. Eine Dauerausstellung, die gelegentlich um neue Werke des Künstlers erweitert wird. Sollten Sie aber Interesse an einem anderen Künstler haben - wir haben beste Beziehungen zu den führenden Auktionshäusern und übernehmen gerne Ihre Order."

Kalenberger sieht sich erneut um. Sie sagt: „Hm."

Der junge Mann fühlt sich wohl zu weiteren Erklärungen genötigt.

„Die neuen Werke von Akki Loos werden stets mit großer Spannung erwartet. Er wurde vor fünf Jahren zum ersten Mal in der Galerie Jagoda gezeigt, seither hat seine Karriere einen beeindruckenden Verlauf genommen. Besonders begehrt sind seine großformatigen Stadtansichten in Acryl mit ihrer außergewöhnlichen Perspektive, der expressiven Farbigkeit und technischen Perfektion. Sie ziehen wohl jeden nachhaltig in ihren Bann."

Er spricht wie ein Automat, da hilft auch seine Butterstimme nichts. Er klingt nicht besonders interessiert. Vielleicht hat er auch bemerkt oder von irgendwoher einen unauffälligen Wink bekommen, dass Kalenberger kein besonders großes Ausgabevolumen ausstrahlt.

Kalenberger fragt nach Alfred Jagoda. Jagoda sei geschäftlich im Ausland unterwegs. „Und der Mercedes vor der Tür gehört Ihnen?"

„Bedaure", der junge Mann lächelt säuerlich, „mir gehört nur das Fahrrad."

Kalenberger geht. Vom Auto aus ruft sie im Sprengel Museum an. Dr. Heike Hilscher. Kalenberger fragt nach Akki Loos.

„Dritte oder vierte Liga", sagt Hilscher, „aber komm doch auf einen Kaffee vorbei, unsere Internetverbindung ist ausgefallen."

Sie treffen sich im *bell' ARTE* im Museum. Kalenberger ringt sich zu einer kleinen Portion hausgemachter italienischer Vorspeise durch, Hilscher wählt einen *Insalata mista.* Eigentlich würde Kalenberger gern einen Rotwein zum Essen trinken, doch Hilscher bestellt sich ein Wasser, und Kalenberger will nicht aus der Rolle fallen und bittet ebenfalls um ein Mineralwasser.

Man isst, Kalenberger tupft sich den Mund ab. „Akki Loos …“

Hilscher greift zum Wasserglas, trinkt, schaut Kalenberger an, muss aufstoßen, greift zur Serviette und stellt gleichzeitig das Glas ab. „Akki Loos ist angesagt in der lokalen Kunstszene. Weil er überall mitmischt und gut verkauft. Die Leute können erkennen, was er malt, und damit sie sich ein wenig aus der großväterlichen Idylle hervorheben können, stattet Akki Loos seine Werke mit einem Hauch Moderne aus. Gebrochene Linien, Bögen im perspektivischen Verlauf und Farben kräftiger als nötig. Du verstehst? Das hat mit Kunst nicht viel zu tun, höchstens mit gehobenem Kunsthandwerk. Kunst erhebt einen Anspruch an den Verstand, Akki Loos' Anspruch ist, ordentlich Kohle zu machen und sich im Kreise seiner Freunde bewundern zu lassen.“

„Warum stellt dann ein Galerist über Jahre nur diesen einen Künstler aus?“

„Tja, warum. Ich will das mal so umschreiben: Mein Großvater hatte ein Weingut an der Nahe. Für die normalen Gäste standen die Flaschen des letzten Jahrgangs auf dem Schanktisch, aber für besondere Gäste waren immer ein paar erlesene Flaschen unter der Theke griffbereit, natürlich ohne Etikett. Die normalen Gäste haben gar nicht mitbekommen, dass sie etwas anderes getrunken haben als Opas Spezialgäste. Für manche Galeristen sind die Schauräume der Schanktisch, aber die richtigen Geschäfte laufen auf einer anderen Ebene.“

„Was weiß man über Alfred Jagoda?“

„Nichts. Absolut nichts. Vielleicht ist sein Lebensstil eine Spur zu unauffällig im hannoverschen Gesellschaftsleben. Ich hab übrigens eine Einladung zum Opernball in der Staatsoper. Willst du mitkommen?“

„Stehplatz oder Sitzplatz?“

„Steh…“

„Mir fällt gerade ein, dass ich an dem Termin nicht kann. Wann war das doch noch mal?“

„Dann gehe ich auch nicht hin. Ich gebe die Karten an unsere Aufsicht weiter.“

„Hast du Lust auf den Opernball“, fragt Kalenberger ihren Kollegen, als sie wieder ihr Büro betritt, „noch könnte ich etwas arrangieren. Allerdings Stehplatz.“

„Ich kann keinen Walzer.“

„Sonst noch irgendwelche Erkenntnisse?“

„Ich hab mal unseren Royalisten-Club gecheckt. Da lässt sich nichts Auffälliges finden: Neben deinem Galeristen sind das noch der Allgemeinmediziner Dr. Jürgen Walther, der Kinderarzt Dr. Fritz Kullmann, Hugh Kinzle als Immobilienmakler und die Banker Peter Gäbler und Morgan Ostertag. Aber alle ohne negative Eintragungen im Internet. Wir haben auch nichts in unseren Akten, nicht mal über den Immobilienmakler.“

„Unser Royalisten-Club trifft sich in der *Deutschen Eiche* in Nordstemmen. Versuch doch mal herauszubekommen, wann sich die Herren treffen.“

„Kein Problem“, sagt Obanczek. Er ruft das Online-Telefonbuch auf und ruft in dem Restaurant an.

Kalenberger stellt ihm einen Kaffee auf den Schreibtisch und eine angebrochene Packung Blätterteiggebäck.

„Ja, hallo, ist dort die *Deutsche Eiche* in Nordstemmen? Ich hab da ein Problem …“ Obanczek legt die flache Hand aufs Mikrofon, flüstert Kalenberger „er wohl auch" zu und zieht die Hand wieder zurück. „Sind Sie noch da? Schön. Bei uns wurde ein Beamer für einen historischen Vortrag im Royalisten-Club geleast. Unserer Lieferwagen hatte leider einen kleineren Unfall und jetzt ist das Auftragsbuch nicht auffindbar ..."

Obanczeks Redefluss stockt.

„... nein, kein Personenschaden, aber irgendwie ist unser Auftragsbuch abhandengekommen." Wieder zu Kalenberger: „Ich glaube, er zapft nebenher noch ein paar Bierchen für die Männer an der Theke." Obanczek nimmt sich zwei Blätterteigbrezeln. „Ja, nächsten Dienstag, zwanzig Uhr? Hatte ich's also richtig in Erinnerung. Danke!"

„Dann beantrage mal Spesen für nächsten Dienstag in der *Deutschen Eiche*."

„Vielleicht gibt es Rehrücken?" Obanczek grinst.

„Frag lieber vorher in Nisalskis Vorzimmer, wie der Chef drauf ist. Bei schlechter Laune genehmigt er höchstens 'ne Currywurst."

„Eine Currywurst für uns beide?"

„Ich kann nicht mitgehen, Jagoda könnte in der Galerie gewesen sein und mich heimlich beobachtet haben."

„Wird sicher ein toller Abend."

Alfred Jagoda greift zum Smartphone, wählt eine Nummer aus seiner Favoritenliste.

„Ostertag!"

„Hallo, Morgan, bist du's?"

„Nein, hier spricht der Abend!"

„Lass den Blödsinn, mir ist nicht nach Lachen."

„Dann ruf noch mal an, und ich tu so, als würde ich deine Stimme nicht erkennen."

„Hör zu! Gestern war eine Frau in unserer Galerie, die sich bei meinem Angestellten auffällig nach Akki Loos erkundigt hat."

„Wie alt?"

„So Anfang, Mitte fünfzig."

„Fällt eigentlich nicht in sein Beuteschema, also erzähl weiter."

„Irgendetwas war faul an ihrem Interesse."

„Du bist aber auch undankbar. Wochenlang kommt niemand, und wenn jemand kommt, ist es dir auch nicht recht."

„Also, ich weiß nicht, ich habe sie eine Weile vom Büro aus beobachtet. Vom Gefühl her würde ich sagen, sie hat keine Ahnung von Kunst und hat sich auch noch nie dafür interessiert."

„Hat sie etwas gekauft?"

„Sie hat sich nicht mal nach den Preisen gebückt."

„Und du meinst ..."

„Du weißt, dass Akki stinksauer ist, weil er glaubt ..."

„Nicht am Telefon!"

„Wir sollten vorsichtig sein. Wenn Akki auspackt ..."

„Alfred!"

„Schon gut, schon gut, wir sehen uns Dienstag."

„Bleib wachsam!"

Morgan Ostertag beendet das Gespräch, wählt aber sofort eine andere Telefonnummer.

„Walther."

„Morgan hier."

„Ist es dringend? Ich bin mitten in einer Behandlung."

„Ob es dringend ist, weiß ich nicht."

„Moment, ich geh ins Nebenzimmer. – Was ist?"

„Alfred hat angerufen. Bei ihm in der Galerie hat angeblich jemand rumgeschnüffelt."

„Soll er sich doch ein Schild zulegen: Hunde müssen draußen bleiben."

„Haha, wie lustig. Aber Akki Loos könnte durchaus zur Gefahr für uns werden."

„Hätte, könnte, sollte. Ich hab einen Meniskusschaden im Sprechzimmer, hätte der Fernsehen geschaut, statt Fußball zu spielen, wäre ihm nichts passiert."

„Sei einfach ein bisschen vorsichtig in der nächsten Zeit. Du neigst zum Plappern!"

Das Telefongespräch ist augenblicklich beendet.

Ostertag ruft Hugh Kinzle an, Immobilienmakler. Eine freundliche Automatenstimme ist sofort zur Stelle, wünscht einen schönen guten Tag. Wenn man eine Immobilie kaufen oder verkaufen wolle, sei man hier genau an der richtigen Adresse. Im Angebot seien exklusiv Tausende von Häusern und Zehntausende von Wohnungen – so lässt die Ansage jedenfalls durchblicken. Man müsse nur seine Telefonnummer hinterlassen und schon …

Ostertag beendet das Gespräch und wendet sich gleich einem weiteren Mitglied der Royalisten-Runde zu. Er ruft seinen Kollegen Peter Gäbler an. Banker sind immer zu sprechen.

Gäbler lacht. Solange Alfred nur einen Verdacht habe. Er lasse sich nicht so leicht verrückt machen. Als junger Banker hätte bei ihm immer ein Koffer griffbereit in der Diele gestanden und zweimal hatte er auch schon das Taxi zum Flughafen bestellt, aber mit den Jahren … Nicht jeder Wasserkringel zeige an, dass ein Hai auf der Lauer liege. Er werde aber trotzdem Augen und Ohren offen halten. Ob Gäbler noch mal bei

Kinzle anrufen könnte, ein kleiner Hinweis könne doch nicht schaden. Der Herr Kollege übernimmt den Anruf, wünscht dem Kollegen ein sanftes Ruhekissen.

Dr. Fritz Kullmann ist Kinderarzt. Von ihm hat Ostertag keine Smartphone-Nummer. Kullmann hat gerade den Anbieter gewechselt. Also über Festnetz.

Die Sprechstundenhilfe scheint ein wenig überfordert. Kindergeschrei im Hintergrund, das Klingeln mehrerer Telefone. Dr. Kullmann sei nicht zu sprechen, für niemanden, er sei in einer Behandlung.

„Es ist privat und dringend."

Aber er kann ja seine Telefonnummer hinterlassen, Dr. Kullmann werde eventuell zurückrufen. Aber das könne ein, zwei Tage dauern.

Morgan Ostertag legt auf. Zumindest hat er es versucht. Außerdem wird sich Akki Loos doch nicht ins eigene Knie schießen. Ob er selber mal mit dem Künstler sprechen soll? Später. Er wird sich für ein, zwei Stündchen ins Sonnenstudio legen. Das Telefon klingelt. Fritz Kullmann. Gedämpftes Weinen und Kindergeschrei im Hintergrund. Er habe nicht das geringste Interesse an zusätzlichem Stress. Er habe schon privat genug Probleme. Wenn es in der Runde gravierende Schwierigkeiten gäbe, würde er aussteigen.

Man treffe sich nächsten Dienstag, da könne man doch alles in Ruhe … Ruhe scheint Dr. Kullmann jedenfalls nicht zu kennen. Bereits bei ‚da könne' hat er aufgelegt.

Kalenberger steht vor dem Spiegel im Bad. Aus dem Radio im Wohnzimmer Glucks Reigen seliger Geister. Es ist schon spät.

Abschminken – eine unangenehme Aktion. Der vergangene Tag kommt ans Licht, Falte für Falte. Sie sind keinen Schritt weitergekommen. Nachforschungen in Axel Gerlachs Privatleben haben nichts gebracht, keine besonderen Ausschläge in irgendeine Richtung. Nichts bekannt über besondere Freunde oder Feinde. Er hat sich mal mit einer Politesse angelegt und dafür fünfzig Euro Strafe bezahlt. Wusste seine Sekretärin zu berichten. Aber sonst – Fehlanzeige. Ob sie blockt? Kalenberger hat eher das Gefühl, sie weiß wirklich nichts. Früher hatte man in seinem Alter noch Freunde, mit denen man um die Häuser zog und Feinde, die versucht haben, dir die Freunde auszuspannen, dein Auto zerkratzt oder zumindest mal einen Hundehaufen in den Briefkastenschlitz geschoben haben. Aber heute? Jeder bleibt in seinem Schneckenhaus, bastelt an seiner Karriere, gönnt sich hin und wieder einen Kinobesuch, einen Cocktail in irgendeiner supermodernen Bar oder eine Frau, die auch gerade an ihrer Karriere bastelt und den Cocktail hinter sich hat.

Aber was soll's. Dr. Axel Gerlachs Fall wird schon auf die eine oder andere Art gelöst werden – und wenn durch die Übertragung der Ermittlungsarbeiten an eine effektivere Gruppe. „Konkurrenz belebt das Geschäft", sagt der Herr Kriminalhauptkommissar. Und dann? Geht mit einem neuen Fall alles wieder von vorne los.

Kalenberger schaltet das Licht vom Badezimmer aus, geht noch mal zurück, betätigt die Klospülung und setzt sich dann an ihren Laptop. Noch einmal kurz die E-Mails checken, bevor sie sich aufs Ohr legt.

Ein Versandhaus bietet ihr zehn Prozent Rabatt auf alles, die Bank ein Konto mit hundert Euro Gutschrift und schließlich hat sie auch noch 50.000.000 Dollar gewonnen.

Kalenberger schüttelt den Kopf. Ob sich für den Absender der Energieaufwand lohnt? Von Vögeln weiß man, dass sie genau abschätzen, ob die angepeilte Beute den aufzuwendenden Kraftakt wieder ausgleichen kann. Sie kann sich einfach nicht vorstellen, dass jemand solche E-Mails beantwortet. Kalenberger schaltet ihren Laptop aus, gießt sich noch ein Glas mit Mineralwasser ein und geht dann hinüber ins Schlafzimmer.

Es klingelt. Hat sich Lotte Rohrbach mal wieder ausgesperrt. Kalenberger hat einen Schlüssel zu ihrer Wohnung.

Hoffentlich ist Kalenberger noch nicht zu Bett gegangen. Als Adél an der Häuserfront hinaufgesehen hat, brannte noch Licht in der Küche. Jetzt steht sie vor der Wohnungstür. Sie hört Schritte.

Die Tür wird aufgezogen. Adél sieht Kalenbergers verblüfftes Gesicht und schon ist die Tür wieder zu.

Ein paar Augenblicke angehaltene Spannung. Das Licht im Flur erlischt.

„Bitte“, sagt Adél, „nur einen Augenblick …“

Keine Antwort. Adél weiß, wie konsequent Kalenberger ist, nein, sie ist stur, stur, stur! „Ich weiß, dass du hinter der Türe stehst. Bitte, ich will nur mit dir sprechen.“

Sie stellt ihre Reisetasche auf die Fußmatte, lehnt sich mit dem Rücken gegen die Wand. „Dann erzähle ich es jetzt deiner Wohnungstür und du bist selber schuld, wenn die ganze Sache für dich kein Ende findet.“ Sie rutscht an der Wand entlang nach unten und hockt sich direkt neben die Wohnungstür. „Ich bin nicht mehr schwanger!“

Nichts, keine Reaktion.

Lauter, sehr viel lauter: „Ich bin nicht mehr schwanger!“

Kalenberger lässt sich nicht aus der Reserve locken. „Ich bin auf dem Weg zum Flughafen. Morgen bin ich schon in Kanada. Ich habe mich bei einem Umweltprojekt beworben und bin …“

Die gegenüberliegende Wohnungstür geht auf. Lotte Rohrbach. „Ist da jemand?“ Ein matter Lichtschein fällt aus der Rohrbachschen Wohnung in den Flur. „Bist du das, Adél? Adél! Was machst du denn da auf dem Boden?“ Lotte Rohrbach knipst das Flurlicht an. Adél rappelt sich auf.

„Macht Marike nicht auf?“

„Doch, doch, bestimmt. Ich hab nur noch nicht geklingelt. Bin ein bisschen zu früh.“

„Ach?“ Lotte Rohrbach schaut skeptisch. „Willst du bei mir warten, ist doch nicht so angenehm im Flur.“

„Nein, danke. Es geht schon, ist alles wunderbar. Ich will nur warten.“

„Bitte“, sagt Lotte Rohrbach, „ich will mich nicht aufdrängen.“ Sie geht zurück in ihre Wohnung und schließt die Tür.

„Marike, Marike …“ Adél klopft gegen die Tür. „Ich spüre, dass du noch da bist. Ich würde dich so gern zum Abschied in die Arme nehmen. Verzeihst du mir? Du warst der wichtigste Mensch in meinen Leben.“

Nichts. Kein Laut aus Kalenbergers Wohnung.

„Ich bleibe drei Jahre in Kanada. Und vielleicht für immer. Marike …“

Das Flurlicht erlischt, Adél drückt auf den roten Knopf und nimmt ihre Tasche.

„Du sollst es einfach wissen. Ich habe dich wirklich geliebt!"

Sie dreht sich um, geht die Treppe hinunter, zögert auf der dritten Stufe, blickt noch einmal zurück und verlässt das Haus.

Kalenberger schaut versteckt aus dem Küchenfenster. Wenn sie eins in ihrem Leben gelernt hat, dann ist es, dass ein Ende ein Ende sein muss. Adél tut ihr leid, sie tut sich selber leid und dicke Tränen laufen ihr über die Wangen.

„War das alles?", fragt Franzi. Sie angelt eine Zigarettenpackung vom Glastisch, steckt sich eine Zigarette an.

„Man ist eben nicht mehr der Jüngste."

„Komm, Akki, das war die schlechteste Nummer des letzten halben Jahres, ich bin nicht mal annähernd gekommen."

„Meinst du, ich?"

„Selbst schuld!" Franzi legt sich mit dem Hinterkopf auf Akkis Bauch. An der Wand eine von Akkis gemalten Steintorszenen. Eros, Girls, Sex. Wenn das nicht mal mehr was bringt, und Akki ist gerade erst vierzig.

„Bist du schon vierzig?"

„Na, hör mal."

„Also bist du's nun oder nicht?" Franzi rollt sich auf die Seite, Asche fällt von ihrer Zigarette auf Akkis schwarze Schamhaare. Akki hat nichts gemerkt, Franzi pustet die Asche weg. Sie richtet sich auf, drückt die Zigarette im Aschenbecher auf dem Glastisch aus, schaut Akki ins Gesicht, der hat die Augen geschlossen und Franzi widmet sich seiner Wiederbelebung. Ganz sanft lässt sie den Zeigefinger ihrer linken Hand über seinen Penis gleiten, hinauf, hinunter, hinauf, ein leichtes Zucken, Akkis Seufzer, Franzi umschließt den Penis mit ihrer Hand, massiert ihn, nichts passiert, Akki dreht sich auf die Seite.

„Ich kann auch gehn."

„Mach doch, was du willst!"

Franzi kuschelt sich an Akkis Rücken. „Komm schon. Nur noch eine kleine Nummer mit deiner geilen Franzi. Du kannst dir auch aussuchen, wie du's haben willst."

„Lass mich in Ruhe!"

„Das hättest du auch vorher sagen können, bevor du mich hier raufgeschleppt hast." Franzi setzt sich auf.

„Du kannst dir einen Dildo aus der Schublade nehmen."

„Du spinnst wohl. Ich brauche Sex und keine Massage!" Franzi steht auf.

Akki rutscht zur Kante der Liege, steht ebenfalls auf.

Franzi schaut ihn an. „Nee, das wird heute nichts mehr! Ich geh dann mal."

Akki geht auf Franzi zu, legt ihr seine Hände auf die Schultern. „Tut mir leid, ich kann mich einfach nicht entspannen."

„Auto kaputt?"

„Hör auf. Ich werde wahrscheinlich mein Atelier aufgeben müssen."

„Und warum?"

„Ich hab Krach mit Jagoda."

„Der kann immer und ist fünfzehn Jahre älter als du."

„Er will mir den Geldhahn zudrehen. Nach all den Jahren der Zusammenarbeit. Wo soll ich denn hin?"

Franzi zieht sich ihre Jeans an. „Schau doch mal in der Altstadt nach. An der Marktkirche gibt es sicher genug Kneipen, die du behängen kannst."

„Es geht doch gar nicht um die scheiß Bilder, es geht um ganz andere Dinge. Um Geld, viel Geld. Aber da lasse ich mich nicht ausbooten, und wenn ich die Machenschaften der ganzen Bande aufdecken müsste."

„Da will ich mich nicht reinhängen, mach's gut!"

„Einfach so?"

„Einfach so. Du warst auch nicht besser!"

Draußen ist es noch nicht so richtig hell. Kalenberger steht vor dem Spiegel im Badezimmer. Morgens muss all das wieder rauf, was man am Abend mühsam abgekratzt hat. Kalenbergers Hände zittern. Sie hat nicht gut geschlafen. Eigentlich hat sie überhaupt nicht geschlafen. Adél muss ihr Leben selber in die Hand nehmen, Kalenberger kann sie nicht ewig stützen. Und trotzdem tut es weh, so verdammt weh.

Sie legt den Augenbrauenstift auf die Glasablage unter dem Spiegel, macht eine Schleife in den Gürtel ihres Bademantels und geht in die Küche. Sie kocht sich einen Kaffee und setzt sich an den Tisch. Vielleicht sollte sie alle Telefone abstellen, die Türklingel mit einem dicken Schal umwickeln und dann ein paar Tage im Bett bleiben. Aber wenn sie sich immer so leicht unterkriegen ließe, hätte sie einen Großteil ihres Lebens im Bett verbringen müssen. Sie trinkt noch eine Tasse Kaffee, ihre Hände zittern kaum noch, für einen Moment denkt sie an Adéls Heiratsantrag, denn steht sie auf und geht wieder ins Badezimmer. Sie stellt sich vor den Spiegel, schaut sich ins Gesicht. Mit ihren Augen, nicht mit den Augen anderer. Was sie sieht, ist ganz passabel. Einige Fältchen natürlich, über der Nasenwurzel diese hässliche Warze, die sie immer mühsam überschminken muss, das Gesicht ist vielleicht ein bisschen zu kantig, zu energisch. Aber wer ein kuscheliges Betthäschen sucht, wird sie sowieso nicht ansehen. Schaut sie überhaupt noch jemand an? Gelegentlich, aber früher war das Interesse auch nicht viel größer. Und manchmal scheinen die Augen des Betrachters ein kurzes Erstaunen zu signalisieren. Will sie das überhaupt noch? Im Augenblick jedenfalls nicht.

Ein kleines Lächeln huscht über ihr Gesicht. Die meisten Dinge im Leben haben sich zwar nicht so entwickelt, wie sie es sich gewünscht hätte, aber davon wird sie sich nicht unterkriegen lassen. Sie wird Urlaub nehmen, das Bad in Gelb streichen und sich ein neues Bett kaufen. Aber vorher muss sie diesen dämlichen Sturz von der Marienburg zu den Akten legen können. Sonst wird sie ihn nicht los.

SECHS

Dienstagabend. Obanczek auf dem Weg nach Nordstemmen. Auf direktem Weg über die B 3. Nicht ganz auf direktem. An der Abzweigung nach Jeinsen ist es zu einem Unfall gekommen. Die Polizei ermittelt und die Feuerwehr hat die Straße ausgeleuchtet. Fünfundzwanzig Minuten Verzögerung. Auch egal, wird eh ein fader Abend.

In der *Deutschen Eiche* hockt sich Obanczek an die Theke. Er bestellt sich eine *Cola light*, er will so schlank werden wie Karl Lagerfeld. Oder auch nicht.

Es sind nur wenige Besucher im Gastraum und Obanczek weiß eigentlich nicht, was er hier sucht. Wein wird in den Nebenraum getragen, Essenswünsche an die Küche weitergegeben, ein lautes Lachen schallt heraus, als einer der Männer den Nebenraum verlässt und durch den Gastraum zur Toilette geht. Ein Mann mit einem auffallenden grünen Brillengestell und einem kleinen Hannover 96-Abzeichen am Revers.

Irgendetwas hat in Obanczeks Erinnerungsvermögen geklickt. Er rutscht vom Hocker und eilt dem Austretenden hinterher. Dem Himmel sei Dank, geht es bei den älteren Semestern nicht mehr ganz so schnell wie bei der jungen Generation. Da wird gewartet, gedrückt, gewartet, geplätschert und wieder gewartet, bevor endlich abgeschüttelt und die Spülung betätigt werden kann.

Obanczek steht schon am Waschbecken und lässt sich Zeit mit der Hygiene. Der Toilettenbenutzer sieht ihn im Spiegel an, zieht die Augenbrauen hoch,

Obanczek lächelt ihn an, und plötzlich weiß er, woher er den Mann mit dem grünen Brillenrahmen kennt.

Er zieht ein Stück Handtuch aus dem Handtuchspender. „Jetzt fällt es mir wieder ein …" Der Mann am Waschbecken hebt den Kopf, schaut ihn an. „… wir kennen uns."

„Sind Sie sicher?"

„Natürlich! Als das schreckliche Unglück auf der Marienburg geschah, standen Sie eine Weile neben mir. Wir haben uns sogar unterhalten. Sie haben gemeint, damit wäre es wohl vorbei mit den Turmbesichtigungen. Für die nächste Zeit würde eine Besteigung doch mit Sicherheit untersagt werden."

„Das soll ich gesagt haben? Ich kann mich nicht erinnern."

„Aber Sie waren doch an dem Tag auf der Marienburg?"

„Ich wüsste nicht, was Sie das angeht!" Der Mann am Waschbecken wirkt ungeduldig. Eine echte Desinfektion der Finger ist das nicht nach den paar Sekunden unter dem Wasserstrahl. Er betätigt den Handtuchspender, trocknet sich flüchtig die Finger ab und verschwindet aus der Toilette.

Obanczek hat es nicht eilig, geht langsam hinterher, bestellt sich noch eine *Cola light*.

„Briefmarkenverein?", fragt er den Wirt mit einem Kopfrucken in Richtung Clubzimmer.

„So ähnlich!" Der Wirt scheint nicht gesprächig, poliert den Zapfhahn.

„Ich hab früher Münzen gesammelt. Als Geldanlage. Hat sich toll rentiert. Nach zwanzig Jahren ist der Zehner noch immer zehn Euro wert."

Der Wirt grinst. „Nee, keine Briefmarkensammler. Das war früher mal eine Pokerrunde in Hannover."

„Kann man da vielleicht mitmachen. Ich bin für mehrere Monate hier auf Montage. Ist eine schöne Gegend, aber abends doch recht langweilig.“ Soll er ihm noch das Foto seiner Freundin aus dem Portemonnaie zeigen? Private Informationen schaffen eine gemütliche Atmosphäre. Wäre jetzt aber vielleicht zu früh. Außerdem ist es nicht mehr seine Freundin, seit zwei Jahren.

„Sechs Jahre haben sie sich im *Brauhaus Ernst August* in Hannovers Altstadt getroffen, auf dem Tisch die Vereinsfahne mit dem gestickten Vereinsnamen *Royal Flash*, unterm Tisch die schwarzen Einsätze. Dann sind sie aufgeflogen und haben Lokalverbot erhalten.“

„Und jetzt spielen sie hier im Nebenraum?“

„Bei mir gibt's keine Glückspiele, weder legale noch illegale.“ Ein Gast bestellt ein Weizen. Der Wirt schenkt ein, rollt die Flasche zwischen seinen Händen, lässt den schaumigen Rest ins Glas laufen und bringt das Glas an den Tisch.

„Noch 'ne Cola?“, fragt der Wirt.

„Trinken Sie eine mit?“

„Eher trink ich Badewasser nach dem fünften Familienmitglied.“

„Nehmen Sie sich doch ein Bier, ich muss noch fahren.“

Der Wirt stellt die *Cola light* vor Obanczek auf die Theke, zapft sich selbst ein Bier, ein halbes, wird aber mit Sicherheit nachher ein ganzes berechnen. Obanczek stört es nicht. Wirte sind auch nur Menschen, er prostet ihm zu.

„Männer und die Eisenbahn“, sagt der Wirt. „Die Herren kümmern sich jetzt mit vollem Elan um die Sanierung des königlichen Bahnhofs auf der andern Straßenseite.“

„Aha."

„Wie sie darauf gekommen sind, weiß ich natürlich auch nicht."

„Und der Mann mit dem grünen Brillengestell ..." Obanczek macht mit dem Zeigefinger der rechten Hand kreisende Bewegungen um seine Augen.

„Sie sind aber ganz schön neugierig."

„Im Vertrauen: Ich hab auch schon gedacht, dass es eine Schande ist, so ein schönes Gebäude verfallen zu lassen."

„Vielleicht stellen Sie sich der Runde einfach mal vor. Arbeit gibt es bestimmt genug. Dr. Walther kennen Sie ja bereits. Allgemeinmediziner."

„Ich überleg es mir", sagt Obanczek und rutscht vom Hocker. „Bitte zahlen!" Er wird sich mit Kalenberger besprechen, schließlich sind sie ein Team und Kalenberger ist weisungsberechtigt.

Am nächsten Morgen. Obanczek erstattet Bericht. „Nichts besonders Dramatisches, aber vielleicht etwas Ungewöhnliches. Sechs Männer pokern in einer Kneipe, fliegen auf und entschließen sich, Denkmalschützer zu werden. Wenn da mal nicht ..."

„Vergiss es. Der Chef will uns mit einem anderen Fall betrauen. Die Polizeidirektion wäre schließlich kein Sanatorium."

„Was ist das für ein neuer Fall?"

„Drei Plastiksäcke mit Leichenteilen an einem Teich bei Kaltenweide. Zwei Leichen komplett, Mann, Frau und ein Unterarm."

„Wie bitte?"

„Du hast richtig gehört. Ein Unterarm ist über und gehört nicht zu den anderen Leichenteilen."

„Wir haben auch immer ein Glück mit unseren Fällen. Da passt nie was zusammen und taufrisch sind sie meist auch nicht mehr."

„Stimmt!"

Obanczek nimmt sich einen Apfel aus seiner Jutetasche und beginnt, ihn zu schälen. „Wenn so mancher Verbrecher wüsste, wie schwer er uns die Arbeit macht, würde er sich seine Tat auch zweimal überlegen. Möchtest du ein Stück Apfel."

„Den halben."

„Wenn man dir den kleinen Finger reicht …"

„Und wo ist gestern meine Banane geblieben?"

„Irgendwie sind deine Argumente immer ein wenig anstrengend. Du solltest dich mal zu einer Fortbildung anmelden."

Das Telefon klingelt.

Obanczek und Kalenberger sehen sich an.

„Vielleicht der zweite Arm mit Bekennerschreiben?"

„Kein Wunder, dass wir es zu nichts bringen", sagt Obanczek, „wenn wir bei unseren Ermittlungen ständig gestört werden." Kalenberger greift nach der geschälten Apfelhälfte.

Obanczek stutzt am Telefon, schaltet dann die Mithörfunktion ein und flüstert gleichzeitig: „Die Telefonzentrale."

„… am Telefon, der mit dem leitenden Kommissar im Mordfall Gerlach verbunden werden will. Kann ich das Gespräch an euch weiterleiten? Aber Vorsicht, der Kerl hat 'ne Fahne."

„Kriminalkommissariat, was kann ich für Sie tun?"

„Komm her und bring 'n Sixpack mit. Dann sach ich euch, warum dieser Anwalt vom Tur…Tur…Turm gefallen ist."

„Gilde oder Herrenhäuser?“, fragt Obanczek den Anrufer.

„In dieser Reihenfolge!“

Kalenberger nickt Obanczek auffordernd zu.

„Geben Sie mir bitte Ihre Adresse. Wir kommen sofort bei Ihnen vorbei.“

„Ne, nich jetz. Ich trink noch'n Korn und dann schlaf ich mich aus. Heute Abend um neun in Linden. Im *Debakel*. Kannste googeln …“

„Halt, Moment, wir brauchen noch Ihren Namen.“

„Na... Namen sin Schall und Qualm, ich find euch schon!“

„Also um neun im …“ Doch die Leitung ist tot. „In diesem Monat werden wir aber eine saftige Spesenrechnung einreichen müssen.“

„Ich hab heute meinen freien Abend“, sagt Obanczek.

„Und ich soll allein nach Linden fahren? Da soll es Untote geben, die Müsli essen und Bionade trinken.“

„Wenn es dich tröstet, ich bin auch halb im Dienst.“

„Ach so, Dezernat Wirtschaftskriminalität.“

„Aber auf eigene Rechnung!“

„Frau Borsig, kann ich Sie bitte einen Moment sprechen?“

„Natürlich, Königliche Hoheit.“

„In der letzten Zeit hat mehrmals jemand von der Polizei nach Ihnen gefragt.“

„Ich habe mir nichts vorzuwerfen.“

„Darum geht es auch gar nicht. Ich nehme an, die Befragung steht im Zusammenhang mit dem tragischen Todessturz vom Turm.“

„Die Polizei wollte wissen, ob ich mich an Auffälligkeiten erinnern kann. Kann ich aber nicht.“

„Ich will mich auch gar nicht in Ihre Angelegenheiten einmischen. Allerdings fragen diese Berufsschnüffler manchmal so geschickt, dass man den Zweck der Frage gar nicht durchschaut."

Frau Borsig sieht den jungen Mann erstaunt an.

„Sie wissen, wie vorsichtig wir mit Äußerungen in der Öffentlichkeit sein müssen. Da wird von interessierten Kreisen gerne Stimmung gegen uns gemacht."

„Ich müsste jetzt zur nächsten Führung."

„Natürlich. Die Arbeit geht vor. Aber sollte in der nächsten Zeit mal wieder die Polizei aufkreuzen, verweisen Sie die Beamten doch direkt an mich. Ich kann sicher die größeren Zusammenhänge besser erkennen. Sonst kommen wir noch in Verruf und dann geht's an die Substanz. Da können schon ein paar Prozent weniger Besucher zu Verdiensteinbußen und eventuell sogar zu Personalabbau führen."

„Personalabbau, wie soll ich das verstehen?"

„Immer dran denken, der Chef hat das Sagen und alles andere geht Sie nichts an. Und nun aber an die Arbeit. Sonst werden wir noch mit dem Inventar verwechselt."

„Tickst du eigentlich noch richtig? Ich hab das Wartezimmer voll mit Patienten und du rufst an, weil du so ein ungutes Gefühl hast?"

„Es ist mehr als ein Gefühl, ich bin mir sicher, dass Akki auspacken will. Ich war gerade in seinem Atelier."

„Bitte keine Romane."

„Im Augenblick ist er betrunken. Aber in seinem besoffenen Kopf hat er etwas von ‚heute Abend häng ich euch alle auf' gefaselt."

„Das erzählt er doch jeden zweiten Tag, und wenn er wieder nüchtern ist, braucht er neues Geld fürs nächste Quantum."

„So leicht ist es diesmal nicht. An der Ateliertür steht seine Tasche mit drei zusammengerollten Bildern. Ich hab sein Smartphone gecheckt. Er hat bei der Kripo angerufen und will die Bilder als Beweise mitnehmen! Ich ..."

„Und was soll ich deiner Meinung nach jetzt tun?"

„Wenn wir wieder auf Akkis Forderungen eingehen, wird er beim nächsten Mal noch unverschämter. Er weiß zu viel. Wir müssen ihn ausschalten."

„Kannst du das nicht selber erledigen?"

„Ich bin Galerist, ohne jede medizinische Kenntnis."

„Wenn er sich wirklich mit der Kripo trifft, wird es ernst. Versuch's herauszubekommen, ruf mich dann wieder an. Aber nur dann."

Die Telefonzentrale. „Hier ist noch mal der Schluckspecht in der Leitung. Übernehmt bitte!"

„Kalenberger!"

„Hallommmmmmmmh."

„Ich kann Sie nicht verstehen. Können Sie bitte etwas deutlicher sprechen?"

„Funnuchchchloch ..."

„Es hat keinen Zweck, rufen Sie bitte noch einmal an."

„... Mommment. Jetzt besser?"

„Etwas. Sprechen Sie bitte deutlich."

„Ich hab vergessen, total we..., scheiß Alkohol, wo wir uns treffen wollten."

„Sie haben das *Debakel* in Linden vorgeschlagen."

„Riiiiiiiiichtisch! Um sechs oder sieben?"

„Um neun!"

„Riiiiiiiiichtisch! Schon wieder riiiiiiiiichtisch."

„Und jetzt schlafen Sie sich aus, damit Sie heute Abend fit sind. Um neun im *Debakel*!"

„Riiiiiiiiischtsich! Drei Volltreffer. Sie haben die freie Auswahl. Hupps. Äh."

„Nicht schon wieder, ich hab dir doch gesagt, dass ich keine Zeit habe. Die Patienten sitzen schon in den Gängen!"

„Ist aber wichtig: Akki will sich um neun im *Debakel* mit der Kripo treffen."

„Bist du sicher?"

„Völlig sicher! Ich hab gerade bei der Kripo nachgefragt.

„Einfach so?"

„Mit Trick natürlich."

„Wenn uns Akki in die Pfanne hauen will, müssen wir etwas tun. Ich hol dich um acht in der Galerie ab!"

„Heute Abend nichts Berufliches!" Obanczek schaut über die Speisekarte hinweg in ihre Augen. Ein wohliger Schauer läuft ihm über den Rücken.

„Worüber willst du dann sprechen?"

„Zum Beispiel, was du gerne isst."

„Ob dir das Lokal gefällt."

„Ich wusste gar nicht, dass es in Hemmingen ein so feines italienisches Lokal gibt."

„Hier tauchen auch nur selten Kollegen auf."

Obanczek grinst.

Der Cameriere serviert den Wein, bringt sich mit einem „Haben Sie schon gewählt?" diskret ins Gespräch.

„Ich nehme als Vorspeise Meeresfrüchte auf Blattsalaten", sagt Nele Dettmann, „und dann die hausgemachten Nudeln mit Honig und Ziegenkäse."

„Für mich bitte die Jakobsmuscheln auf schwarzen Belugalinsen und als Hauptspeise das gegrillte Black Angus Rinderfilet."

Der Cameriere nimmt die Speisekarten und zieht sich zurück.

„Hast du's gleich gefunden?", fragt Obanczek.

„Ich habe ein Navi."

„Und das Wetter ist auch gar nicht so schlecht."

„Zum Wochenende soll es aber wieder regnen."

„Was ich dich fragen wollte, du musst aber nicht antworten …" Obanczek beugt sich über den Tisch, Nele Dettmann kommt ihm entgegen, der Cameriere bringt einen *Gruß aus der Küche*. Nele Dettmann greift zu, Obanczek zögert, er riecht den Knoblauch, er denkt an den erwünschten weiteren Verlauf des Abends.

Nele Dettmann schaut ihn fragend an, scheint seine Überlegungen zu ahnen, lacht laut auf, für einige Gäste wohl zu laut, Obanczek ist es ein wenig peinlich.

„Hab ich dir jetzt den Abend versaut?", fragt Nele, „schmeckt aber köstlich."

Wenn beide Knoblauch zu sich genommen haben … Obanczek greift zu.

„Du wolltest mich etwas fragen?"

„Ist aber sehr privat."

„Nun eiere mal nicht so rum."

„Also: Lebst du in einer Beziehung?"

Der Hauptgang wird gebracht, Nele Dettmann lacht, Obanczek stellt überrascht fest, dass es ihm nicht mehr peinlich ist.

„Wenn ich in einer Beziehung wäre, würdest du mich dann mit anderen Augen sehen?"

„Eigentlich nicht."

„Aber du hättest Bedenken, mich anzumachen."

„Na ja."

„Ich kann dir sagen: so oder so – meine Antwort ist nein! Und schon gar nicht mit jemandem aus dem Büro. – Die Nudeln mit Ziegenkäse sind übrigens fantastisch. Und dein Rinderfilet?"

„Ausgezeichnet."

Nele Dettmann nimmt erneut ein paar Nudeln auf die Gabel, Obanczek legt Messer und Gabel auf den Teller.

„Appetit vergangen?", fragt Nele Dettmann.

„Ist ein bisschen viel."

Nele Dettmann isst mit gutem Appetit, tupft sich dann die Lippen ab und trinkt einen Schluck Wein. „Ist schon schade, dass ein so netter Mann wie du so leicht aufgibt. Wenn du wirklich Interesse hättest, müsstest du dich jetzt erst recht anstrengen. Du willst eine Frau erobern und gibst auf, weil sie dir nicht in die Arme fliegt? Wie ist das denn im Job, gibst du auch auf, wenn ein Verdächtiger sagt: ‚Herr Kommissar, ich war es nicht.'? Aber lass dir den schönen Abend nicht vermiesen. Notfalls kann man auch die Arbeitsstelle wechseln."

Der Cameriere fragt nach den Dessertwünschen. Beide entscheiden sich für Mousse au Chocolat mit Mangosoße und Baileys-Eis.

„Was immer auch die Zukunft bringt", Obanczek hat seine Zuversicht zurückgewonnen, „ich würde dich doch gerne noch etwas Berufliches fragen."

„Dafür übernimmst du das Eis!"

„Klar, gerne!" Obanczek beugt sich über den Tisch. „Sagt dir der Club *Royal Flash* etwas?"

„Hört sich nach Kasino an, aber etwas Bestimmtes fällt mir dazu nicht ein."

„Sechs gut situierte erwachsene Männer pokern in einer Gaststätte so zum Spaß und ohne Einsätze, dann kommt heraus, dass sie doch um Einsätze gespielt haben, und zwar um recht große, und sie fliegen raus. Was machen sie nun? Sie könnten die Pokerrunde an einem anderen Ort fortsetzen. Doch was geschieht? Sie entdecken plötzlich ihre Liebe zur Monarchie und engagieren sich bei der Renovierung eines alten Bahnhofs."

„Männer und ihre Eisenbahn!" Nele Dettmann lacht und nun dreht sich auch kein Gast mehr zu ihr um.

Nach dem zweiten Glas Rotwein lockert sich die Stimmung, Nele Dettmanns Stimme wird leiser und weicher, und als sie einmal Obanczeks Rede unterbrechen will, um selber etwas zu sagen, legt sie sogar kurz ihre Hand auf seinen Arm. Es könnte alles so schön sein, wenn dieser Silberblick ihrer blauen Augen nicht so intensiv wäre. Am Anfang kann er sich gar nicht sattsehen an ihren aufmüpfigen Augen. Ihr Blick geht sofort dahin, wo sich Männer am liebsten angeregt fühlen. Aber dann fängt der Blick an, ihn zu verstören. Da ist keine Wärme. Na klar, Wirtschaftskriminalität, da sieht sie so einiges.

Obanczek sucht sich einen Punkt auf ihrer Stirn oberhalb der Nase, der einen direkten Blick vortäuscht und dennoch haarscharf danebengeht. Plötzlich geht ihm auf, dass sie diesen Verhörblick natürlich selber kennt. Wie soll er aus der Nummer bloß wieder herauskommen? Er bestellt „Due espressos, per favore."

„Den Italienischkurs hatte ich auch mal. Kostenlos im Internet. Hat mir auch nichts gebracht."

Bevor er ihr dann in die Jacke helfen kann, ist sie selbst hineingeschlüpft, grinst. „Der Abend ist noch jung."

Was will sie noch, die Fronten sind doch geklärt? „Also …"

„Wir könnten an den Maschsee fahren und eine Runde joggen oder wir fahren zum Kröpcke und lassen uns von den Straßenkünstlern unterhalten oder ... du kommst mit zu mir und ich zeig dir meine Asservatensammlung."

Obanczek hofft, dass er das wirklich gehört hat und nicht nur hören wollte. Sie hakt sich bei ihm ein. „Briefmarken habe ich leider nicht."

Sie fahren mit der Bahn nach Vahrenwald. Ein Stadtviertel mit allem, was das Leben so zu bieten hat. Kriegerstraße. Jugendstil mit Altersflecken. Hohe Räume, Stuckdecken und ein alter Spiegel mit Goldrahmen im Flur. Aber keine Garderobenhaken.

Nele Dettmann geht voraus ins Wohnzimmer. Rot. Roter Tisch, rote Stühle und eine rote Ledercouch. „Nimm Platz!" Nele Dettmann verschwindet, kommt aber bald darauf mit zwei Gläsern zurück, öffnet die mittlere Tür der roten Anrichte. „Was möchtest du trinken?"

Obanczek räuspert sich, überlegt noch, will etwas sagen ...

„Wie wär's mit einem Aperol?"

„Warum nicht!"

„Ich liebe klare Entscheidungen." Nele Dettmann reicht Obanczek sein Glas mit dem roten Likör. Sie prosten sich zu, dann nimmt sie Obanczek das Glas aus der Hand, stellt die Gläser ab und lächelt ihn herausfordernd an. „Jetzt darfst du mich küssen."

„Wie bitte?"

„Küssen!"

Obanczek legt seine Arme vorsichtig um den Vulkan, zieht ihn ein wenig an sich und drückt ihr einen Kuss auf die linke Wange.

„Ich sagte: küssen!"

Da macht es klick bei Obanczek, er küsst Nele und lässt sie nicht mehr los, bis sie zusammen auf der roten Ledercouch liegen.

Für einen Augenblick schiebt Nele Obanczek auf Armlänge von sich.

„Aber eins muss klar sein: Kein gemeinsames Frühstück, Zeitung kannst du in der U-Bahn lesen und auf getrennten Wegen zur Direktion. Klar?"

„Klar!"

„Dann zeig mal, was du bei der Reiterstaffel gelernt hast!"

„Ich war doch nie bei der …"

Nele lacht schallend, Obanczek kann sich auch nicht mehr halten und sie fallen gemeinsam von der Ledercouch.

Kalenberger fährt mit der Bahn, Linie 10. Linden. Limmerstraße. Haltestelle Ungerstraße. Direkt vor dem *Debakel* steigt Kalenberger aus. Aber rein kann sie nicht ins Lokal. Ein Menschenauflauf versperrt ihr den Zutritt.

Kalenberger ahnt nichts Gutes, als sie sich durch die Zuschauerreihen schiebt. Direkt vor der Stufe zum *Debakel* liegt ein Mann, der zum Himmel starrt. Kalenberger beugt sich zu ihm hinab, die Handykameras blitzen, der Mann hat keinen Puls mehr. Kalenberger ruft den Kriminaldauerdienst an und die Kriminaltechnik.

Sie sieht sich um. „Kennt jemand diesen Mann?"

„Jeder", sagt ein Zottelbart, „oder fast jeder."

„Schön", sagt Kalenberger. Das wird keine leichte Befragung in Linden, die Leute mauern. „Und wer ist das?", fragt sie den Zottelbart.

Der zuckt nur mit den Schultern. „Ich denke mal, das ist Akki Loos." Der Zottelbart schiebt sein Fahrrad durch das Spalier der Gaffer, scheint verschwinden zu wollen.

„Halt", sagt Kalenberger, „ich brauche Ihre Personalien als Zeuge."

„Hab schon gedacht, du wolltest meine Handynummer."

Die Umstehenden lachen

„Also?" Kalenberger zieht ihr Notizbuch aus der Handtasche.

„Null-eins-sieben …"

„Sie sind hier wohl der örtliche Spaßvogel?" Kalenberger hält ihm ihren Kripoausweis unter die Nase. „Ihren Personalausweis, bitte."

„Bin ich verpflichtet, meinen Personalausweis …“ Weiter kommt der Zottelbart nicht. Von zwei Seiten nähern sich uniformierte Polizeibeamte der Gruppe. Die Menschenmenge zerstreut sich. Ein Zuschauer wird von einem Polizisten am Arm festgehalten. „Ach nee, der Fischkopf. Bist du nur zufällig hier oder willst du dich endlich stellen? – Überleg dir die Antwort genau, könnte sich bei deinem Prozess strafmildernd für dich auswirken.“

Ein Rettungswagen trifft ein, es gibt nichts mehr zu retten, der Tote wird eingesackt und in die Pathologie gebracht.

Für einen Augenblick unterbricht Kalenberger den routinierten Arbeitsablauf der Kriminaltechnik. Sie beugt sich zu dem Toten hinunter, schaut genau auf seine linke Gesichtshälfte und deutet mit dem Kugelschreiber auf sein Ohr. „Das muss genau untersucht werden.“ Sie hat einen Einstich hinter dem Ohr entdeckt und ein paar graue Fleckchen, die sie für Quecksilberspritzer hält.

Es wird mal wieder spät bei Kalenberger. Zum Abendessen hat sie zwei Knäckebrot mit Käse zum Rotwein. Das Fernsehprogramm ist längst zum Angebot von Keramik-Bratpfannen, Wunderhobeln und heißen Telefonnummern übergegangen. Mit dem leeren Rotweinglas ist Kalenberger auf der Couch eingenickt.

Plötzlich klingelt das Telefon. Für einen Augenblick muss sich Kalenberger orientieren, sie stellt das Rotweinglas auf den Beistelltisch, nimmt das Telefongespräch an. Ein Röcheln und Stöhnen auf der anderen Seite, Kalenberger wird ganz ruhig, greift nach der Trillerpfeife, die sie griffbereit neben das Telefon gelegt hat, holt Luft und bläst hinein. Ein lauter schriller

Ton, der bestimmt die ganze Nachbarschaft aufweckt. Ist im Augenblick egal, denn die Trillerpfeife tut ihre Wirkung. Der Anrufer schreit auf und beendet schlagartig das Telefongespräch. War nicht der erste, dem Kalenberger das nächtliche Telefonieren abgewöhnt hat.

„Und nun?", fragt Kalenberger ihren Kollegen, als sie am nächsten Morgen ins Büro kommt. Obanczek kann und will noch nicht denken, die Packung mit dem Kaffeepulver ist leer, er muss sich erst bei Kollegen „ein, zwei Lot" leihen, wie er sagt.

„Geh zu Daria, sie hat sich letzte Woche Kaffee bei uns geliehen und könnte ihre Schulden jetzt begleichen."

Kalenberger stellt den Computer an. Der vorläufige Bericht der Pathologie ist eingetroffen. Akki Loos ist an einem plötzlichen Herzstillstand gestorben. Sein Gesundheitszustand war wohl nicht der allerbeste. Leber geschädigt, Arterien verkalkt, Lunge nur noch zu einem Drittel funktionsfähig. Alkohol, Nikotin und Koks.

Obanczek kommt zurück, stellt die Kaffeemaschine an, richtet Kalenberger einen schönen Gruß aus, ob man mittags mal zusammen essen gehen sollte.

Kalenberger nickt abwesend, will sich jetzt nicht stören lassen. Quecksilberspuren hinter dem Ohr, geringfügig. Aber woher?

Obanczek stellt Kalenberger die Kaffeetasse auf den Schreibtisch, bleibt stehen, Kalenberger sieht ihn an und wiederholt ihre Frage: „Und nun?"

„Aha", sagt Obanczek, „aufgewacht?"

„Im Gegensatz zu dir bin ich sogar hellwach, wenn ich schlafe."

„Der Chef hat angerufen. Ich hab ihm die neuste Entwicklung im Fall Axel Gerlach geschildert. Ab sofort sind wir wieder ausschließlich für den Fall zuständig."

„Dann machen wir also weiter: Ich denke, dass die Verbindung von den Monarchisten über Alfred Jagoda zu Akki Loos nicht zufällig war. Warum also musste Akki Loos sterben und wie passt Axel Gerlach in unser Puzzle?"

„Bevor wir die Clubmitglieder einzeln abklappern, werden wir unangemeldet bei der nächsten Clubsitzung in Nordstemmen aufkreuzen."

„Das ist die eine Richtung, in der wir ermitteln sollten. Die andere ist Akki Loos selber. Linden ist ein Dorf, da gibt es viele Vernetzungen, und Akki Loos war bestimmt kein Kind von Traurigkeit."

„Also Klingelputzen. Wo fangen wir an?"

„Moment", Kalenberger sucht in den Unterlagen des Kriminaldienstes, „mir ist da so ein Zottelbart aufgefallen, der am Tatort ein bisschen vorlaut war und sich mit mir anlegen wollte."

„Das hat er sich selber zuzuschreiben. Haben wir seine Adresse?"

„Wir haben die Adresse seines Personalausweises. Ob das seine ist, wird sich noch herausstellen."

Morgan Ostertag ruft Dr. Walther an. Der ist nicht zu sprechen. Alfred Jagodas Telefon ist abgeschaltet. Doch Ostertag ist nach der Lektüre der Morgenzeitung so aufgebracht, dass er nicht einfach zum Tagesgeschäft übergehen kann. Er ruft seinen Kollegen; auch Peter Gäbler signalisiert Redebedarf. Sie treffen sich im *Mövenpick* am Opernplatz, für jeden von ihnen mit wenigen Schritten zu erreichen. Kein stiller, konspirativer Ort, das quirlige Drumherum macht ihr Treffen umso unverfänglicher.

„Hast du heute schon die Zeitung gelesen?", fragt Ostertag noch im Hinsetzen.

„Nun mal ruhig." Gäbler fasst nach Ostertags Arm und zwingt ihn, sich hinzusetzen.

„Hast du?"

„Natürlich. Hannover 96 in der Krise."

„Und wir?"

„Mach es mal nicht schlimmer, als es ist. In Linden stirbt ein vollgedröhnter Künstler, der zufällig auch Verbindung zu Alfred Jagoda hat …"

„Und Alfred Jagoda hat *zufällig* Verbindung zu unserm Club *Royal Flash*."

„Nun reg dich mal nicht auf. Akki Loos hatte keinen direkten Kontakt zu unserm Club, und wer das Gegenteil behauptet, muss es erst einmal beweisen."

„Erst dieser Axel Gerlach und jetzt Akki Loos. Das gefällt mir nicht."

„Wir sollten aufpassen, mit wem wir reden."

Zottelbarts Adresse erweist sich als verbarrikadiertes Hinterhaus, in das selbst Plattwanzen Mühe hätten einzudringen.

„Und jetzt?" Obanczek sieht sich um.

„Fragen wir doch mal in dem Kiosk. Ein Mann wie Zottelbart braucht Bier und das kauft er nicht beim Discounter."

„Wie heißt Zottelbart eigentlich richtig?"

„Nach Information der Kollegen stand in seinem Ausweis", Kalenberger schaut in ihr Notizbuch, „Reese, Adam Reese."

„Irgendwie kommt mir der Name bekannt vor."

„Du meinst den, nachdem ein Gebirge benannt wurde."

„Stimmt. Adam Fichtelgebirge!"

„Schluss jetzt mit dem Blödsinn, die Leute sollen die Kripo ernst nehmen und nicht über sie lachen."

Sie betreten einen winzigen Laden. Kalenberger schaut sich bei den ausgestellten Zeitschriften um.

Obanczek stellt sich vor die übervolle Theke. „Guten Tag", sagt Obanczek zu dem kleinen Mann mit schwarzem Schnauzbart, „wir sind von der …"

„Ich weiß", sagt der Schnauzbart. „Sie hat doch unsern Akki gefunden." Dabei deutet er mit dem Daumen auf Kalenberger.

Kalenberger steckt die herausgezogene Zeitschrift zurück, stellt sich hinter Obanczek. „Tragischer Fall", sagt Kalenberger.

„Er fehlt uns jetzt schon."

„Ist wohl gar nicht so selten, dass in Linden jemand verschwindet, also nicht vom Erdboden, eher aus den Dateien des Einwohnermeldeamts", sagt Obanczek.

„Wie meinen Sie das denn?" Der Schnauzbart schaltet sofort auf stur. „Hier wohnen nur anständige Menschen. Andere habe ich jedenfalls noch nicht kennengelernt."

Kalenberger schiebt Obanczek zur Seite, stellt sich direkt vor den Schnauzbart. Der hat Sauerkraut gegessen. Mit Wacholderbeeren. „Bei der Kripo arbeiten auch nur anständige Menschen und die haben immer ganz einfache Fragen: Wo finden wir Adam Reese?"

„Adam Reese – nie gehört."

„Zottelbart!"

„Ach, den … weiß ich nicht, hab ihn schon lange nicht mehr gesehen. Vielleicht ist er umgezogen."

„Wir können Sie auch in die Polizeidirektion vorladen. Da lassen wir Ihnen dann Zeit, sich zu erinnern."

„Und der Kiosk?"

„Tja, der Kiosk, da müssen Ihre Kunden mal eine Zeit lang auf Bier und bunte Blätter verzichten."

„Ich kann doch nicht …"

„Nicht?"

„Adam hängt mit seinen Freunden meist im Zugang vom Apollo-Kino rum."

Das Apollo - Studio für Filmkunst (kurz: Apollo) – ist ein Stadtteil-Kino in einem Hinterhof der Limmerstraße in Hannover. Es ist eines der ältesten noch bespielten Kinos in Norddeutschland und eines der ersten Programmkinos in Deutschland. Meinung bei Facebook: „Cooles altes Kino aus den Anfängen der Kinogeschichte. Zur Ehrenrettung des Kinos: Bei mir hat der Boden noch nie geklebt. War wohl mal eine Ausnahme. Im Januar gibt es in 35mm DAS DRECKIGE DUTZEND und EIN HAUFEN TOLLER HUNDE mit Sean Connery. Da bin ich wieder da!!!"

Links die Kinoschaukästen, rechts ein italienisches Restaurant, hinten links der Eingang zum Apollo-Kino. Kalenberger erkennt das Fahrrad vor der Tür. Sie nickt Obanczek zu. Vorsichtig öffnet Obanczek die Tür, ein dunkler Vorraum, links um einen kleinen Stehtisch haben sich drei Männer versammelt, Bierflaschen auf dem Tisch. Zottelbart steht mit dem Rücken zur Tür, erzählt gerade etwas von Pferdewetten und …

Kalenberger tippt ihm auf die Schulter. Zottelbart dreht sich um. Fluchtreflex, doch Obanczek sieht ihn nur an.

„Was soll das. Wenn ihr was von mir wollt, ich habe einen Anwalt."

„Den werden Sie auch brauchen." Kalenberger kramt in ihrer Tasche, zieht einen Computerausdruck heraus. „Adam Reese? Auf dem Brinke 11?"

„Wenn ihr schon alles wisst, warum fragt ihr überhaupt. Bin ich irgendwie in eure Rasterfahndung geraten, weil ich kein Licht an meinem Fahrrad habe?"

Seine Kumpels lachen. Kalenberger schiebt sie zur Seite, baut sich direkt vor Zottelbart auf. „Gehen wir mal davon aus, dass Ihr Strafregister nicht persilweiß ist, was gibt es denn für Urkundenfälschung?"

„Urkundenfälschung?"

„Unsere Technik hat gelacht, als sie die plumpe Fälschung gesehen hat. Wohl Freeware aus dem Internet? Also: Namen und richtige Adresse!"

Die Kumpels stellen ihre Bierflaschen auf den Tisch und verdrücken sich klammheimlich. Obanczek gibt ihnen den Weg frei.

„Ich höre." Kalenberger zieht ihr Smartphone aus der Tasche. „Aber keinen Blödsinn, ich lasse die Angaben sofort überprüfen."

„Okay, okay. Norman Holle."

„Wie die …"

„Ja!"

„Adresse!"

„Zum Buchengarten 24."

„Geht doch", sagt Kalenberger und schiebt ihr Smartphone zurück in die Tasche.

„Kann ich jetzt gehen?"

„Sie können jederzeit gehen, wohin Sie wollen."

Norman Zottelbart macht zwei Schritte in Richtung Tür, bleibt stehen. „Dann sag diesem Zombie, dass er mich vorbeilassen soll."

„Tja, da haben wir einfach ein Problem." Kalenberger flüstert vertraulich. „Der nette Kripobeamte an der Tür hört nicht auf mich."

„Dann rufe ich jetzt die Polizei!" Norman Zottelbart zieht sein Smartphone aus der Tasche.

„Vergiss nicht, die Urkundenfälschung zu erwähnen."

„Hm. Was wollt ihr überhaupt von mir?"

„Sie!"

„Hä?"

„Was wollen *Sie* überhaupt von mir?"

„Okay, aber mit dem Tod von Akki Loos hab ich nichts zu tun. Ich hab gelegentlich mal ein Bier mit ihm getrunken. Wir sind da so eine Clique und Akki hat ab und zu einen ausgegeben. War wohl Maler oder so was."

„Mit wem war er befreundet?"

„Mit allen und niemandem. Wüsste nicht ... na ja, Franzi müsste mehr über seine Freunde wissen."

„Franzi?"

Jemand macht die Tür von außen auf, Obanczek dreht sich ganz langsam um und sieht den Eindringling nur an, die Tür wird wieder geschlossen.

„Mit Franzi war er schon länger zusammen, seit Silvester, glaube ich. Kann ich jetzt gehen?"

„Franzi was?"

„Weiß ich nicht. Arbeitet die Straße rauf im *Yeliz* im Friseurladen."

„Das war's auch schon. Danke! Sie haben uns sehr geholfen."

Obanczek gibt die Tür frei, Norman Zottelbart schnappt sich die drei angebrochenen Bierflaschen vom Tisch und geht betont langsam und lässig hinaus zu seinen Kumpels.

„Das ist doch schon mal was!", sagt Obanczek.

„Stimmt", sagt Kalenberger, „deine Glatze könnte mal wieder aufpoliert werden."

„Wenn schon, dann Irokesentoupet!"

Die Kumpels aus dem *Apollo* sitzen auf den Stufen des italienischen Restaurants, würdigen die beiden Kripobeamten keines Blicks, wollen aber sofort wieder ihren Stammplatz besetzen, sobald sich die Zugriffsgefahr verzogen hat.

„Noch eins", Kalenberger hat sich noch einmal umgedreht, „Sie haben morgen auf dem Einwohnermeldeamt einen Termin." Sie zeigt mit dem rechten Zeigefinger auf Norman Zottelbart.

„Was ist denn nun schon wieder?"

Er ist wirklich ein wenig schwer von Begriff, findet Kalenberger. „Sie haben doch Ihren Personalausweis verloren und müssen einen neuen beantragen."

„Ich? Ach so. Na klar!"

„Wir kontrollieren das!"

„Wenn *ihr* sonst nichts zu tun habt!"

Kalenberger droht ihm mit dem Finger.

Der Friseurladen ist ein Haarstudio. Ein Lindener Haarstudio. Die Inhaberin betont sofort, dass sie ihren Mitarbeiterinnen den tariflichen Mindestlohn bezahlt, als ihr Obanczek seinen Dienstausweis unter die Nase hält. „Vier Euro!", hört man eine Stimme aus dem Hintergrund, und die fesche Frau Yeliz lacht gekünstelt.

„Franzi?" Frau Yeliz überlegt. „Eine Franzi hat hier nicht gearbeitet. Wie ist denn ihr Nachname?"

„Den wollten wir von Ihnen erfahren."

„Also, wenn hier eine Franzi gearbeitet hätte …!"

„Wir können Sie auch alle einzeln in die Polizeidirektion bestellen, da kann eine Befragung richtig lange dauern, dann müssten Sie Ihr Studio wohl einen ganzen Tag schließen", sagt Obanczek.

„Oder sogar zwei", fügt Kalenberger hinzu, „wenn wir Nachfragen haben."

Frau Yeliz wendet sich an eine Kollegin: „Du hast doch so ein gutes Namensgedächtnis, kennst du eine Franzi?"

Die Kollegin scheint ein wenig unsicher, doch Frau Yeliz nickt ihr aufmunternd zu.

„Franzi Bodurow."

Natürlich kennt Frau Yeliz den Namen, aber sie hält sich raus. Hat sicher so einige Erfahrungen gesammelt.

„Wo ist sie jetzt?"

„Keine Ahnung!" Frau Yeliz hebt fragend die Schultern. Doch ihre Bewegung wird von der Kollegin falsch gedeutet. „Franzi arbeitet jetzt in einem Kosmetiksalon in der Röttgerstraße."

„Danke", sagt Kalenberger.

„Und sollte ich mir mal die Haare schneiden lassen, dann nur bei Ihnen", fügt Obanczek mit seinem charmantesten Lächeln hinzu. Doch Frau Yeliz hat auf einmal keine Lust mehr an dem Gespräch. „Nehmen Sie besser Franzis Dienste in Anspruch, sie entfernt Beinhaare mit Heißwachs."

Kalenberger und Obanczek laufen die Limmerstraße hinauf, aber irgendwie scheint die Straße keine Durchgangsstraße zu sein. Überall stehen kleine Grüppchen von Menschen zusammen. Frauen mit Einkaufstaschen, junge Männer mit Bierflaschen und junge Mädchen mit ihren Smartphones. Vor den Cafés sitzt man eingehüllt in dicke Jacken oder halb so dicke Mäntel. Die Straßenbahn spuckt Schulkinder mit ihren schweren bunten Schultaschen aus und drei Kontrolleure mit einem erwischten Schwarzfahrer.

Die beiden Kripobeamten schauen sich an und entscheiden sich dann spontan für einen Cappuccino in einem der kleinen Cafés.

Eine junge Frau geht vorbei, die Ähnlichkeit mit Adél ausstrahlt.

„Das ist doch ...", setzt Obanczek an.

„Nein, ist sie nicht." Kalenberger schaut Obanczek an. Was sie mit ihrem Kollegen verbindet, ist ausschließlich Professionalität, geht es ihr durch den Kopf. Was ist das eigentlich für ein Mensch, der ihr da gegenübersitzt? Er hat eine Glatze, die er liebt, trägt niemals einen Schal und sammelt verunglückte E-Mails. Ob er die wirklich sammelt, vielleicht sucht er auch einfach nach einer Verbindung über das Berufliche hinaus. Einfach sich mal privat austauschen, ohne ins offene Messer von Häme und Ironie zu laufen. Auch ein Rat wäre gelegentlich willkommen. Doch ein solcher Austausch braucht Vertrauen. Vertraut sie Obanczek? Sicher! Oberflächlich. Wenn es nicht persönlich wird. Bis zu einem gewissen Grad. Alles ist so schwerfällig geworden in letzter Zeit. Trostlos. Und plötzlich überkommt sie das bedrückende Gefühl einer grenzenlosen, hoffnungslosen Einsamkeit.

Für einen kurzen Augenblick schaut ihr Obanczek direkt in die Augen. Er hat sie durchschaut und ihm geht es nicht anders als ihr. Beide wissen, dass sie die Distanz zwischen ihnen niemals überwinden werden. Und auch nicht wollen.

„Ich übernehme die Rechnung!" Obanczek steht auf, stößt sich das Knie an der Tischkante, jault übertrieben auf und reibt sich mit schmerzverzerrtem Gesicht das falsche Knie. Kalenberger lacht pflichtbewusst, sie können gehen.

Bitte Ruhe im Wellnessbereich! steht auf dem Schild, das von innen gegen die Glastür gehängt wurde.

Obanczek schiebt die Tür auf. „Hallo, ist hier jemand?“ Kann er überhaupt leise sprechen? Kalenberger schüttelt den Kopf, um das entstehende Bild loszuwerden. Obanczek missdeutet die Bewegung. „Beim nächsten Mal gehst du vor!“

Eine sehr junge Frau mit sehr blonden Haaren in einem sehr weißen Kittel taucht auf. „Was kann ich für Sie tun?“ Ein Flüstern ist das nun auch nicht.

„Er will sich die Haare von den Beinen entfernen lassen.“ Kalenberger deutet auf Obanczek. Sie hat zu ihrem schnoddrigen Ton zurückgefunden.

„Zuerst ist sie dran“, Obanczek wendet den Kopf kurz in Kalenbergers Richtung. „Bei ihr müssen die Zähne enthaart werden.“

„Aha“, sagt die Frau im Kittel verunsichert.

Bevor das Geplänkel weitergeht, zieht Obanczek seinen Dienstausweis aus der Tasche. „Wir möchten mit Franzi Bodurow sprechen.“

„Sie steht vor Ihnen. Was hat sie verbrochen?“

„Sie waren mit Akki Loos befreundet?“

„Wer hat denn da geplaudert?“

„Waren Sie?“

„Ja.“

„Können wir einen Augenblick mit Ihnen über Akki Loos sprechen?“ Kalenberger deutet mit dem Kopf auf die beiden verhängten Kabinen.

„Wir können uns setzen“, sagt Franzi Bodurow, sie deutet auf die kleine Sitzgruppe seitlich vom Schaufenster. Die Möbel scheint sie aus ihrem früheren Kinderzimmer übernommen zu haben. Kalenberger und Obanczek setzen sich ganz vorsichtig, das Tischchen wackelt schon beim Ansehen.

„Ich kann nicht so nach außen trauern", sagt Franzi Bodurow, „aber der Tod von Akki ist mir schon sehr nahegegangen. Er war schon eine eigenwillige Person, aber ich habe ihn geliebt, obwohl er es mit der Treue nicht so genau genommen hat. Manchmal war er tagelang verschwunden. Hat ihm wirklich jemand Gift in die Bierflasche getan?"

„Gift in der Bierflasche?"

„Ein Gerücht in Linden. Es soll das Gift vom Pfeilfrosch gewesen sein oder von einer Kobra."

„Aha."

„Seit Akkis Todestag sind zwei vom Personal des indischen Restaurants verschwunden."

„Pfeilgiftfrösche in Indien?"

„Der Inhaber des Restaurants ist Kolumbianer."

„Dann ist alles klar!" Obanczek macht einen übertrieben zufriedenen Eindruck.

„Lass den Quatsch!", sagt Kalenberger. „Wissen Sie etwas über Auseinandersetzungen zwischen Akki Loos und Alfred Jagoda?"

Franzi Bodurow überlegt, schaut auf die Uhr, richtet die Prospekte auf dem kleinen Tisch, schaut auf die Straße und scheint zu einem Entschluss gekommen zu sein. Sie berichtet den Kripobeamten von einem ihrer letzten Gespräche mit Akki: „Alfred Jagoda wollte Akki wohl den Geldhahn zudrehen. Ich weiß nicht warum. Aber Akki war ziemlich sauer. So könne man nicht mit ihm umspringen. Wenn er auffliegt, fliegen alle auf. Dann kämen alle Machenschaften auf den Tisch. Aber Jagoda muss wohl eiskalt geantwortet haben: Ein Wort von Akki und er könnte die Stiefmütterchen von unten betrachten."

„Das hat Alfred Jagoda so gesagt?“

„Ich war nicht dabei, aber Akki hat es mir so berichtet. Er war ziemlich fertig. Ich glaube nicht, dass er sich aufspielen wollte. Dafür setzte er andere Fähigkeiten ein … tja …“

„Das möchten wir jetzt nicht so genau wissen. Nur noch eins“, Obanczek hält den Tisch mit der flachen Hand fest, steht auf, „sagt Ihnen der Name Dr. Axel Gerlach etwas?“

„Der Tote von der Marienburg?“

„Genau der!“

„Es kann Akki nichts mehr nützen und nicht mehr schaden. Dieser Gerlach hat öfter mit Jagoda und Akki zusammengehockt. War aber immer sehr geheim, was sie zu bereden hatten. Davon habe ich nichts mitbekommen, und Akki hat selbst in benebeltem Kopf nicht darüber gesprochen.“

„Danke“, sagt Kalenberger und erhebt sich ebenfalls. „Sie sollten in den nächsten Tagen in die Waterloostraße kommen“, sie gibt Franzi Bodurow ihre Visitenkarte, „und Ihre Aussage unterschreiben. Wenn Ihnen in der Zwischenzeit noch was einfällt, können Sie uns gerne anrufen. Sie haben uns sehr geholfen.“

„War es nun der Pfeilgiftfrosch, die Kobra oder …“, etwas kleinlaut, „… der Suff?“

Kati Trapp vom *Leine-Boten* will sich mit Kalenberger treffen. Sie hat das Bauerncafé in Laatzen vorgeschlagen. Man kommt rum als Kriminalbeamtin. Obanczek hat es übernommen, dem verwaisten Atelier von Akki Loos einen Besuch abzustatten. Hätte vielleicht auch lieber getauscht, doch darauf wollte sich Kalenberger nicht einlassen, Kati Trapp hat mit selbstgebackenem Kuchen und uriger Atmosphäre im Bauerncafé gelockt. Das Café liegt direkt neben dem Friedhof im Heidfeld. Kerzenlicht auf den Tischen und freundliche Mitarbeiter geben dem Gast sofort ein Gefühl der Geborgenheit wie aus einer längst vergangenen Zeit. Es duftet herrlich nach Kaffee und Kuchen.

Im Augenblick ist nicht viel los im Café, Frühstückszeit ist vorbei und bis zum Mittagessen ist noch ein wenig Zeit. Kati Trapp hat ihren Hund mitgebracht. Chico, einen schwarzen Labrador. Sie hat gefragt, ob ihr Hund mit ins Café kommen darf. Darf er und wird in eine Ecke neben den Tisch der beiden Frauen platziert.

Kalenberger bestellt einen gedeckten Apfelkuchen und einen Milchkaffee, Kati Trapp nimmt die Stachelbeertorte mit Baiserhaube, und Kalenberger macht einen Fehler. Während sie auf Kaffee und Kuchen wartet, krault sie beiläufig Chicos Ohren. Das gefällt Chico. Das gefällt Chico sehr. So sehr, dass er Kalenbergers Hand abschleckt, dann den Arm und – mit den Vordertatzen auf ihrem Stuhl – ihr Gesicht zu erreichen sucht.

„Tut mir leid", sagt Kati Trapp, „ich hätte sie warnen sollen." Dabei scheint sie sich hinter der Fassade durchaus zu amüsieren.

Kalenberger wischt den klebrigen feuchten Schleim mit allen erreichbaren Servietten ab, dann steht sie auf, um zur Toilette zu gehen, und Chico will hinterher. Darf er natürlich nicht, ist beleidigt, was sich überdeutlich in seiner Miene ausdrückt. Er legt sich träge in seine Ecke und kommentiert das ganze Unverständnis über diese lieblose Welt mit einem tiefen Grummeln.

Kalenberger kommt zurück. Sie schaut Chico an, bevor sie sich setzt. Chico ignoriert sie und widmet seine ganze Aufmerksamkeit einer Fliege, die sich unvorsichtig seinem Maul nähert.

„Ich weiß nicht, ob es Sie in Ihren Ermittlungen weiterbringt", Kati Trapp rührt in ihrem Kaffee, „aber sollten Ihnen meine Informationen helfen, möchte ich für mein Blatt als Erste die Informationen."

„Ich kann natürlich nichts versprechen", Kalenberger bricht mit der Kuchengabel ein Stück von ihrem Apfelkuchen ab, „doch die moderne Kommunikation geht oft eigenwillige Wege."

Chicos Jagd war erfolgreich.

„Auf der Marienburg ist ein blonder Engel gelandet. Anna Weiland wird zuständig sein für das Touristenangebot. Natürlich kein Mauritz von Reden. Aber mit eigenen interessanten Ideen."

Chico schnarcht.

„Anna Weiland wurde im kleinen Kreis den örtlichen Medienvertretern vorgestellt. Ist vielleicht nicht so aufregend für Sie. Ich habe danach noch einen Kaffee mit einem Kollegen im Schlosscafé getrunken. Wir haben so richtig getratscht und dabei sind wir auch auf diesen merkwürdigen Royalisten-Club gekommen.

Was jetzt kommt, ist ein Gerücht, und Sie haben es nicht von mir!"

Kalenberger entschließt sich zu einem zweiten Kaffee, diesmal aber einfach eine Tasse, schwarz, ohne Milch und Zucker. Für einen Augenblick klappt Chico ein Auge auf, sieht Kalenberger an, schließt das Auge wieder.

„Sie haben wohl noch einen Termin?"

„Lassen Sie sich ruhig Zeit", wiegelt Kalenberger ab, „ich bin froh, für einige Zeit der Waterloohölle entkommen zu sein."

„Bei der Auktion 2005 sind auf Schloss Marienburg zwei silberne Kesselpauken des Leibgarderegiments von Georg III. für knapp vierhunderttausend Euro versteigert worden, angeblich soll im letzten Jahr der Galerist Alfred Jagoda die Kesselpauken im Angebot gehabt haben und ... jetzt wird's spannend: Dr. Axel Gerlach soll ihm ein Angebot eines seiner kapitalkräftigen Kunden gemacht haben. – Ob, wie, wann und überhaupt, darüber war nichts zu erfahren. Aber da haben Sie sicher die besseren Möglichkeiten."

„Vierhunderttausend müssen erst mal aufgebracht werden, um in den Besitz der Kesselpauken zu kommen. Aber wenn die Herren des Royalisten-Clubs zusammenschmeißen, sicher eine machbare Summe. Sie wissen nicht, ob Gerlach mit seinem Gebot erfolgreich war?"

„Nein, leider nicht, sonst hätte ich schon selber weiter an der Geschichte gestrickt."

Chico grunzt, stellt sich auf die Vorderbeine.

„Ich muss dann mal los", sagt Kati Trapp, „Chico will Gassi gehen."

Obanczek fährt in die Leinaustraße, parkt, geht ein paar Schritte zurück und betritt schließlich durch einen

Torbogen das Gelände der ehemaligen Bettfedernfabrik, dem heutigen *Kulturzentrum Faust.*

Auf dem ehemaligen Gelände der Bettfedernfabrik Werner & Ehlers bietet Faust seit 1991 eine vielseitige Infrastruktur für Kunst, Kultur, Bildung und Soziales. In den Veranstaltungshallen, der Warenannahme, der 60er-Jahre-Halle und der Kunsthalle sowie der Klubkneipe „Mephisto" treffen abwechslungsreiche Kultur-Events von Musik über Theater und Literatur bis hin zu Kunstausstellungen auf Partys und Discoreihen sowie eine engagierte, vielseitige Bildungs- und Vereinsarbeit.

Die Kunsthalle Faust lädt zu internationalen Kunstbegegnungen. Deutsche und internationale Künstler treffen sich zu multimedialem Dialog und zu Einzelausstellungen. Der allseits beliebte Biergarten „Gretchen" rundet das große Angebot auf dem Faust-Gelände mit frischgezapftem Bier, kleinen Snacks und leckeren Pizzas ab. Und natürlich Woche für Woche der leicht alternativ angehauchte Flohmarkt mit seinen circa 100 Anbietern – früher das ganze Jahr hindurch, jetzt mit Ausnahme der Wintermonate.

Hier fühlt sich Obanczek gleich wohl. Aber erst einmal die Arbeit. Er fragt sich durch nach dem Atelier von Akki Loos. „Hinten links, Stahltür, Aufschrift *Betreten verboten!"*

Dickes Vorhängeschloss, Vorkriegsware. Obanczek rüttelt an der Türklinke. Nichts. Wer eine Bombennacht übersteht, wird doch bei einem Kripobeamten nicht klein beigeben.

Obanczek telefoniert nach dem Schlüsseldienst. „… aber mit großem Gerät!"

Der Schlüsseldienst braucht dreiundvierzig Minuten für die Anfahrt, drei Minuten fürs Aufschließen, und die ganze Zeit schaut ein Junge auf einem violetten Fahrrad den Arbeiten zu.

Als das Vorhängeschloss schließlich mit einem Klacks auf das Steinpflaster fällt, zieht der Junge auf dem Fahrrad die Nase hoch. „Gute Arbeit, Alter", stellt er anerkennend fest, „hättet ihr aber auch einfacher haben können, auf der Rückseite ist noch eine Tür, die ist nie abgeschlossen."

„Warum hast du das nicht gleich gesagt?"

„Hat mich jemand gefragt?" Der Junge steigt in die Pedale und rauscht ab in Richtung Ihme-Ufer.

„Danke!", sagt Obanczek zum Schlüsseldienst. Die Arbeitsbestätigung muss er trotzdem unterschreiben.

Er betritt eine dämmrige Lagerhalle, sucht nach einem Lichtschalter, gleißendes Neonlicht flammt auf. In der Mitte des Raums ein langer stabiler Tisch, von Farbspritzern übersät. Links an der Wand, unter den hohen Fenstern, Leinwände in allen Größen, Leisten und Farbeimer. Auf der gegenüberliegenden fensterlosen Seite Holzkisten, daran angelehnt farbintensive Gemälde. Obanczek ist kein großer Verehrer der modernen Malerei. Ihm sagt das alles nichts. Linien, Kleckse, Kreise, Bilder, die man erklärt haben muss, statt sie anzusehen. Ganz links dann die Stadtansichten, die Formen und Farben leicht verändert. Schon eher was für Obanczek. Hier kann er etwas erkennen: Oper, Schloss Herrenhausen, Hauptbahnhof. Doch warum muss das Rathaus schräg stehen und das Wasser des Maschsees gelb sein?

Hinter einem Vorhang ein Eisenbett und daneben zwei übereinandergestapelte Bananenkartons. An der Wand lehnt eine Doppelbettmatratze. Fleckig. Obanczek zieht den Vorhang wieder zu.

Er durchsucht noch einmal den Raum, kann außer einem Notizkalender nichts Persönliches entdecken. Ob eine intensive Durchsuchung durch die Spürnasen vom Kriminaldienst lohnt? Man wird sehen. Leere Bierflaschen, Kondome, Kleingeld? Zu großer Aufwand für zu geringe Erwartung.

Er nimmt den Notizkalender an sich, schließt die Tür, versiegelt den Raum, wird noch mal den Schlüsseldienst anrufen, der soll die Türklinke abmontieren.

Obanczek greift zum Smartphone. Der Junge kommt auf seinem Fahrrad um die Ecke gesaust, stoppt das Rad mit blockiertem Hinterrad vor Obanczeks Füßen. „Haste 'ne Leiche gefunden? Ich hab auch schon drei. Allerdings nur Ratten."

„Mit den Erfahrungen kannst du später prima zur Polizei gehen."

„Ich werde Supertalent, als Polizist hat man doch keine Freunde."

In der Kantine der Oberfinanzdirektion: Gebratene Ochsenbrustscheiben auf Zwiebelsoße, Bratkartoffeln und ein Bohnensalat zu vier Euro neunzig. Da kann man nicht meckern. Man tauscht die Ermittlungsergebnisse aus.

„Was ich nicht verstehe ..."

„Die Welt?"

„Blödmusiker!", sagt Kalenberger. „Wenn der Royalisten-Club Geschäfte mit Gerlach gemacht hat, dann hat er sich doch indirekt selbst am Ausverkauf des welfischen Kulturguts beteiligt. Es kann nur sein, dass sich der Verein übervorteilt fühlte. Aber nur, wenn er sich zum ersten Mal auf so ein lukratives Geschäft eingelassen hat. Man verkauft die Pauken, um von dem Erlös den Königsbahnhof zu sanieren. Stellt nach Abwicklung des Geschäfts fest, dass Gerlach in die eigene Tasche gewirtschaftet hat."

„Es kann ...", Obanczek kaut eine Weile an der Ochsenbrust, erst dann geht es weiter, „aber auch ganz anders gewesen sein: Jagoda könnte auf dunklen Wegen an die Pauken gekommen sein und Gerlach hat versucht, ihn zu erpressen. Vielleicht waren die Pauken auch ein Privatgeschäft von Jagoda und hatten mit dem Royalisten-Club überhaupt nichts zu tun. Dann wollte vielleicht Akki Loos von seinem Gönner beteiligt werden, aber der wollte nicht teilen."

Kalenberger putzt sich den Mund ab. „Da werden wir am Dienstag noch ein paar Fragen an die Herren der Tafelrunde haben. Wie war deine Atelierbesichtigung? Neue Erkenntnisse über die moderne Kunst gewonnen?"

„Dieses *Kulturzentrum Faust* hat was, eine ganz eigenartige Atmosphäre. Vielleicht sollte man mal zu einer der Veranstaltungen gehen, da tummelt sich bestimmt ein interessantes Publikum."

„Da wirst du sicher mit großem Hallo begrüßt. Alternative wittern den Polizisten in dir auf drei Meilen gegen den Wind."

Lotte Rohrbach hat ihre Nachbarin zu einem Glas Sekt eingeladen. Nichts großes, einfach so mit ein paar Chips am Küchentisch sitzen. Lotte Rohrbach hat eine Halbtagsstelle in einem Steuerbüro gefunden. Endlich mal wieder raus aus den vier Wänden. Ohne Zwillinge. Mal wieder unter ganz normalen Menschen sein.

Wäre Kalenberger auch gern, aber davon sagt sie nichts. Die beiden Frauen stoßen miteinander an. „Und wer nimmt jetzt die Päckchen für mich an?" fragt Kalenberger.

„Du hattest im letzten halben Jahr höchstens drei Päckchen, die bei mir abgegeben wurden."

„Aber gerade wollte ich so richtig loslegen und mich in den Onlinehandel stürzen."

„Du und Onlinehandel sind doch wie Vampir und Knoblauch."

Man stößt noch einmal miteinander an.

Aus dem Hausflur ist ein leises Klingeln zu hören. „War das bei mir?", fragt Lotte Rohrbach.

„Schau doch nach!"

„Ich erwarte niemanden!"

Lotte Rohrbach seufzt, steht auf und geht zur Wohnungstür. Sie schaut durch den Spion. „Da steht jemand vor deiner Tür. Der Jemand hält einen Blumenstrauß in der Hand, aber Tomaso ist es nicht. Dein Besucher ist größer."

„Lass mal sehen!" Kalenberger schiebt Lotte Rohrbach zur Seite und schaut selber. „Den hab ich noch nie gesehen."

„Vielleicht sind die Blumen nur Tarnung und der Kerl will dir ans Leben. Wie gut, dass du nicht zu Hause bist." Jetzt will Lotte Rohrbach wieder selber schauen, ist schließlich ihre Wohnungstür und ihr Spion.

Der Besucher scheint etwas von dem Geflüster mitbekommen zu haben. Er dreht sich um. „Den kenn ich", sagt Lotte Rohrbach, „aber woher?"

Jetzt darf Kalenberger wieder an das Guckloch. „Aus der Oper! Er kam rein, als wir auf den Balkon hinaus wollten."

„Aha", sagt Lotte Rohrbach, „und was machen wir jetzt?"

„Ihn verscheuchen!" Kalenberger reißt die Tür auf und verlässt mit dem Rücken zur Tür die Wohnung. „Und vielen Dank noch mal für die DVD!"

Jetzt dreht sie sich um in Richtung eigene Wohnungstür, stutzt: „Wollen Sie zu mir?“

„Wenn Sie einen Augenblick Zeit hätten.“

Kalenberger schließt die Wohnungstüre auf, geht in den Flur voraus. „Mein Mann kommt in einer halben Stunde.“

„Entschuldigen Sie mein unangemeldetes Eindringen.“ Der Mann schaut sich um, legt etwas linkisch die Blumen auf die Garderobenablage. „Ich möchte auch nur kurz stören.“

Kalenberger geht voraus ins Wohnzimmer.

„Wir haben uns in der Oper gesehen und seit dem Abend gehen Sie mir nicht mehr aus dem Kopf.“

„Okay“, sagt Kalenberger, „ich verlasse noch heute Abend meinen Mann, packe die Koffer und ziehe zu Ihnen.“

„So war das nicht gemeint.“ Der Besucher weiß nicht, wohin er sehen soll. Er windet die Hände, fährt sich mit der flachen Hand über den Haaransatz. „Ich lebe seit vielen Jahren mit meinem Lebensgefährten zusammen und möchte das auch keineswegs ändern.“

„Dann wäre das schon einmal geklärt. Ich habe auch keinen Mann, der gleich nach Hause kommt.“ Jetzt bietet Kalenberger dem Besucher einen Platz am Esstisch an. „Geht es um Adél?“

„Ich kenne keine Adél. Ich leite eine kleine Amateur-Theatergruppe in Döhren. Wir proben im Gemeindesaal der Petrikirche.“

„Darf ich Ihnen etwas anbieten, ein Wasser vielleicht?“ Kalenberger nimmt eine Serviette vom Stapel in der Tischmitte und tupft sich die feuchte Stirn ab. Der Besucher scheint für ihre Hitzewallung Verständnis zu haben, er schaut auf die Tischkante vor sich.

„Ich habe versucht, vorher anzurufen, doch es ist niemand ans Telefon gegangen."

Kalenberger wird ihm nicht sagen, wo sie war.

„Um es kurz zu machen: Wir proben *Maria Stuart*, Aufführung soll im März sein, und jetzt ist unsere Maria-Stuart-Darstellerin schwer erkrankt."

„Das tut mir leid."

„Als ich Sie in der Oper gesehen habe, habe ich Sie mir sofort in der Rolle vorstellen können."

„Ich soll Theater spielen?"

„Bitte sagen Sie nicht nein, wir müssten das ganze Projekt aufgeben."

„Ich habe noch nie …"

„Kommen Sie doch einfach dienstags zu einer Probe. Wir proben von acht bis zehn. Schauen Sie sich alles an, dann können Sie noch immer Nein sagen."

„Ich weiß wirklich nicht."

„Gemeindesaal der Petrikirche. Ist nicht zu verfehlen, draußen hängen zwei Schaukästen." Der Besucher steht auf. „Auf Wiedersehen – hoffe ich!"

Kalenberger bringt den Besucher zur Tür.

„Ach so", er dreht sich noch einmal um, „mein Name ist Morchner, Samuel Morchner! Und Ihre Adresse hat mir nach längerem Zögern Herr Sander von der Gärtnerei am Engesohder Friedhof gegeben."

Herr Morchner geht, Kalenberger schließt nachdenklich die Tür, nimmt die Blumen von der Garderobenablage, um sie ins Wasser zu stellen. Warum eigentlich nicht?

Dienstagabend. Kalenberger und Obanczek fahren nach Nordstemmen zur *Deutschen Eiche*. Schmuddelwetter. Obanczek hat schon mehrere Anläufe gestartet, um Kalenberger in ein Gespräch zu verwickeln. Doch Kalenberger antwortet ziemlich einsilbig.

B 3, in Arnum dem Radarblitzer entgangen, auf dem Weg nach Pattensen. Siebzig Stundenkilometer vorgeschrieben, Überholverbot, durchgezogene weiße Doppellinie. Obanczek fährt achtzig, wird überholt.

„... in Pattensen, da hatten 'sen!“, sagt Kalenberger.

„Dein Glaube an die Gerechtigkeit ist wohl nicht kleinzukriegen.“

„Ist nicht von mir, ist von Jakob Daniel Hahnenknoop, dem Erfinder des ‚Limmericks‘.“

Sie wollten ihn haben in Pattensen
Zum Bürgermeister – nun hatten 'sen!

„Ach, ich dachte, die literarischen Stolperzeilen kämen aus England.“

„Als Hannoveraner *weiß* man, dass die ‚Limmericks‘ von einem Pattenser erfunden wurden, Jakob Daniel Hahnenknoop, Anfang bis Ende des neunzehnten Jahrhunderts. Sagt man in eingeweihten Kreisen.“

Eine eiskalte Blonde aus Limmer,
Die hatte von Lieb' keinen Schimmer.
Ein Jüngling voll Qual
Rief: „Ich spring in'n Kanal!“
Da sprach sie nur kühl: „Aber immer.“

„Fahr nicht so schnell!“

„Hast du schlechte Laune?“

„Nein!“

„Aber irgendwie scheinst du bedrückt zu sein.“

„Ich habe heute das Ergebnis der Mammographie bekommen. Unklarer Befund.“

„Wird schon nicht …"

„Du kannst mich mal!"

Längeres Schweigen. Sie nähern sich Nordstemmen.

„Tschuldigung", sagt Obanczek, „sollte nicht so schnoddrig klingen."

„Schon gut."

„Und was passiert jetzt?"

„Sag das nicht so betroffen, noch bin ich nicht tot. Es muss unter örtlicher Betäubung eine Gewebeprobe entnommen werden, die dann untersucht wird."

„Wenn ich etwas für dich tun kann, sag's einfach!" Obanczek parkt den Wagen etwas abseits vom Restaurant. Der Wirt stutzt, als sie die Gaststube betreten. „Auch mal wieder im Lande?"

Kalenberger hat keine Lust auf Geplänkel, sie hält dem Wirt ihren Dienstausweis unter die Nase. „Sind die Herren der Tafelrunde vollzählig?"

„Ja, aber …"

„Sie halten sich in der nächsten halben Stunde zurück!"

„Ja, aber …"

NEUN

Obanczek geht voraus, öffnet die Tür zum Clubraum und lässt dann Kalenberger den Vortritt. Er selbst postiert sich mit breitem Rücken vor der Tür.

„Guten Abend, die Herren“, sagt Kalenberger, „Kripo Hannover.“ Sie hält ihren Ausweis in Augenhöhe. „Wir haben ein paar Fragen zu Dr. Axel Gerlach und Akki Loos. - Ja, bitte?“ Sie wendet sich direkt an ein Bleichgesicht mit Union Jack-Fliege. „Wollen Sie etwas sagen?“

Der Mann sagt nichts.

„Bitte keine Spielchen“, sagt Kalenberger.

„Öh, ich? Ach so. Ich will nichts sagen.“ Das Bleichgesicht legt mit einiger Anstrengung seinen Arm auf den Tisch. „Ich hab mir den Arm gebrochen.“

„Ihm ist beim Herumstapfen im königlichen Bahnhof ein Balken auf den Oberarm gefallen.“

Obanczek bekommt die Tür ins Kreuz, die Bedienung will die bestellten Getränke hereinbringen, Obanczek sagt „Jetzt nicht!“ und schiebt die Frau wieder hinaus.

Die Runde protestiert nur verhalten.

„Wir wissen, dass Sie sich früher unter dem Gruppennamen *Royal Flash* im Brauhaus Hannover zum Spaß-Pokern getroffen haben. Plötzlich haben Sie Ort und Interessen gewechselt und sind als Royalisten-Club hier in Nordstemmen aufgetaucht. Woher kommt der plötzliche Sinneswandel?“

„Einfach so“, sagt einer.

„Wir haben eine sinnvollere Freizeitbeschäftigung gesucht.“

„Außerdem hat einer von uns in der Zeitung etwas vom beklagenswerten Zerfall des Bahnhofs gehört, und unser Interesse war geweckt."

„Nun mal Butter bei die Fische!" Kalenberger zieht sich einen abseitsstehenden Stuhl an den Tisch, setzt sich direkt neben den Union Jack. „Wir sind hier nicht in der Märchenstunde, es geht um ausgewachsene Verbrechen. Was ist also wirklich passiert?"

„Na ja ...", sagt ein Mann von gegenüber.

Kalenberger zieht das fotokopierte Foto aus der Tasche. „Sie sind Morgan Ostertag?"

„Morgan!"

„Wieso Morgen?"

Alle lachen.

„Morgan Ostertag."

„Und?"

„Also ... das Spielgeld der Pokerrunde war gar kein Spielgeld. Eigentlich doch, es wurde bloß bei Alfred im Auto von echtem Geld in Spielgeld und nach der Runde wieder in echte Euros umgetauscht." Ostertag sieht sich hilfesuchend um.

„Eines Tages waren wir dann unvorsichtig", sagt der Union Jack. Kalenberger schielt auf ihr fotokopiertes Zeitungsfoto: Peter Gäbler! „Wir hatten uns zwar geschworen, niemals Fremde in unsere Runde aufzunehmen. Aber dann war da jemand, der irgendwie zu uns passte, unaufdringlich, nett, hat an mehreren Abenden einfach nur zugesehen und ab und zu auch mal eine Runde ausgegeben, aber nie aufdringlich ..." – „... und dann hat er auch ein halbes Jahr in unserer Runde mitgespielt." Ein Blick Kalenbergers auf das Foto: Dr. Fritz Kullmann, Kinderarzt. „Aber eines Abends hat er uns klargemacht, dass er unser kleines Ablenkungsmanöver mit dem Spielgeld durchschaut hat. Durchaus charmant. Er würde sich gern beteiligen, natürlich nur mit kleinen Einsätzen, würde doch mehr Spaß machen, wenn es um mehr als Nichts ginge."

„Na ja", fährt Gäbler fort, „er war schon fast so was wie ein Freund. Doch kurz nach dem Jahreswechsel brachte er zwei neue mit, die in die Runde einsteigen sollten. Wollten wir aber nicht, er ließ nicht locker, drohte sogar mit einer Anzeige wegen illegalen Glücksspiels."

„Das waren Russen, die neuen!", meldet sich Immobilienmakler Hugh Kinzle mit einer merkwürdig hohen Stimme zu Wort. „Verbrecherpack!"

„Jedenfalls haben wir uns intern getroffen und die Auflösung der Pokerrunde beschlossen. Der Koffer mit Karten und Spielgeld steht noch immer im Brauhaus - glaube ich."

„Wir haben etwas als Ersatz gesucht, um uns einmal in der Woche zu treffen", sagt Morgan Ostertag, „da kam uns der Artikel in der Zeitung gerade recht. Nordstemmen. Ein königlicher Bahnhof. Wir als Retter des hannoverschen Kulturguts, dagegen konnten nicht mal unsere Frauen etwas haben, und weit genug weg von Hannover war es auch."

„Jetzt noch eine Erklärung zu der Aktion mit den Kesselpauken, und wir sind auch schon weg", sagt Kalenberger, Obanczek nickt.

„Welche Kesselpauken?", fragt Morgan Ostertag und sieht seine Freunde an.

„Die Kesselpauken des Leibgarderegiments von Georg III.!" Kalenbergers Erklärung klang beiläufig.

„Weiß einer von euch etwas von Kesselpauken des Leibgarderegiments?", fragt Morgan Ostertag in die Runde.

Allgemeines Kopfschütteln.

„Was nicht ist, kann noch werden." Kalenberger erhebt sich von ihrem Stuhl, fischt eine Visitenkarte aus ihrer Tasche, geht um den Tisch herum und legt sie Alfred Jagoda auf seinen Platzteller. „Wir sehen uns dann morgen um zehn in der Waterloostraße."

„Ich ... ich kann nicht. Morgen um zehn habe ich einen Termin. Eigentlich den ganzen Tag."

„Noch bitten wir Sie zu einer freiwilligen Befragung. Wir können Sie auch zu einem Termin vorladen, dann *müssen* Sie kommen. Notfalls holen wir Sie." Kalenberger geht auf Obanczek zu.

„Um zehn in der Polizeidirektion: Kriminalfachinspektion 1.1 K – Straftaten gegen das Leben."

Obanczek dreht sich um und öffnet die Tür. „Sie müssen auch nicht lange warten, wir halten Ihnen den Termin frei!"

Kalenberger und Obanczek verlassen das Restaurant durch die Gaststube, verabschieden sich vom Wirt mit einem Kopfnicken und sind auch schon draußen. Jetzt regnet es heftig. „Ein Wetter wie Weihnachten", sagt Obanczek.

„Du hast eine merkwürdige Zeitrechnung."

Sie rennen zum Auto.

„Bis Weihnachten haben wir den Fall gelöst", sagt Kalenberger, als sie sich endlich mit klitschnassen Haaren und Klamotten auf dem Beifahrersitz ausstreckt, „sonst bringt dir das Christkind nichts!"

„Der Weihnachtsmann!"

„Das Christkind!"

„Der ... ach, ist egal!" Kalenberger trocknet sich mit mehreren Papiertaschentüchern das Gesicht und den Nacken ab. „Ist dir etwas aufgefallen an der Runde?"

„Die Herren hatten alle so einen leidenden Ausdruck. Ich glaube, es war der Hunger."

„Die Knollennase neben Morgan Ostertag hat keinen Ton gesagt. Wir sollten ihn nicht aus den Augen verlieren."

Es klopft an der Tür. Kalenberger lässt die Tüte mit den Blätterteig-Brezeln vom Tisch verschwinden. Obanczek löscht *Tetris* vom Bildschirm.

„Bitte!"

Die Türklinke senkt sich vorsichtig nach unten, die Türe schwingt langsam auf.

„Treten Sie ein, Herr Jagoda", sagt Kalenberger.

Obanczek schiebt einen Stuhl ans Kopfende der beiden Schreibtische. „Nehmen Sie bitte Platz!"

Jagoda sieht sich um, setzt sich. „Sie wollten mich sprechen? Können Sie es bitte kurz machen. Ich erwarte heute Vormittag noch einen wichtigen Kunden."

„So kurz", sagt Kalenberger, „wie Sie es einrichten können. Sie sollen an Dr. Axel Gerlach die beiden silbernen Kesselpauken aus der Sotheby's Versteigerung auf Schloss Marienburg verkauft haben. Haben Sie? Wie sind Sie an die Pauken gekommen? Für wie viel haben Sie die Pauken verkauft? Und wo sind die Pauken jetzt?"

„Ach so", Jagoda entspannt sich, setzt sich auf dem Stuhl zurück und schaut auf die Deckenleuchte. „Ist das Gerücht schon bis zu Ihnen vorgedrungen? Dann war das doch sehr erfolgreich." Jagoda lacht, aber mehr innerlich, seine Mundwinkel verziehen sich kaum.

„Nun erzählen Sie schon!"

„Die Geschäfte in der Galerie liefen in der letzten Zeit nicht besonders gut. Die Leute hatten sich an Akki

Loos' pseudomodernem Kunsthandwerk sattgesehen. So habe ich mein Geschäftsfeld von der Galerie zum allgemeinen Kunsthandel ausgeweitet."

Obanczek springt auf, sagt etwas Ähnliches wie „Bin gleich zurück!" und eilt aus dem Büro. Er klopft kurz bei Daria an, will nur ihr Telefon benutzen. Daria hat nichts dagegen, sie gießt gerade die Blumen auf der Fensterbank.

Obanczek meldet sich bei der Kriminaltechnik. Benno Kitschen soll seine Spürnasen zur Spurensicherung in die Bettfedernfabrik schicken. „Das Formelle folgt."

„Besondere Wünsche?", fragt Benno Kitschen.

„Seht euch bitte gründlich um. Wir kommen sofort nach, sobald wir uns hier loseisen können."

„Brennspiritus", sagt Benno Kitschen, „Brennspiritus taut am besten. Oder Ouzo vom ortsansässigen Griechen."

Obanczek beendet das Gespräch und geht zurück ins Büro. Kalenberger spricht mit Jagoda über *Marc, Macke und Delaunay*, eine der seinerzeit großen Ausstellungen im Sprengel Museum.

Kalenberger beendet abrupt das Gespräch, ihr freundlicher Gesichtsausdruck weicht einer ernsteren Miene. „Die silbernen Kesselpauken waren ihr erster Coup?"

„Die hab ich nie gesehen! Ich habe nur so ein paar Bemerkungen an entsprechenden Stellen platziert und schon kreuzte Axel Gerlach auf und wollte für seine russischen Oligarchen mit mir ins Geschäft kommen."

„Nicht ungefährlich, einen von Dr. Axel Gerlachs Kunden zu enttäuschen."

„Das ist mir erst aufgefallen, als Gerlach vor mir stand. Ich hab ihn einweihen müssen, und wir haben bei einigen Flaschen Rotwein nach einem Ausweg gesucht. Die Pauken waren zweitausendfünf auf der Marienburg versteigert worden, der neue Besitzer wollte sie dann vor ein paar Wochen über mich verkaufen, hat aber im letzten Moment einen Rückzieher gemacht."

„Dürftige Begründung", sagt Obanczek.

„Na ja, ich hab dann zugesichert, Gerlach bei anderen Transaktionen seiner Kunden ein wenig behilflich zu sein. Damit waren wir dann quitt. Kann ich jetzt gehen?"

„Natürlich. Sie können gehen, wann Sie wollen."

„Wir müssen in die Leinaustraße", sagt Obanczek, als er hinter Jagoda die Tür geschlossen hat.

„Für Wiederbelebungsmaßnahmen ist es jetzt zu spät."

„Mir ist da etwas aufgefallen, was nicht in mein Bewusstsein vorgedrungen ist. Ich glaube, jetzt hab ich's."

„Und?"

„Wart's ab."

„Wer ist hier weisungsberechtigt? Ich warte nichts ab. Also?"

Obanczek druckst herum. „Ich will mich erst selber vergewissern, bevor ich mich lächerlich mache."

„Dafür fahr ich aber nicht wieder mit der Bahn. Hol den Wagen!"

Die ehemalige Bettfedernfabrik in Linden. Akki Loos' Atelier. Am oder halb auf dem Tisch im Atelier hocken drei Männer. Benno Kitschen kommt Kalenberger und Obanczek entgegen. Er war gestern orientalisch essen, sein Atem riecht nach Kreuzkümmel oder was Obanczek für den Geruch von Kreuzkümmel hält. „Wonach suchen wir?"

Obanczek antwortet nicht direkt. Kalenberger hält sich diskret im Hintergrund. Obanczek sieht sich um und steuert dann den Kühlschrank neben der Schlafecke an. Bevor er den Kühlschrank öffnet, winkt er Benno Kitschen heran. Dann zieht er die Kühlschranktür mit Schwung auf. Im Kühlschrank liegen Butter, vier Eier und verschimmelte Käsescheiben in ihrer Plastikverpackung. Ansonsten nur Flaschenbier auf allen Gitterböden. In der Türablage drei Flaschen Tomatensaft und zwei weitere Flaschen Bier.

„Riech mal!", sagt Obanczek und schiebt Benno Kitschen in Richtung Kühlschrank.

„Das wird nicht viel bringen", Benno Kitschen lächelt entschuldigend. „Ich war gestern Abend beim Marokkaner." Er winkt seine Männer heran. „Schnuppert ihr mal."

Nacheinander treten die Männer vor den Kühlschrank, bemühen sich sichtlich, nach riechbaren Spuren zu fahnden, schütteln aber jedes Mal nach einer Weile den Kopf.

„Raucher?", fragt Obanczek.

Zwei Mann nicken, der dritte entschuldigt sich mit Schnupfen. Obanczek sieht Kalenberger Hilfe suchend an. Kalenberger sagt: „Mach's nicht so spannend."

„Als ich zum ersten Mal in diesem Atelier war, habe ich natürlich auch in den Kühlschrank geschaut und diesen leichten Geruch wahrgenommen, konnte ihn aber nicht einordnen."

„Jetzt, meine Dame und meine Herren ...", meint Benno Kitschen ironisch, „... kommt der große Augenblick, wo der Elefant das Wasser lässt."

„Man muss nur genau hinschauen." Obanczek lässt sich nicht aus dem Konzept bringen. Er nimmt ein paar Plastikhandschuhe aus der Jackentasche und zieht sie an. „Alle Tomatensaftflaschen sind geöffnet. Wer macht denn so etwas? Jemand, der an dem Tomatensaft eigentlich kein Interesse hat.“ Obanczek nimmt eine der Flaschen aus der Kühlschranktür und dreht den Verschluss auf, riecht selber zuerst an der Flasche und reicht sie dann weiter. „Ein metallischer Dunst mit leicht süßlicher Note!“

„Blut!“, sagt Benno Kitschen, der als Nächster an der Flasche geschnüffelt hat. Die andern Männer der Spurensicherung prüfen ebenfalls den Geruch, nicken, Kalenberger lässt die Flasche an sich vorübergehen, sie kämpft sichtbar mit den Turbulenzen in ihrem Magen.

„Fünf bis sechs Liter Blut“, sagt Benno Kitschen, „der Inhalt eines Menschen. Sofort im Labor untersuchen lassen!“

Die drei Männer sehen sich an, Benno Kitschen weist auf den kleinsten, und der sagt: „Immer ich.“ Er sammelt die Flaschen ein und verlässt das Atelier mit zwei Flaschen im Arm und einer in der anderen Hand.

„Makaber“, sagt Kalenberger, „ich trinke nie mehr eine Bloody Mary.“

„Hier muss natürlich alles genauestens untersucht werden.“ Obanczek umfasst mit einer ausholenden Bewegung den ganz Raum. „Mit besonderer Aufmerksamkeit sollten dabei die ungewöhnlichen Dinge überprüft werden, die nicht zu den Malerutensilien oder dem persönlichen Bereich von Loos gehören. Hier steht zum Beispiel ein Eimer mit ganz normaler Gartenerde …“, Obanczek zeigt auf einen blauen Plastikeimer neben dem Kühlschrank, „… in einem Bananenkarton liegen zerschlagene Dachziegel. Das steht doch alles nicht zufällig hier.“

Benno Kitschen greift zum Telefon. „Ich hol Verstärkung und dann legen wir los.“

„Such sie nach ihren Riechkolben aus, damit euch nichts entgeht."

„Alfred?"

„Ja."

„Hier ist Morgan."

„Hab ich auf dem Display gesehen."

„Sag mal, spinnst du eigentlich?"

„Vorsicht, NSA hört mit."

„Ist mir völlig egal. Wenn jemand auffliegt – ich bestimmt nicht. Mit deinen dilettantischen Aktionen hast du uns in den Fokus der Polizei gebracht. Und das wollten wir doch nun wirklich nicht. Oder?"

„Nun blas dich mal nicht so auf. Die haben doch nur ins Wespennest gestochen, um zu sehen, was auffliegt. Ich habe ihnen die Kesselpauken als Werbegag verkauft."

„Und?"

„Sie haben's gefressen, weil ich ihnen sonst nichts anzubieten hatte."

„Irgendwie gefällt es mir gar nicht, wie die Dinge jetzt laufen. Wir brauchen Ruhe und Unauffälligkeit für unsere Spielchen. Hoffen wir, dass Miss Marple und Kojak genau so ermitteln, wie sie ausgesehen haben – lahm und ineffizient! Und dafür bezahlen wir Steuern."

„Du bezahlst doch gar keine Steuern."

„Sieh dir die beiden an und du weißt, warum ich es nicht tue!"

Unter Gelächter wird das Telefongespräch beendet.

Er stellt sich ans Fenster seines Arbeitszimmers, stützt sich auf dem Fensterbrett ab und schaut hinaus. Ein kleines gelbes Birkenblatt trudelt vorbei. Fällt und fällt, bis es auf dem Haufen aus Reisig und feuchtem

Laub landet. Seit Wochen und Monaten trudelt er durch die Zeit. Eine kleine Unachtsamkeit, einmal zu schnell entschieden, und alles ist vorbei. Ansehen, Respekt, Würde - vertan. Den Halt verloren, seine Ehre nur noch eine Hülle. Die Sache muss beendet werden.

„Du wolltest jemanden im Auge behalten." Sie sitzen im Auto, Elisenstraße, Am Küchengarten, Richtung Schwarzer Bär.

„Wollte ich und wenn ja, wen?", fragt Obanczek.

„Du nanntest ihn die Knollennase, bürgerlich auch als Dr. Jürgen Walther bekannt."

„Ich würde lieber was in den Magen bekommen."

„Ich brauch noch etwas Zeit für die Rekonvaleszenz und dann vielleicht eine leichte Bouillon."

„Also erst zu Dr. Walther und dann zum Chinesen."

Die Sprechstundenhilfe macht einen etwas überspannten Eindruck. *K. Bötsch* steht auf ihrem Namensschildchen am Revers. Der Doktor habe keine Sekunde Zeit, vielleicht morgen um neunzehn Uhr fünfzehn.

„Sagen Sie Doktor Walther, dass wir da sind. Wir setzen uns so lange ins Wartezimmer."

„Also, ins Wartezimmer, ich weiß nicht, Moment." Sie nimmt ihr Smartphone, drückt auf eine Taste, geht ein paar Schritte den Gang zu den Sprechzimmern hinunter, kommt zurück. „Sie möchten bitte in Doktor Walthers Privatzimmer warten. Er wird sich eine Viertelstunde Zeit nehmen." Sie führt die Kripobeamten den langen Gang hinunter bis zum Ende, öffnet eine Tür mit einem Schlüssel und lässt Kalenberger und Obanczek hineingehen. „Eine Viertelstunde, aber keine Minute länger!" Die Tür wird von außen geschlossen.

„Meinst du, er hat was mit ihr?" fragt Obanczek.
„Wie kommst du denn darauf?"
„Das frage ich mich immer beim Warten in einer Arztpraxis, aber eigentlich mehr bei Zahnärzten."
Obanczek geht ans Fenster, schaut hinaus. Tauben. Überall Tauben. Und ein Fahrradfahrer mit Hund.
Kalenberger sieht sich im Zimmer um. Eine Liege, auf der sich der Herr Doktor ein paar Minuten ausruhen kann. Oder hat er doch was mit einer seiner Sprechstundenhilfen? Aber mit welcher? Ein runder Beistelltisch mit zwei Stühlen, an der langen Wand ein alter Regalschrank, unten Schubladen, ab Bauchhöhe Glastüren. Herr Doktor hat eine kleine Leidenschaft für medizinische Demonstrationsobjekte, skelettierte Füße, Hände, Nackenwirbel und ein abgesägtes Knie. Daneben zwei Schaukästen mit Augen. Glasaugen in allen Farben. Als Kalenberger vor den nächsten Schrankabschnitt tritt, behält sie die Augen trotzdem im Blick, ob nicht eins ihrer Bewegung folgt. Kalenberger schaudert es. Sie sucht nach einem Papiertaschentuch in ihrer Tasche und tupft sich die Stirn ab. Im mittleren Schrank ein Kasten mit alten Thermometern. Kennt Kalenberger noch in der direkten Anwendung: ausklopfen, irgendwo reinstecken, nach drei Minuten rausziehen und den Kopf bedenklich wiegen. An der unteren Seitenwand des Kastens einige Thermometerfragmente. Kalenberger stutzt, beugt sich vor, drückt ihren Kopf fast gegen die Glasscheibe.
„Ich habe etwas gefunden", sagt sie zu Obanczek, ohne sich umzudrehen.
Obanczek tritt neben sie: „Und?"
Kalenberger deutet auf den Kasten mit den Thermometern. „Die waren noch mit Quecksilber gefüllt.

Einige sind zerbrochen. Wo ist das Quecksilber? Ob er …"

Weiter kommen sie nicht mit ihren Überlegungen. Dr. Jürgen Walther, Internist, tritt ein. Er begrüßt erst Kalenberger, dann Obanczek mit Handschlag. „Was kann ich für Sie tun?" Er setzt sich nicht, bleibt stehen, um zu demonstrieren, dass er es eilig hat. Seine Knollennase ist leicht gerötet.

„Uns ist aufgefallen, dass Sie am Dienstag nichts zu den Kesselpauken gesagt haben. Haben Sie nichts zu sagen oder zu viel?" Obanczek ist ganz stolz auf seine Formulierung, sieht Kalenberger an seiner Körperspannung.

„Ich häng mich da nicht mehr rein. Ob Aufräumarbeiten, Stützbalken, Antragsformulare und jetzt irgendwelche Kesselpauken, das ist doch alles reiner Aktionismus. Ich wollte schon ein paarmal aussteigen, aber dann tut es mir leid um den einzigen Abend, an dem ich mal was anderes sehe als meine Praxis und Patientenakten. Und ehrlich gesagt, bei den Pauken habe ich gar nicht richtig hingehört. Da konnte ich dann auch nichts dazu sagen. Wenn Sie mich jetzt bitte wieder entschuldigen wollen …" Dr. Walther verabschiedet sich mit einem Lächeln, verlässt den Raum und lässt die Tür offen stehen.

„Warum hast du ihn nicht nach dem Quecksilber gefragt?" Obanczek schaut sich die dritte Abteilung des Schrankregals an. Apothekergefäße, Gläser, Flaschen, Schachteln, Flohmarktware. Vielleicht auch Antikmarkt.

Kalenberger zuckt mit den Schultern, sie gehen.

„Meinst du wirklich, das Quecksilber …"

„… es waren nur winzige Spritzer."

Sie sitzen wieder im Auto.

„Nehmen wir mal an, die Spritzer stammen von ihm. Warum? Will er auf sich aufmerksam machen?" Obanczek parkt etwas unkonzentriert aus, wird von einem vorbeifahrenden Autofahrer mit einer Hup-Arie und dem Finger an der Stirn bedacht.

„Ich glaube eher, er sucht die Abwechslung, die Gefahr. Er will uns provozieren oder er soll uns auf eine falsche Fährte locken."

„Wenn er überhaupt etwas damit zu tun hat!"

Kalenbergers Smartphone klingelt. Nicht lang genug. Als sie schließlich den Anruf annehmen will, ist die Leitung tot. Die Nummer des Anrufers wird angezeigt, Kalenberger ruft zurück.

Kriminaltechnik, Benno Kitschen, hustet. Kalenberger verliert die Verbindung, muss erneut anrufen. Besetzt.

Kalenberger geht aus der Leitung. Wartet, wartet, endlich ruft Benno Kitschen wieder an.

„Ich hab was für euch. Wie ihr das einordnet, müsst ihr selber sehen. Also: Der Künstler wurde mit an Sicherheit grenzender Wahrscheinlichkeit vergiftet. Herzstillstand durch eine Substanz, die wir noch nicht identifizieren konnten. Muss wohl ein Täter mit chemischem Fachwissen gewesen sein. Wir bleiben dran."

„Das ist aber sehr nett von euch!"

„Oh, danke. Aber damit die Bäume nicht zu hoch in den Himmel wachsen: Die rote Flüssigkeit aus dem

Kühlschrank bei dem Künstler ist wirklich Blut. Schweineblut, und die Erde im Eimer ist Erde und die Dachziegel sind Dachziegel. Ich kann mich nur schwer in den kreativen Prozess eines Künstlers hineindenken, aber mir würde zu den Gegenständen nichts einfallen."

„Danke. Also keinerlei Hinweise auf irgendetwas."

„Kann man wohl so sagen!"

„Noch eine Nachfrage: Ihr habt doch die Einstichstellen hinterm Ohr bei beiden Toten untersucht. Wenn man alle Spritzer zusammensammeln würde, wie viele Thermometer könnte man damit befüllen?"

„Thermometer werden schon lange nicht mehr …"

„Theoretisch. Rein theoretisch."

„Beide zusammen? – Na, so zwei bis drei."

„Danke. Ihr habt uns sehr geholfen."

„Das hört man doch immer wieder gern."

Kalenberger beendet das Gespräch.

„Wie wurde uns denn geholfen?" Obanczek schaut auf die violett bestrumpften Beine einer vorbeifahrenden Radfahrerin.

„Wir haben jemanden, der das Quecksilber beigesteuert haben könnte."

„Bringt uns das weiter?"

„Nein."

„Und das Schweineblut?"

„Auch nicht!"

„Dann ist doch alles gelöst und wir müssen den Täter nur noch verhaften." Obanczek gönnt sich noch einen Blick auf die violetten Beine.

„Zieh doch nicht alles runter, du musst positiv denken!"

Für einen Augenblick hat Obanczek Kalenbergers Bemerkung auf die violetten Strümpfe bezogen. Er schaut seine Kollegin kurz an, Kalenberger grinst. Obanczek konzentriert sich wieder auf den Verkehr, Kalenberger denkt nach. Sie lässt das Smartphone von einer Handfläche in die andere fallen und zurück. Immer wieder. „Wir sollten es auf alle Fälle abchecken“, murmelt sie nachdenklich vor sich hin.

„Natürlich!“, sagt Obanczek. „Was denn?“

„Fahr mal zum Sprengel Museum. Keine Panik, es dauert nicht lange, und danach gehen wir eine Pizza essen.“

„Mindestens eine mittelgroße!“

Dr. Heike Hilscher hat ihre Mittagspause gerade beendet. Es muss etwas mit Tomatensoße gegeben haben. Passt irgendwie nicht zu einem hellen Pullover.

„Was fällt dir im Zusammenhang mit Malerei spontan zu Blut, Erde und Dachziegel ein?“

„Ist auch noch Ruß dabei?“

„Moment.“ Kalenberger telefoniert mit Benno Kitschen, legt auf. „Benno Kitschen hat sich über die Frage gewundert. Ob wir neuerdings hellsehen könnten. Tatsächlich haben sie eine Metalldose für feinste Nürnberger Lebkuchen gefunden. Leider leer, aber bis zum Rand mit schwarzem Ruß gefüllt. Steht dann alles in seinem Bericht.“

„Damit könnte Djako Stojanow etwas anfangen! Bulgarischer Maler. Er ist vor zehn oder zwölf Jahren an einer Überdosis ‚Jörg Immendorff‘ gestorben. War ziemlich unbekannt, wird aber seit ein paar Jahren hoch gehandelt. Spitzenpreise auf der *Art Cologne* und der *Art Zürich*.“

Kalenberger schaut Heike für einen Moment in die Augen, sofort ist das Bild von Adél wieder da.

Heike Hilscher zögert einen Moment. „Seine Idee ist recht verblüffend. Er mischt seine Farben nach alten Rezepturen und malt dann abstrakt auf der Linie von Antoni Tàpies, Katharina Grosse oder Fritz Winter. Der Gegensatz alt-neu ist ein immer wiederkehrendes Thema in der bildenden Kunst. "

„Eine Bereicherung der Kunstwelt?"

„Es geht meist nicht um Kunst, sondern um Geld, viel Geld. Es scheint Leute auf dieser Welt zu geben, die nicht wissen, wohin damit."

„Für Dreck, Blut und Ruß?", fragt Obanczek.

„Es wurde schon für weniger mehr gezahlt."

Sie verabschieden sich, leider gibt es im Museum keine Bilder von Djako Stojanow. Doch Heike Hilscher hat einen etwas abgegriffenen Katalog der *Art Zürich,* den sie der Kripo überlassen kann. Zum Abschied nimmt Kalenberger sie kurz in die Arme.

„Vielleicht überlege ich mir das noch mit dem Opernball. Bis wann muss ich mich entschieden haben?"

„Tut mir leid", sagt Heike Hilscher, „die Karte ist weg. Hat eine Kollegin genommen."

„Vielleicht auch besser so", murmelt Kalenberger. Obanczek lässt die Autoschlüssel durch die Finger gleiten.

Sie landen im *Gustino* in der Karmarschstraße, Obanczek wählt eine Pizza *Salome,* Kalenberger nimmt einen Salat *Gustino*.

„Wollen wir nachdenken", fragt Kalenberger, „oder auf ein Geständnis warten?"

„Mittagspause."

„Gehirn aus, Kauwerkzeuge an."

„Pizza mit Lachs habe ich auch noch nicht gegessen. Ich kann mich wenigstens nicht mehr daran erinnern."

Das Essen wird gebracht. Bevor die Pizza noch vor Obanczek abgestellt ist, hat er schon Messer und Gabel in der Hand. Nach den ersten Bissen wird er beides wieder auf den Tisch legen und die Pizzastücke auf die Hand nehmen.

„Wir müssen die zeitlichen Abläufe zusammenführen, dann sehen wir …"

„Köstlich!", murmelt Obanczek mit vollem Mund.

„Wie kann man nur so verfressen sein", murmelt Kalenberger vor sich hin.

„Ich wachse noch", meint Obanczek mit einem schiefen Lächeln. Er greift zum nächsten Pizzastück. „Im Büro besorge ich uns ein blütenweißes Flipchart, eine Packung bunter Stifte und du kannst dich in alle Richtungen auslassen."

„Ich geh dann mal in gedankliche Vorleistung."

„Wenn es mich nicht beim Kauen stört."

„Akki Loos fälscht Bilder von diesem angesagten bulgarischen Maler, Jagoda verhökert die Bilder über Gerlach an Oligarchen mit Anlagestau. Akki bekommt mit, wie viel Geld fließt, will beteiligt werden und muss sterben."

„Da war Gerlach aber schon lange tot."

„Aufgewacht? Ich wollte nur testen, ob du mitdenkst. Die drei kannten sich, haben nach Franzi Bodurows Angaben des Öfteren zusammengehockt. Gehen wir mal davon aus, dass Jagoda und Loos den Rechtsanwalt ins Jenseits befördert haben …"

„Warum sollten sie sich selbst den Geldhahn zudrehen?"

„Weil sie eine Möglichkeit gefunden hatten, die Bilder auf direktem Wege loszuwerden. Ohne Provision bezahlen zu müssen. Gerlach hat das bestimmt nicht so einfach hinnehmen wollen. Dann musste er eben unfreiwillig über die Zinne springen und die Kunstfreunde waren ihren Erpresser und Provisionseintreiber los."

„Wir haben doch sicher noch Zeit für ein Tiramisu?"

„Dann läufst du aber zur Direktion!"

„Okay, okay, ein kleines Stück für Autofahrer."

„Wie bitte?"

„Da ist doch Alkohol drin. Ich glaube, Eierlikör."

„Dann will ich auch ein Stück."

Dann folgt noch ein Espresso.

„Wie passen denn die Quecksilberthermometer von Doktor Walther in deine Überlegungen?", fragt Obanczek im Auto.

„Das klären wir dann am Flipchart im Büro."

Sie klären es nicht.

„Den lassen wir zunächst raus", sagt Kalenberger. „Wir können nicht alles auf einmal lösen."

„Können wir nicht", bestätigt Obanczek. „Den Royalisten-Club und die familiären Intriganten wird es ebenfalls freuen."

„Wir sollten uns mal mit den Kollegen vom Wirtschaftskommissariat zusammensetzen. Bei unserem zentralen Trio ging es sicher mehr ums Geld als um Kunst. Wie könnten die Geschäfte von Jagoda, Gerlach und Loos gelaufen sein?"

„Ich ruf an!" Obanczek hat schon seine Hand am Telefon.

„Wir!"

„Okay", sagt Obanczek, „dann ruf du an!"

Sie sitzen an einem ziemlich ramponierten Tisch in einem kleineren Besprechungsraum. Kalenberger mit Obanczek und ihnen gegenüber Paul Kantaka und Nele Dettmann.

Obanczek berichtet über ihren Fall und die vermuteten Querverbindungen.

„Wir haben im Vorfeld schon ein wenig recherchiert", sagt Paul Kantaka, „aber zu dem aktuellen Fall haben wir kein spezifisches Hintergrundmaterial. Anwalt, Galerist und Künstler sind noch nicht wirtschaftlich unangenehm aufgefallen."

„Schade." Obanczek ist enttäuscht. Unter dem Tisch reibt Nele mit ihrer Schuhspitze ganz leicht seine Wade.

„Gibt es Erkenntnisse, wie solche Geschäfte mit gefälschten Bildern ablaufen könnten?"

Paul Kantaka schaut Nele Dettmann an, stößt sie an, Nele Dettmann fährt zusammen. „Ich?"

„Wie die gefälschten Bilder an den Mann gebracht werden."

„Ach so. Ja, ist klar. – In letzter Zeit ist besonders viel Geld auf dem Kunstmarkt vorhanden. Die Tycoons und Oligarchen scheinen sich gegenseitig ausstechen zu wollen. Das lockt natürlich Leute an, die mit dieser Gier ihre eigenen Geschäfte machen wollen. Ganz ungefährlich ist das allerdings nicht. Wer auffliegt, wird liquidiert. Meist ohne Spuren und Anhaltspunkte für eine Strafverfolgung."

„Sie hat vier Semester Soziologie studiert", murmelt Paul Kantaka wie zur Entschuldigung. Alle am Tisch lachen, Nele Dettmann natürlich nicht. Sie schlägt einen dünnen Aktenordner auf. „Im Augenblick ist die Avantgarde in der bildenden Kunst sehr gefragt. Die Klassik ist ausverkauft und wird kaum noch öffentlich gehandelt. Allerdings – ein Betrug mit moderner Kunst ist auch erheblich leichter als mit der klassischen. – Natürlich ist man vorsichtig und verlangt Sicherheiten, Expertisen anerkannter Kunstexperten, bevor der Rubel rollt. Was soll da noch schiefgehen, wenn Echtheit und horrender Wert des Kunstwerks offiziell bestätigt sind?"

Obanczek ist enttäuscht. Nele Dettmann hat ihren Fuß zurückgezogen, um sich auf ihre Ausführungen zu konzentrieren.

„Ich will's kurz machen: Der Schein trügt. Alles ist falsch: Die Gemälde, die Expertisen und der Wert. Die Gemälde werden von durchaus begabten, aber erfolglosen Künstlern in geringer Auflage nachempfunden, die beigefügten Expertisen stammen von den Originalwerken, die von den Experten begutachtet werden, und der echte Wert der Kunstwerke reicht für keine Ausstellung, höchstens für den Flohmarkt."

„Warum denn ausgerechnet moderne Kunst?", fragt Kalenberger.

Alle schauen sie an.

„Entschuldigung", sagt Kalenberger, „ich bin wohl nicht ganz bei der Sache. Ich muss morgen für einen kleinen Eingriff ins Krankenhaus und kann mich nicht richtig konzentrieren."

„Ich mach nachher ein kleines Protokoll zum Nachlesen", sagt Obanczek.

„Wir sollten uns über den Inhalt abstimmen", meint Nele Dettmann.

Nach einem kurzen Mittagsschlaf im Privatzimmer seiner Praxis reckt sich Dr. Jürgen Walther vor dem geöffneten Fenster. Ein heftiger Wind hat die Birke gefegt. Jetzt säuselt der Wind nur noch durch die Zweige und die Reisigknochen tanzen ihren Totentanz.

Wie leicht sich alles anfühlt, wenn erst einmal eine Entscheidung gefallen ist.

Kurz vor Mittag ein Anruf. Er mal wieder. Freundlich wie immer. Freundschaftlich freundlich. Alles paletti? Es wäre gerade eine gute Zeit für Geldanlagen. Darum rufe er an. Er sei im Augenblick nicht ganz flüssig, wolle ein bisschen was in Oldtimern anlegen. Sei ein ganz heißer Tipp. Er sei kein Unmensch. Zehntausend wolle er spätestens übermorgen auf seinem Konto sehen.

Zehntausend. Er hat keine Zehntausend mehr. Er hat überhaupt nichts mehr. Was zu Geld gemacht werden konnte, wurde zu Geld gemacht. Um ihn damit zu füttern. Alles ist weg. Gelassenheit, Selbstsicherheit, Familienleben. Seit Monaten hat er nicht mehr mit seiner Frau geschlafen. Sie wird es vermisst haben, hat aber nichts gesagt. Sie ist abends schon lange allein unterwegs. Ob sie … er würde es ihr fast wünschen. Die beiden Kinder brauchen keine Rücksicht, sie sind nur noch zu Hause, wenn es sich nicht umgehen lässt. Und seine Patienten? Kommen auch in anderen Praxen unter. Alles Standard. Diabetiker, Herzpatienten, Raucher, Unbelehrbare.

Er hat nur noch eine Wahl, die Lebensversicherung zu kapitalisieren oder zu materialisieren. Er lächelt über die pointierte Formulierung. Ja, seine Liebe zu den geschliffenen Worten. Georg Christoph Lichtenberg: *Jeder Fehler erscheint unglaublich dumm, wenn andre ihn begehen.*

Sein Fehler war nicht Dummheit, sein Fehler war Vertrauen. Oder ist Vertrauen Dummheit?

Aus einer Laune heraus hatte er in seinem Sprechzimmer die Kamera seines Laptops so eingerichtet, dass die Behandlungsliege genau im Blickfeld lag. Zwölf oder vierzehn Sequenzen von hübschen jungen Patientinnen hatte er zusammengeschnitten und sich daran erfreut, wenn er allein zu Hause war. Eines Abends hatte er ihm nach einem Whiskeyabend von seinen Filmchen erzählt. Er war sofort Feuer und Flamme. Würde ihn mit exklusiven Anlagetipps versorgen, wenn er sich die Filmchen mal ansehen dürfte.

Natürlich hat er abgelehnt, doch der andere war hartnäckig. So saßen sie eines Tages gemeinsam vor dem Bildschirm und ließen sich von den nackten Schönheiten stimulieren.

Bis dahin war es zwar Dummheit, aber noch kein entscheidender Fehler. Der kam erst, als man sich verabschiedete. Nach intensiver Quengelei schob er schließlich einen DVD-Rohling in den PC-Brenner, händigte seinem Gast die Kopie der Filmchen aus, und damit war er erledigt.

Dr. Jürgen Walther schließt das Fenster, geht zum Regalschrank und schiebt die Glastür zur Seite. Er fingert eine leere Spritze unter den Thermometern hervor, tritt vor die Glasscheibe und sticht sich die Spritze kurz hinters linke Ohr. Für die Ermittlungsbeamten. Er hat sogar noch ein feines Lächeln für sie. Dann zieht er eine Schublade auf, entnimmt einer Streichholzschachtel eine größere weiße Tablette, schluckt sie mit einem Glas Mineralwasser und setzt sich in seinen geliebten Ledersessel vor die Regalwand. Im letzten Augenblick überlegt er, ob der Beitrag für die Lebensversicherung wohl ordnungsgemäß abgebucht worden ist, aber aufstehen und es kontrollieren kann er nicht mehr.

„Entschuldige", sagt Kalenberger, als sie wieder im Büro sitzen, „ich sollte mich besser konzentrieren."

„Schon gut."

„Es ist einfach schwierig. Ich muss morgen zur Biopsie in die Medizinische Hochschule. Die ganze Zeit versuche ich, nicht daran zu denken, aber so einfach lassen sich die Gedanken nicht abschütteln."

„Außer irgendwelchen Standardfloskeln kann ich nichts dazu sagen. Hier im Büro kannst du dich einfach auf mich verlassen."

„Wie schön! Hast du ein paar Papiertaschentücher für mich?"

Obanczek nimmt ein angebrochenes Päckchen aus der Schreibtischschublade, wirft es auf Kalenbergers Schreibtisch und schaut wieder auf seinen Bildschirm, liest laut: „... Millionenbeute bei Einbruch in Schloss Ricklingen. Bei einem Einbruch in ein bis zweitausendzwei als Auktionshaus genutztes Schloss bei Garbsen haben Unbekannte Schmuck, Geld und Antiquitäten im Wert von 1,3 Millionen Euro erbeutet. Dabei gingen die Täter ... Was ist das denn: Der Allgemeinmediziner Dr. Jürgen W. wurde tot in seiner Praxis aufgefunden. Fremdverschulden kann nicht ausgeschlossen werden. Wegen der unklaren Todesursache hat die Kripo Hannover die Ermittlungen ..."

Das Telefon klingelt. Obanczek nimmt das Gespräch an. Der Erste Kriminalhauptkommissar am Telefon. „Wie ich aus Ihren Zwischenberichten entnommen habe, fällt dieser Dr. Jürgen Walther in Ihren Zuständigkeitsbereich. Es wäre schön, wenn Sie sich um ihn kümmern könnten." Damit ist das Telefongespräch beendet.

„Kümmern?", fragt Obanczek. „Wenn wir da nicht ein wenig zu spät kommen."

Kalenberger greift zum Telefon und ruft Nisalski zurück. „Wir haben drei Tote und alles ist offen. Wir brauchen Unterstützung bei den Routineermittlungen."

„Zwei Mann", sagt Nisalski recht ungehalten.

„Ich musste anrufen, bevor Doktor Walther in Nisalkis Aktenstapel nach unten sinkt."

„Wie willst du die beiden Kollegen denn einsetzen?"

„Sie sollen das Privatleben unseres Royalisten-Clubs durchleuchten. Da könnte es durchaus Verbindungen außerhalb des Vereins geben."

„Oder wir warten ab, bis sich alle gegenseitig abgemurkst haben. Der Letzte, der übrig bleibt, ist dann der Täter."

„Hat dich jemand protegiert oder bist du über ein Fernstudium zur Kripo gekommen?"

„Beim Spiel *Hase und Igel* habe ich jedenfalls immer gewonnen."

Kalenberger geht noch einmal alle bisherigen Ermittlungsergebnisse durch. Liest jede Zeile sorgfältig und macht sich Notizen für weitere Recherchen. Was ihr fehlt, ist eine Idee, ein Zusammenhang, ein gedankliches Seil, an dem sie sich entlanghangeln kann. Also noch einmal von vorn.

Obanczek schaltet seinen Computer aus, wünscht einen schönen Feierabend und verschwindet.

Kalenberger könnte doch nicht schlafen. Sie gräbt sich wieder in den Fall. Club *Royal Flash,* Betrugsszene moderne Kunst, vermutete Intrigen bei Hofe, Sturz, Fall, Auferstehung und alles wieder von vorn.

Schließlich ist sie so müde und ausgelaugt, dass sie sich von einem Taxi nach Hause bringen lässt. Augenstern schiebt sich durch den Türspalt, als Kalenberger die Wohnungstür aufschiebt. Augenstern wird tagsüber von Lotte Rohrbach bestens versorgt. Noch.

Wenn Lotte Rohrbach wieder zur Arbeit geht, wird sich Kalenberger um Augensterns Versorgung wieder selber kümmern müssen. Nicht mehr einfach: Geld auf den Tisch und abends ein bisschen schmusen. Vielleicht kann sie Morgenstern mit ins Büro nehmen. Das wird ein Kampf! Wenn Obanczek zu ihr hält, könnte es vielleicht gelingen.

Kalenberger streift die Schuhe ab, nimmt sich ein Glas, schenkt sich Rotwein ein und setzt sich auf die Couch. Augenstern kuschelt sich in ihren Schoß. Ein Anruf auf dem Anrufbeantworter. Herr Morchner von der Theatergruppe in Döhren. Kalenberger ist abgespannt und ruhebedürftig, hat jetzt nicht das geringste Interesse am Theater.

Sie isst noch zwei Scheiben Knäckebrot mit Camembert-Käse, macht sich im Bad fertig für die Nacht und liegt dann hellwach im Bett.

„Ich bin dann morgen nicht da", hatte Kalenberger gesagt, als er sich in den Feierabend verabschiedete, und er hatte nichts Blöderes antworten können als: „Viel Spaß!" Kalenberger hatte nichts geantwortet, aber ihm war sein Missgriff sofort aufgefallen. Er hatte sich einen Stuhl nehmen wollen, um sich neben Kalenberger zu setzen, doch sie hatte „Lass nur" gesagt, „mach keine Welle draus."

Wie ein begossener Pudel war er abgezogen. Er würde einen Strauß Blumen besorgen und ihr auf den Schreibtisch legen. Aber das wäre auch irgendwie nicht richtig. Sähe aus wie ein letzter Gruß. Auf dem Nachhauseweg hatte er eine Idee, er kaufte im Supermarkt eine Schachtel *Edle Tropfen in Nuss*.

Am nächsten Morgen klopft er zum ersten Mal an die eigene Bürotür. Könnte doch sein, dass Kalenberger schon zurück ist. In einem Krankenhaus wird schließlich rund um die Uhr gearbeitet.

Doch das Büro ist verwaist. Obanczek legt die Pralinen auf Kalenbergers Schreibtisch, setzt sich an seinen, startet den Computer. Noch ein Auftrag von Kalenberger. Er soll Dr. Walthers Witwe aufsuchen und sich ein Bild von der privaten Umgebung machen. Was wird dabei schon herauskommen.

Gedankenverloren schaut er auf den gegenüberliegenden Schreibtisch. *Edle Tropfen in Nuss.* Vielleicht darf sie nach dem Eingriff keinen Alkohol zu sich nehmen. Hätte er auch früher dran denken können.

Obanczek steht auf, holt die Pralinen und legt sie in eine seiner Schreibtischschubladen. Er setzt sich erst gar nicht wieder hin. Halb neun. Zu früh? Witwen können doch sowieso nicht schlafen. Praxisadresse und Privatadresse sind identisch.

Die Praxis ist doch bestimmt geschlossen? Ist sie nicht. Es herrscht Hochbetrieb, das Wartezimmer ist besetzt, auch kein freier Stuhl mehr im Gang. Hinter dem Tresen drei weiß gekleidete Helferinnen.

Von lähmender Trauer keine Spur, alle sind sehr geschäftig.

Obanczek wendet sich an Frau Bötsch. Sie scheint ihn wiederzuerkennen. Zumindest sind ihre Augen gerötet. Aufsteigende Schluchzer kann sie nur mühsam unterdrücken.

„Wie haben Sie denn so schnell Ersatz gefunden?", fragt Obanczek.

„Ersatz?" Der Schluchzer ließ sich nicht verhindern. „Für Dr. Walther gibt es keinen Ersatz. Doch so eine exponierte Praxis ist begehrt, da genügt ein Anruf bei der Kassenärztlichen Vereinigung und schon stehen die Bewerber auf der Matte. Zumindest sind unsere

Arbeitsplätze erst einmal gesichert. – Nein, Frau Schinchikowski, wir haben Sie nicht vergessen. Es dauert noch ein wenig, bis Sie zu Frau Doktor können, ich rufe Sie dann auf."

„Ging das jetzt nach Schnelligkeit, wer die Praxis übernehmen sollte?"

„Das hat Frau Walther entschieden. Aber erst einmal zur Probe."

„Ist Frau Walther in ihrer Wohnung? Meinen Sie, ich könnte sie sprechen?"

„Frau Walther ist im Garten", wieder ein Schluchzer, „und schneidet die Blumen zurück."

„Ach."

„Ja, ach!"

Obanczek sieht sich um.

„Sie können durch die Praxis gehen, ich schließe Ihnen die Tür zum Garten auf."

Frau Walther, klein, Mitte vierzig. Nicht schlank und nicht üppig, irgendwie dazwischen. Dunkelgrüne Stiefel, dunkelgrüne Arbeitshandschuhe, die kupferfarbenen Haare zu einem Pferdeschwanz gebunden.

Obanczek stellt sich vor, Frau Walther zieht den Handschuh von der rechten Hand, begrüßt Obanczek.

„Wundern Sie sich, dass ich nicht zusammengebrochen bin?"

Die Falten um die Augen und am Hals lassen Obanczek das geschätzte Alter heraufsetzen. Ende vierzig. Aber eine tolle Figur. Für einen Augenblick muss Obanczek an Kalenberger denken.

„Jeder trauert auf seine Weise", sagt Obanczek, „in der Trauer ist jeder Mensch bei sich selbst und kann sich nur schlecht verstellen." Den Spruch hat er von Kalenberger übernommen.

„Es war doch Selbstmord?"

„Die Untersuchungen sind noch nicht abgeschlossen. Lässt Sie irgendetwas an einem Suizid zweifeln?"

„Nein, auf keinen Fall. Ich dachte nur, weil sich die Kripo einschaltet."

„Wir wissen noch gar nicht, ob wir uns einschalten. Hatte Ihr Mann denn Feinde?"

„Mir hat er jedenfalls nichts davon erzählt."

„Aber wenn …"

„Wir haben in letzter Zeit überhaupt sehr wenig miteinander geredet."

„Wie lange sind Sie verheiratet."

„Zweiundzwanzig Jahre waren wir miteinander verheiratet."

„Es hört sich an, als wäre es keine glückliche Ehe gewesen."

„Glücklich?" Frau Walther zieht ihren Handschuh wieder an. „Wir hatten uns gegenseitig nichts vorzuwerfen. Trotzdem ist es schrecklich, einen Menschen zu verlieren, mit dem man über so viele Jahre zusammengelebt hat. Er wird mir fehlen."

Das klang wie ein Schlusssatz, doch Obanczek will sich nicht zufriedengeben. „Sie haben also eine sogenannte freie Ehe geführt?"

„Sie werden doch sowieso alles bis ins intimste Detail ausforschen, nehme ich an."

„Meist genügen ein, zwei gezielte Fragen im Umfeld."

„Mein Mann hatte schon wenige Jahre nach unserer Heirat etwas nebenher laufen, nichts Ernsthaftes, einfach nur so für seine Libido – hat er sich rausgeredet, wenn ich ihn zur Rede gestellt habe. Ich war immer für meine Kinder da, aber jetzt sind sie aus dem Haus, und ich genehmige mir gelegentlich eine Kreuzfahrt in sonnige Gefilde. Das habe ich Ihnen alles nur gesagt, damit Sie von einer Befragung unserer Freunde und der Verwandtschaft absehen können. Es war doch ein Suizid, lassen Sie ihm seine Ehre!"

„Natürlich", sagt Obanczek, „im Augenblick sehe ich keinen Grund, die Befragung auszuweiten. Vielen Dank, Sie haben uns sehr geholfen."

Frau Walther greift zur Gartenschere, Obanczek wendet sich ab, dreht sich aber noch einmal um: „Entschuldigen Sie, geht mir gerade so durch den Kopf: Gehörte Frau Bötsch auch, nun ja, wie soll ich sagen …"

„Sie hat es ihrem Chef an nichts fehlen lassen."

„Vielleicht muss ich noch mal vorbeikommen."

„Dann rufen Sie aber bitte vorher an. Ich werde wohl in der nächsten Zeit häufig nicht zu Hause sein. Auf Wiedersehen."

„Auf Wiedersehen." Obanczek tritt sich auf dem Metallrost die Schuhe ab, von außen lässt sich die Tür zur Praxis ohne Probleme mit einer Klinke öffnen.

Frau Bötsch? Frau Bötsch hat die Praxis verlassen. „Ob sie überhaupt noch einmal zurückkommt, ist sehr fraglich", sagt die ältere der Sprechstundenhilfen mit säuerlichem Lächeln.

„Dann hätte ich gern ihre Privatadresse."

„Wenn Sie sich einen Augenblick gedulden wollen, die Patienten warten …"

„Geben Sie mir die Adresse, sofort, oder ich werde ungemütlich."

„Bitte, bitte!" Die Ältere beauftragt die Jüngste mit einem kurzen Kopfnicken, spricht dann ins Mikrofon auf dem Tresen: „Herr Gutheil, bitte auf die drei!"

Obanczek nimmt den Zettel mit der aufgeschriebenen Adresse. Er wird ohne vorherigen Anruf bei Frau Bötsch aufkreuzen.

Wettbergen. Konradstraße. Frau Bötsch macht große Augen, als Obanczek vor ihrer Wohnungstür steht. Sie muss geweint haben, ihre Augen sind gerötet. Sie zögert einen Augenblick, bittet Obanczek dann aber in die Wohnung und geht direkt ins Wohnzimmer vor, bietet Obanczek einen Platz in der cognacfarbenen Sitzgruppe an, Obanczek setzt sich auf den Zweisitzer und Frau Bötsch auf den äußeren Rand eines gegenüberstehenden Sessels.

Frau Bötsch muss einen Hang zur Romantik haben, viele Schnittblumen, blühende Blumen in Vasen und Töpfen, nur wenige Topfpflanzen. Tücher über der Stehlampe, an jedem Vorsprung wie Knauf oder Schlüssel sind Glücksbringer, Traumfänger oder Glas- oder Blättergirlanden befestigt. Für Dr. Walther war sie sicher der krasse Gegensatz zu seiner gradlinig beherrschten Ehefrau. Hier konnte er sich gehen lassen. Die Füße auf den Tisch legen und bei leiser Hintergrundmusik eine entspannende Nackenmassage von liebevollen Händen genießen.

„Sie hatten ein Verhältnis mit Dr. Walther?"

„Sie hat also geplaudert."

„Wie lange ging das schon?"

„Was geht Sie das an?"

„Es könnte sein, dass sich der vermeintliche Selbstmord als Tötungsdelikt herausstellt. Und dann stehen Sie unter den Verdächtigten sicher nicht in der letzten Reihe."

„Sie meinen … er könnte … ich habe auch schon daran gedacht."

„Würden Sie seiner Frau zutrauen, ihren Mann umgebracht zu haben?"

„Sie hätte doch eher Grund, mich umzubringen. Ich hab öfter daran gedacht. Aber was hätte sie damit gewonnen?"

„Also keinerlei Verdacht?"

Frau Bötsch sagt nichts, sie starrt auf die Tischplatte vor sich, ihre Finger spielen abwesend mit den Fransen eines Tischläufers. Sie schüttelt fast unmerklich den Kopf.

„Es ist sicher besser, wenn Sie mir erzählen, was Ihnen durch den Kopf geht. Damit ersparen Sie sich viele Unannehmlichkeiten. So eine Befragung in der Polizeidirektion ist doch immer lästig, und sollte es dann zu einer Vernehmung kommen, wird es richtig unangenehm."

„Jürgen würde sicher nicht wollen, dass ich davon berichte."

„Sie können ihn nicht mehr fragen."

Frau Bötsch hebt den Kopf und sieht Obanczek an, ohne ihn zu sehen.

„Hat es in letzter Zeit Auffälligkeiten in seinem Verhalten gegeben?", setzt Obanczek nach.

„Er hatte Sorgen, große finanzielle Sorgen."

„Wissen Sie, worum es ging?"

„Wie?"

„Worum ging es?"

„Jürgen wollte mich nicht damit belasten. Aber eines Nachts ist er zusammengebrochen und hat geweint wie ein kleines Kind. Am Alkohol konnte es nicht gelegen haben. Er hatte an dem Abend höchstens zwei, drei Gläser Rotwein getrunken. Er war einfach fertig. Ich habe ihn in meinen Armen gehalten und er hat erzählt. Ich habe nicht alles verstanden."

Obanczek sagt kein Wort, nickt Frau Bötsch nur zu. Stille. Hört er im Hintergrund wirklich leise Musik? Jetzt nur nichts überstürzen.

„Soviel ich weiß, hat er großen Blödsinn gemacht."

„Blödsinn?"

„Er muss wohl mit seiner Laptop-Kamera junge Patientinnen bei der Untersuchung gefilmt haben. Nackt. Und in Posen, die sie auf seine Anweisungen einnehmen sollten. Er meinte, es wäre aus einer spontanen Laune entstanden. Er hat dann wohl schnell eingesehen, dass es kein Dummejungenstreich war und die Aktion nach kurzer Zeit eingestellt. – Ich war erschüttert, das war nicht mein Jürgen, doch wer sollte ihn auffangen, wenn nicht ich?"

„Wobei denn auffangen? Solche Bilder lassen sich problemlos löschen und keiner hätte davon erfahren müssen."

„Jürgen war nur in seinem Beruf rational und zielgerichtet, privat war er eher spontan und unbedacht."

„Und das heißt?"

Frau Bötsch seufzt. „Möchten Sie auch ein Glas Mineralwasser?"

Obanczek brennt der Teppich unter den Füßen, er will endlich handeln, kann sich nur mühsam in Geduld fassen. Er nickt.

Frau Bötsch holt eine Flasche und zwei Gläser aus der Küche und schenkt das Mineralwasser ein. Dann setzt sie sich wieder, trinkt und stellt das Glas wieder ab.

„Er muss einem Freund von den Bildern erzählt haben. Viel schlimmer noch, er hat ihm sogar eine DVD mit den Filmchen ausgehändigt. Für ihn war das ein Scherz, vielleicht wollte er sich damit auch brüsten."

„Der Freund hat die Filmchen nicht zu seiner Erbauung genutzt, nehme ich an, er hat Dr. Walther mit seinem Wissen erpresst?“

„Woher sollen seine finanziellen Sorgen sonst gekommen sein, seine Praxis lief bestens.“

„Wissen Sie, wer ihn erpresst hat?“

Frau Bötsch schüttelt leicht den Kopf. „Er hat es nicht gesagt. Ich wollte ihn auch nicht ausfragen, nur für ihn da sein.“

„Verstehe.“ Obanczek steht auf, um sich zu verabschieden. „Wir werden noch ein Protokoll von Ihrer Aussage anfertigen, das Sie unterschreiben müssen.“

„Ist jetzt auch egal.“

„Vorerst vielen Dank für Ihre Aussage.“

Sie gehen zusammen zur Tür. Plötzlich bleibt Obanczek stehen. „Ich muss Sie noch einen Moment aufhalten.“ Er kramt sein Notizbuch aus der Jackentasche, sucht, findet das kopierte Foto des Royalisten-Clubs, liest die Namen vor. „Kommt Ihnen einer der Namen bekannt vor?“

Frau Bötsch überlegt. „Bitte noch einmal.“

Obanczek liest die Namen erneut vor: „Alfred Jagoda, Dr. Fritz Kullmann, Hugh Kinzle, Peter Gäbler und Morgan Ostertag.“

„Begegnet bin ich noch keinem von ihnen. Dr. Kullmann war ein Kollege, Kinderarzt, und in letzter Zeit hat dieser Hugh Kinzle öfter angerufen. Ein penetranter Mensch. Wenn Jürgen nicht ans Privattelefon oder sein Smartphone gegangen ist, hat er in der Praxis nach ihm gefragt. Ich musste immer an einen Vorwerk-Vertreter denken, wenn ich diesen Kinzle in der Leitung hatte.“

„Danke“, sagt Obanczek und steckt sein Notizbuch ein. Jetzt aber nichts wie raus und rein ins Auto. Er fährt zur Praxis von Dr. Walther. Die Praxis ist geschlossen. Er geht ums Haus herum in den Garten und gelangt von dort problemlos in die Praxisräume. Er ruft „Hallo“ und noch einmal „Hallo“, doch die Praxis scheint verwaist. Er öffnet die Tür gleich links zu Dr. Walthers Privatraum, sieht sich um, atmet auf. Der Laptop liegt auf dem Schreibtisch. Ob ihn jemand vermissen würde, wenn er ihn so einfach mitgehen ließe? Er wird eine Bestätigung der Sicherstellung vom Büro aus zusenden.

Wenig später sitzt Obanczek wieder in seinem Auto. Soll er die Spurensicherung einschalten, damit eventuell belastende DVDs nicht verschwinden können? Das hat vorerst noch Zeit. Wenn überhaupt, wird die DVD so gut versteckt sein, dass sie ein Laie bestimmt nicht findet.

Obanczek lässt sich die Adresse von Hugh Kinzle raussuchen. Nobles Zooviertel. Der Herr Immobilienmakler vermittelt sicher keine Abstellkammern. Um hier weiterzukommen, muss Obanczek bestimmt auftreten. Die Türsprechanlage: „Obanczek, Kripo Hannover, öffnen Sie bitte die Tür. Sofort!“

Trotzdem vergehen sicher zehn Sekunden, bevor der Türöffner mit einem Summen die Tür freigibt.

Parterre: zwei Eingangstüren ohne Namensschilder, erste Etage: rechts Kinzle, links Kinzle, die linke Tür öffnet sich. Eine große schlanke Frau mit knochigen Fingern und unvorteilhaftem Glatthaar schaut ihm entgegen.

„Sie wünschen?“

Das könnte seine Mutter sein: *Halt dich gerade, Hugh!*

„Kripo Hannover. Ist Herr Kinzle im Haus?“

„In welcher Angelegenheit?“

„In meiner.“

Er will durch die Tür, die energische Dame leistet unerwartet heftigen Widerstand, die Fingernägel ihrer rechten Hand graben sich in seinen Unterarm. Obanczek möchte gerne schreien, murmelt aber nur „Widerstand gegen die Staatsgewalt!" und ist an ihr vorbei.

Im Vorzimmer rechts zwei Türen direkt nebeneinander, wahrscheinlich Küche und Toilette, an der Längswand eine einzige Tür. Obanczek stößt sie auf. Hinter dem überdimensionalen Schreibtisch ein fetter weißer Klops.

„Wenn Sie zu mir wollen, melden Sie sich ..."

Die Stimme wie aus dem Kinderchor.

Obanczek schnappt sich einen der Besucherstühle und setzt sich rittlings neben den Wunderknaben.

„Bevor Sie sich vergaloppieren: Ich bin von der Mordkommission, nicht vom Wirtschaftskommissariat. Sie können sich kooperativ verhalten oder wir ziehen es auf der offiziellen Schiene durch."

„Was wollen Sie?"

„Die DVD mit den Fotos von Dr. Walther!"

„Ich weiß nichts von irgendwelchen Fotos."

„Aber ich. Entweder geben Sie die DVD sofort raus oder ich beantrage eine sofortige Durchsuchung Ihrer Geschäftsräume und der Privatwohnung. Sofort. Weil Gefahr im Verzug ist."

„Ach, Sie meinen diese lächerlichen Filmchen aus seiner Praxis. Ich wollte sie gar nicht haben. Er hat sie mir geradezu aufgedrängt. Sie müsste zwischen der Fünften von Beethoven und Schumanns Rheinischer stehen." Er zeigt auf die Regalwand hinter sich.

Obanczek springt auf, findet die DVD auf Anhieb, nimmt einen Filzstift vom Schreibtisch und beschriftet die DVD mit *JW privat*. Er tritt wieder neben Kinzle, klappt dessen Laptop zu und klemmt ihn sich unter den Arm.

„Aber Sie können doch nicht!"

„Sie werden sich wundern, was ich noch alles kann. Sicherstellungsbeschlüsse gehen Ihnen so schnell wie möglich zu."

Kalenberger hat sich von einem Taxi zur Medizinischen Hochschule bringen lassen. Die Fahrt nutzt Kalenberger, um sich mit Übungen aus ihrem Autogenen Training zu beruhigen. Sie hat Angst, erbärmliche Angst. Ihre Hände zittern, sie klemmt sie unter ihre Oberschenkel. Natürlich hat sie sich vorher informiert, sollte sogar einen Termin für eine Vorbesprechung machen. Aber da hat sie ihre dringenden Aufgaben als Kriminalbeamtin vorgeschoben, wollte sich nicht schon vorher verrückt machen lassen. Das Taxi hält, der Fahrer schreibt ihr ohne Aufforderung eine Quittung, vor der Tür zur Klinik atmet Kalenberger noch einmal durch, sammelt ihre Kräfte. Jetzt wird es ernst.

Die Stanzbiopsie - Hochgeschwindigkeits-Stanze unter Ultraschallansicht – erfolgt zur Abklärung von tastbaren Verhärtungen oder in der Sonografie gut sichtbaren Veränderungen. Sie ist insbesondere bei größeren Tastbefunden und/oder erwarteter Gutartigkeit der Tastbefunde das Mittel der Wahl.

Bei diesem Verfahren wird unter Ultraschallansicht eine 1,6 Millimeter dicke Stanznadel mit hoher Geschwindigkeit in den Tumor ‚geschossen', um eine Gewebeprobe mit größeren Zellverbänden zu entnehmen. Dabei wird eine Führungshülse benutzt, über die dann mindestens drei Gewebszylinder für die mikroskopische Untersuchung entnommen werden. Aufgrund der hohen Geschwindigkeit der

Stanze entsteht bei der Probenentnahme selbst kein Schmerz, es ist lediglich ein kleiner Hautschnitt unter örtlicher Betäubung notwendig. Das Risiko für Infektionen und Blutungen ist gering.

Die Zuwendung der Helferinnen und der Behandlungsablauf sind freundlich professionell, die körperlichen Schmerzen zu ertragen, die richtigen Schmerzen sitzen tiefer. Innen. Sie wird sie mit sich herumtragen müssen, bis ihr das Ergebnis aus der Pathologie in einigen Tagen mitgeteilt wird. Nach der Untersuchung wollte sie in die Innenstadt fahren und sich etwas gönnen. Eine Schwarzwälder Kirschtorte und feinen Kaffee in den Holländischen Kakaostuben. Doch kaum hat sie die Klinik verlassen, ist der Elan verflogen. Sie lässt sich von einem Taxi nach Hause bringen. Als sie die Tür zu ihrer Wohnung aufschließt, huscht ein Lächeln über ihr Gesicht. Zumindest einer freut sich über ihre unerwartete Gesellschaft. Augenstern.

Obanczek bringt die beiden Laptops von Dr. Walther und Kinzle in die Kriminaltechnik. Es muss geprüft werden, ob sich auf den Computern noch weiterer Schweinkram befindet.

Auf dem Weg ins Büro holt sich Obanczek eine Cola. Wie soll er weiter vorgehen? Kalenberger ist nicht im Büro, und er will sie jetzt auch nicht anrufen.

Bisher kannten die Filmchen wohl Dr. Walther, Frau Bötsch und Kinzle. Oder weiß der ganze Royalisten-Club davon? Sie werden wohl jedem Einzelnen auf den Zahn fühlen müssen. Wenn es eine Privatsache zwischen Walther und Kinzle war, soll sie es besser bleiben. Die gefilmten Frauen wissen nichts von ihrer ungewollten Karriere als Darstellerinnen, und so soll es auch vorerst bleiben. Damit könnte der Schaden begrenzt werden.

Er wird die Ergebnisse der Kriminaltechnik abwarten, sich morgen mit Kalenberger besprechen und dann noch ein wenig Kinzle zusetzen, ob er die Filmchen weitergegeben hat. So ein Warmduscher brüstet sich schon mal gern mit Frivolität. Im Hintergrund soll gleichzeitig gegen ihn wegen Erpressung ermittelt werden. Aber dafür ist das Wirtschaftskommissariat zuständig.

Er ruft an. Wenig später klopft es an der Tür. Nele Dettmann steckt ihren Kopf ins Zimmer. „Oder möchtest du lieber mit Paul Kantaka sprechen?" Sie lacht leicht und fröhlich, ihr Busen hüpft dazu.

„Wo ist deine Kollegin?", fragt Nele Dettmann.

„Komm rein. Kalenberger hat einen privaten Termin, ist erst morgen wieder da."

Nele Dettmann schlüpft ins Zimmer. „Dann haben wir also sturmfreie Bude."

„Wollten wir uns nicht über die Erpressung ..."

Nele Dettmann legt Obanczek den rechten Zeigefinger unters Kinn und zwingt ihn, aufzustehen. Dann dirigiert sie ihn in Richtung Tür, er muss sich umdrehen und gegen das Türblatt lehnen.

„Bleib so stehen", flüstert sie ihm ins Ohr, und allein ihre Stimme treibt ihm einen Schauer über den Rücken. „Kein Wort!"

Obanczek will nach ihr greifen, sie in seine Arme ziehen. „Finger weg!"

Er spürt ihre Hände an seiner Hose. Sie öffnet den Gürtel, zieht den Reißverschluss herunter und sagt: „Oh, wie stattlich!"

Ihre Hand gleitet in seine Boxershorts, streichelt und massiert, aber nur kurz, sie geht in die Hocke und plötzlich spürt er ihre weichen warmen Lippen.

Alles verschwindet um ihn herum, er spürt nur noch ihre Lippen und ihre Fingerspitzen. Er japst wie ein Karpfen auf dem Trockenen, mit den Händen sucht er eine Gelegenheit, sich abzustützen.

„Bleib stehen!", flüstert Nele, „sonst kannst du's dir selber machen!"

Nicht aufhören! Jetzt nicht aufhören! Er wird umhüllt von einer fordernden Wolke aus Lust und Erregung. Er streckt seine Hand nach ihrem Haar aus, sie schiebt seine Hand zurück, seine Beine zittern, er denkt rot, blau, grün oder sonst irgendetwas, reckt sich auf die Zehenspitzen, jetzt, jetzt ... sein Blick fällt auf Kalenbergers Schreibtisch, auf ihren blauen Kugelschreiber vom Weißen Ring – und nichts geht mehr.

Nele Dettmann erstarrt für einen Augenblick, dann richtet sie sich auf. „Kann doch jedem mal passieren." Auf dem Flur Kollegenstimmen. „Wir wollten über euern Fall sprechen?" Sie setzt sich auf Kalenbergers Schreibtischstuhl.

So schnell ist Obanczek nicht. Er steht noch einen Augenblick gegen die Tür gelehnt, stößt sich endlich ab, um zu seinem Arbeitsplatz zu gehen.

„Du hast etwas vergessen." Nele Dettmann zeigt auf seine Hose, Obanczek zögert, schließt den Reißverschluss. „Tut mir leid, eigentlich habe ich nie Schwierigkeiten ..."

„Leg los!" Nele Dettmann schaut ihn an als wäre sie von der Steuerfahndung.

„Also ..."

„Das ist doch schon mal ein Anfang."

„Der Ausgangspunkt meiner Hypothese ist dieser Club *Royal Flash*. Axel Gerlach, der Galerist Alfred Jagoda und der Maler Akki Loos fälschen Bilder und verkaufen sie an wohlhabende Interessenten. Dr. Jürgen Walther fertigt Pornofilmchen und lässt den Immobilienmakler Hugh Kinzle an seinen Schweinereien teilhaben. Noch unbescholten aus der Gruppe sind Kinderarzt Dr. Fritz Kullmann, Banker Peter Gäbler und Morgan Ostertag, ebenfalls Banker. Axel Gerlach, Akki Loos und Dr. Walther sind tot. Der Rest kümmert sich laut Vereinssatzung um die Erneuerung des königlichen Bahnhofs Nordstemmen." Obanczek schaut unverwandt auf seine Computertastatur, kann Nele Dettmann irgendwie nicht ansehen. „Hinter dem Royalistenverein könnte mehr stecken, nehmen wir an. Vielleicht eine kriminelle Vereinigung, die mit den unterschiedlichsten illegalen Transaktionen Geschäfte macht. Es kann natürlich auch sein, dass die Kunstgruppe und die Pornogruppe selbstständig für sich gearbeitet haben, aber dann bleibt noch die Frage, ob der Rest der Gruppe alles Ehrenmänner sind?"

Nele Dettmann spielt mit Kalenbergers Kugelschreiber vom Weißen Ring. Obanczek schaut ihr auf die Finger, Nele Dettmann legt den Kugelschreiber hinter die Tastatur.

„Die Laptops von Dr. Walther und Kinzle sind in der Kriminaltechnik, zwei Spezialisten werden sich die Computer von Jagoda, Dr. Kullmann, Gäbler und Ostertag vornehmen, um sie auf verdächtige Pornodateien zu checken. Außerdem sind zwei Kollegen eingesetzt worden, sich das Umfeld der einzelnen Clubmitglieder näher anzusehen."

„Wozu brauchst du mich dann noch?" Nele Dettmann schaut ihn mit einem verschmitzten Lächeln an.

Für einen Augenblick schaut Obanczek von seiner Tastatur auf, ihre Blicke begegnen sich und plötzlich muss Obanczek lachen, bis sich sein ganzer Kopf inklusive Glatze vor Anstrengung rot färbt. „Was machst du nur mit mir?"

„Keine Abschweifungen, bitte. Weiter im Text!"

„Es ist nichts Konkretes", Obanczek wischt sich mit seinem Taschentuch Lachtränen aus den Augen. „Du kennst dich einfach besser mit wirtschaftlichen Zusammenhängen aus. Schau dir mal die Akte an, ob dir etwas dazu einfällt."

Nele Dettmann nimmt die Akte, steht auf. „Und wenn ich Erkenntnisse oder Rückfragen habe?"

„Ab morgen ist Kalenberger wieder da. Ich gehe über Nacht in die Reha, mein Alter Ego wieder aufbauen."

„Versuch's doch mal mit Ingwer, Ingwer soll sehr förderlich sein!" Sie küsst ihn auf die Glatze.

„Alles in Ordnung?" Kalenberger hat es nicht ausgehalten und im Büro angerufen.

„Natürlich, alles klar", hat Obanczek geantwortet. Aber Kalenberger ist das leichte Zögern nicht entgangen.

„Und?" Sie kann nicht anders.

„Hat alles Zeit bis morgen. Du hast alles gut überstanden?"

„Was man so überstanden nennen kann. Die Ergebnisse kommen erst in ein paar Tagen."

„Dann ruh dich heute noch aus, damit wir morgen voll einsteigen können."

„Woher der unerwartete Eifer?"

„Wenn man sonst keine Hobbys hat."

Beide lachen, Kalenberger beendet das Gespräch, geht nach dem Klinikbesuch schon zum dritten Mal ins Badezimmer, um sich die Hände zu waschen, trocknet die Hände ab, riecht an den Handrücken. Angenehm. Mango oder Pfirsich? Sie schaut sich im Spiegel an. Fünf Jahrzehnte Leben, zwei Jahrzehnte Kripo, da helfen keine Tages- oder Nachtcremes. Und trotzdem wird jeden Morgen und jeden Abend ins Fetttöpfchen gelangt. Warum nimmt bloß die Sehnsucht nicht ab mit der Attraktivität. Die Sehnsucht nach Wärme, Zärtlichkeit, Berührungen. Sie hatte in den letzten Jahren ihre kleinen Chancen. Da war noch Leben zwischen dem Verzagen. Und nun? Ein paar sachliche Zeilen, ihre verständnisvolle Ärztin, Amputation, Neutrum. Sie hatte es gern, wenn ihre Brust liebkost wurde. Vorbei? Einige Tage Bangen – und dann? Noch ist die Hoffnung nicht erloschen.

Kalenberger schaltet das Licht über dem Badezimmerspiegel aus, brüht sich einen Kräutertee auf und setzt sich auf die Couch. Sie wählt die Telefonnummer von Samuel Morchner und kündigt ihr Kommen für die nächste Theaterprobe an.

ZWÖLF

„Guten Morgen", sagt Kalenberger.

„Selber", sagt Obanczek.

Jeden Morgen das gleiche Ritual, Jacke ausziehen, Computer anstellen, die Kaffeekanne anheben, ob Obanczek schon Kaffee gekocht hat.

Er hat, und die *Edlen Tropfen in Nuss* liegen einladend neben der Tastatur.

„Ich habe die Ergebnisse von gestern zusammengefasst, die Datei liegt unter dem Datum von gestern."

Kalenberger schüttet sich eine Tasse Kaffee ein, ruft die Datei auf und liest. Sie muss den Bericht zweimal lesen, weil sie sich nur schlecht konzentrieren kann.

Obanczek liest die Zeitung. „Fünfzehn Millionen im Lotto-Jackpot."

„Prima", murmelt Kalenberger, ohne den Blick vom Bildschirm zu nehmen, „dann kaufen wir den Maschsee und schenken ihm ein t."

„Wir haben Ergebnisse aus der Kriminaltechnik", Obanczek faltet die Zeitung zusammen, „gerade frisch reingekommen. Aber freu dich nicht zu früh, nichts Spektakuläres. Bei Axel Gerlach außer diesen lächerlichen Quecksilberspritzern nur Schlafmittelreste, könnten sich im Laufe der Zeit in kleinen Dosen angesammelt oder ihn akut bei voller Dröhnung benebelt haben. Bei Dr. Walther deutet alles darauf hin, dass er am Herzstillstand gestorben ist. Oder es war ein Suizid, den er wegen der Lebensversicherung als natürlichen Tod inszeniert hat. Keine weiteren Verletzungen und der Tatverlauf ist nachvollziehbar."

„Bei Walther kein Hinweis auf Gift?"

„Na ja, die Pathologie ist sich nicht ganz sicher. Der Herr Doktor hatte sich wohl was gespritzt, aber da haben Mediziner die freie Auswahl, und ihr Einfallsreichtum stellt unsere Pathologen vor immer neue Herausforderungen. Sein Herzstillstand könnte durch eine Vergiftung herbeigeführt worden sein, doch das ist dann eher Sache der Versicherung. Fremdeinwirkung ist wohl auszuschließen."

Kalenberger nickt, schaut auf den Bildschirm. „Und die Laptops von Dr. Walther und Hugh Kinzle?"

„Die scheinen sauber zu sein, oberflächlich betrachtet. Wenn die Technik in die Tiefe gehen soll, braucht das Zeit und einen neuen Auftrag, der ohne weitere Verdachtsmomente wohl nicht durchzubringen ist."

„Gib sie noch nicht sofort zurück. Bei Doktor Walther wird niemand ein gesteigertes Interesse an der Rückgabe haben und dieser Kinzle muckt nicht auf, solange er eine Strafverfolgung wegen dieser anstößigen Filmchen befürchtet."

„Allerdings steht er ganz unter der Fuchtel seiner Mutter, die gleichzeitig seine Sekretärin ist."

„Nachgeprüft?"

„Heute Morgen."

„Dann sollten wir das Wirtschaftskommissariat auf die Erpressung mit den Filmchen ansetzen. Komisch ...", Kalenberger macht eine Pause, „... warum bist du nicht gleich in deinem Gespräch mit Nele Dettmann darauf eingegangen?"

„Wollte ich doch!"

„Und?"

„Ich bin nicht mehr dazu gekommen."

„Dann hol es jetzt nach. Sie haben schon Telefon."

„Es wär mir lieber, wenn du anrufen würdest, ich bin im Augenblick ein wenig ... derangiert."

„Du solltest dir genau überlegen, was du tust. Schalte mal deinen Kopf ein, ich meine das Ding auf deinem Hals, bevor du dich auf etwas einlässt." Sie greift zum Telefon, spricht mit Paul Kantaka. Kantaka lacht. Sie sind schon selber draufgekommen, haben für den Nachmittag den Termin für eine Befragung mit Hugh Kinzle ausgemacht. Mal sehen, was dabei herauskommt. Man wird berichten.

Kalenberger schaut wieder auf den Bildschirm. „Gute Arbeit", murmelt sie.

„Meinst du mich?" Obanczek schaut überrascht.

„Nein, den kleinen flinken Mann in der grauen Kiste unter dem Schreibtisch."

„Ach so, ich dachte schon, es wäre ein Kompliment."

„Wie kommst du denn ..."

Das Telefon klingelt. Kati Trapp vom *Leine-Boten* am Apparat. Blitzschnell geht Kalenberger durch den Kopf, ob sie irgendeinen Termin oder eine Aufgabe vergessen hat. Ihr fällt nichts ein, sie drückt die Lautsprechertaste des Telefons.

Zuerst natürlich das übliche Begrüßungsgeplänkel. Wie's denn geht, ob die Arbeit vorangeht, doch allzu viel Zeit scheint Kati Trapp auch nicht zu haben. „... sind gerade in der Vorbereitung für eine Werbebeilage unserer Zeitung. Anekdoten und ungewöhnliche Ereignisse der letzten Monate und drumherum ausreichend Platz für Werbeanzeigen."

„Ich glaube nicht, dass die Kripo Hannover eine Anzeige schalten will", sagt Kalenberger. Die beiden Beamten können nur mühsam ein Lachen unterdrücken.

Das besorgt dann Kati Trapp. „Warum eigentlich nicht?" Kati Trapp gluckst. „Bei uns sind Ihre ungeklärten Todesfälle in besten Händen. Kripo Hannover – effektiv, effizient, erfolgreich. – Na, wie wär's?"

„Wir sprechen mit unserm Ersten Kriminalhauptkommissar."

„Lassen Sie sich nicht zu viel Zeit, die Anzeigenplätze sind begehrt."

„Und sonst?", fragt Obanczek ungeduldig dazwischen.

„Ich hab Fotos für den redaktionellen Teil gesichtet, unter anderem von der Marienburg. Bei der Vorstellung des letztjährigen Veranstaltungskalenders ist im Hintergrund Thea Borsig zu sehen, eine der Schlossführerinnen. Sie war doch dabei, als dieser Finanzberater ..."

„Doktor Axel Gerlach!"

„... Doktor Axel Gerlach von der Turmbrüstung und Ihnen direkt vor die Füße gefallen ist."

„Und ich hatte mich so auf den Rehrücken gefreut."

„Wissen Sie, dass die beiden sich kannten?"

„Davon hat Frau Borsig nichts gesagt."

„Das Foto liegt vor mir, wie sie sich auf dem Pressetermin bestens miteinander zu unterhalten scheinen."

„Ach?", sagen Kalenberger und Obanczek fast gleichzeitig.

„Ich kann Ihnen das Foto gern zufaxen, Sie denken an mich, wenn es eine Story gibt?"

„Selbstverständlich. Und beste Grüße an Chico!"

Damit ist das Gespräch beendet. Kalenberger schließt die Datei auf dem Bildschirm, wartet auf den Eingang der Faxnachricht. Wird alles digital erledigt, moderne Welt.

Kalenberger nimmt eine Doppelpackung *Bounty* aus ihrer Schublade und wirft Obanczek einen der Schokoriegel mit Kokosfüllung zu. Obanczek hat die Verpackung noch nicht aufgerissen, da trifft die Nachricht von Kati Trapp ein.

Beide sind sich sofort einig: Die Journalistin hat sich nicht geirrt. Thea Borsig schaut zu Dr. Axel Gerlach auf, er scheint gerade etwas Amüsantes gesagt zu haben, sie lachen beide.

„Vielleicht sollten wir einen Fahrdienst zur Marienburg einrichten“, meint Kalenberger.

Obanczek: „Ich fahr gern durch die Gegend, da ist alles so schön verlässlich, sogar die Überholer im Überholverbot. Möchte nur mal wissen, wohin die es so eilig haben. Nach Alfeld, Elze, Einbeck ...“

„Hast du das kopierte Foto griffbereit?“

„Allzeit bereit!“

„Pass auf die Radarblitzer auf!“

„Sind mir in Fleisch und Blut übergegangen.“

Leichter Nieselregen in Hannover, in Hemmingen regnet es und hinter Pattensen gießt es in Strömen. Als sie auf der Marienburg ankommen, hat der Regen noch zwei, drei Grad auf der nach oben offenen Regenskala zugelegt.

„Hast du einen Schirm mitgenommen?“, fragt Kalenberger

„Würde er etwas nützen?“

Sie starren auf die grauen Bäume, die den Parkplatz umrahmen. In Schlieren fließt das Wasser von der Windschutzscheibe, von innen beschlägt die Scheibe von ihrer Atemluft.

„Was denkst du?“, fragt Obanczek.

„Der Fall fühlt sich ganz leise an, unauffällig und lapidar. Nicht mal die Presse hat bisher eine Story draus gemacht. Da sterben Menschen und niemand scheint etwas dagegen zu haben. Wir haben drei Tote, verdächtige Zusammenhänge, mögliche Motive, überraschende Querverbindungen, trotzdem kann sich alles mit einem Schlag in Wohlgefallen auflösen, und wir haben für nichts gearbeitet."

„Ich möchte dich mal etwas Privates fragen."

„Nele Dettmann?"

Obanczek dreht sich zu Kalenberger. „Eine Frau wie sie ist mir noch nicht begegnet."

„Das meint man immer, wenn es noch frisch ist."

„Sie ist anziehend und unnahbar zugleich. Sie packt zu und stößt mich weg."

„Wenn sie mit der Masche Erfolg hat."

„Du traust ihr nicht?"

„Du solltest die Finger von einer Kollegin lassen. Das bringt nur Ärger. Aber wenn du nicht anders kannst, Männer sind nicht gerade kopfgesteuert."

„Hat es gerade geblitzt?" Obanczek wendet abrupt den Kopf zur Seitenscheibe. „Ein Spanner, na warte!" Schon hat er die Türe aufgestoßen, der Typ mit der Taschenlampe rennt los, doch Obanczek hat ihn nach zehn, zwölf Metern eingeholt. Er scheint seine Dienstwaffe zu zücken, soviel ist vom Wagen aus zu sehen, dann kommen beide im Laufschritt zurück zum Auto. Obanczek legt dem Spanner Handschellen an. Er muss sich mit dem Bauch flach auf die Motorhaube legen.

Obanczek hechtet ins Auto. „Sobald du dich rührst, bist du dran!"

„Was soll das denn?", fragt Kalenberger.

„Identitätsfeststellung." Obanczek legt den fremden Ausweis aufs Armaturenbrett.

„Dann beeil dich mal", sagt Kalenberger.

„Nö."

„Der ist doch jetzt schon völlig durchnässt."

„Nach dem Wetterbericht soll es nur ein kurzer Schauer sein."

Kalenberger schaut Obanczek an, schüttelt belustigt den Kopf. „Jetzt arbeiten wir schon so lange zusammen und ich lerne immer wieder neue Seiten an dir kennen."

„Es ist eigentlich so, dass ich bei Nele nur Interesse bekundet habe. Alle, sagen wir mal: Aktionen, gehen von ihr aus. Die Frau ist der Hammer."

„Vielleicht solltest du dir solche Hammerschläge lieber für den Urlaub aufheben. Dann kannst du notfalls fliehen."

„Und wenn ich gar nicht fliehen will oder kann oder überhaupt?"

„Du bist ein freier Mensch, na ja, Mann, du kannst tun und lassen, was du willst, aber decken werde ich deine Eskapaden nicht. Weder im Büro noch außerhalb. Der Regen lässt nach!"

„Wie schön", sagt Obanczek. Er nimmt den Personalausweis ohne ihn anzusehen und steigt aus.

„Schwein gehabt", sagt er zu dem Mann auf der Motorhaube. „Alles im grünen Bereich." Er schließt die Handschellen auf, gibt ihm den Personalausweis zurück. „Und jetzt ab durch die Mitte, beim nächsten Zusammentreffen setzt es Untersuchungshaft."

Der Mann dreht sich um, Wasser läuft ihm aus Haaren, Hose und Schuhen.

„Flott, flott", sagt Obanczek, „bevor ich es mir anders überlege!"

Der Spanner trabt mit quatschenden Schuhen davon, verliert seine Taschenlampe, hebt sie auf und beschleunigt seine Schritte.

„Wir können", sagt Obanczek zu Kalenberger im Auto, „es nieselt nur noch, und du hast doch sicher so eine kleine durchsichtige Kapuze für deine Haare dabei?"

Kalenberger steigt aus. Es ist nicht weit vom Parkplatz bis zur Marienburg, doch wenn es regnet, ist alles weit.

Thea Borsig sitzt im Kassenraum und falzt Prospekte. Sie scheint dankbar für die kleine Abwechslung und grüßt die Kripobeamten mit einem Lächeln. „Was kann ich für Sie tun? Wünschen Sie eine Privatführung?"

„Wir wünschen eine Auskunft", sagt Kalenberger, sie nickt Obanczek zu. Obanczek legt das fotokopierte Bild der Herrenrunde auf die ungefalzten Prospekte.

Thea Borsig beugt sich über die Aufnahme.

„Kennen Sie das Foto?"

„Das muss bei der Vorstellung des letztjährigen Veranstaltungskalenders aufgenommen worden sein."

„Sehen Sie sich das Bild einmal ganz genau an. Sie haben uns erzählt, Axel Gerlach wäre Ihnen völlig unbekannt gewesen. Sie konnten sich nur an ihn erinnern, weil er Sie kurz vor seinem Sturz nach dem Lieblingsessen von Königin Marie gefragt hat. Auf dem Bild machen Sie beide aber einen sehr vertrauten Eindruck."

„Eine dumme Geschichte, aber jetzt ist wohl nicht mehr zu leugnen, dass wir uns kannten."

Schweigen.

„Haben Sie ihn …?", fragt Obanczek.

„Machen Sie sich nicht lächerlich. Ich bin ihm wochenlang aus dem Weg gegangen. Er hatte sich dann der unseligen Führung angeschlossen, um noch einmal mit mir zu sprechen. Er hatte diesen Schirmmann mitgebracht, er sollte ihm wohl den Rücken freihalten, wenn er mich irgendwo allein erwischen konnte."

„Warum war es ihm so wichtig, mit Ihnen zu sprechen?“

Thea Borsig faltet wieder Prospekte. „Das ist eine ziemlich unangenehme Erinnerung für mich.“

„Wir sind zwar neugierig, aber sehr diskret.“

„Es war im letzten Herbst bei einem Händelabend im Rittersaal, ich muss wohl ein wenig geweint haben, das Programm fiel mir aus der Hand, mein Nachbar hob es auf, er gab es mir zurück. Dabei trafen sich unsere Blicke, ganz unauffällig hielt er meine Hand, ließ sie nicht mehr los. Ach ja.“ Thea Borsig seufzt. „Er war ein charmanter Mann, er hatte einfach eine verführerische Ausstrahlung. Es blieb nicht bei der Begegnung an dem Abend, wir fuhren zum Musical nach Hamburg, besuchten die Berliner Museen und haben Neujahr in Kitzbühel gefeiert. Es war eine lockere, aber spannende Verbindung. Wir ließen uns unsere Freiheiten und haben die Gemeinsamkeiten genossen.“

„Einfach so?“, fragt Kalenberger.

„Natürlich war da immer die kleine Frage im Hinterkopf: Will er dich oder will er etwas von dir? Er wollte etwas von mir. So ganz beiläufig, ziemlich unauffällig. Wir hatten doch die große Sotheby's Versteigerung. Da wurde viel verkauft, aber eben nicht alles. Bei einigen Sachen war wohl der Preis zu hoch angesetzt. Jedenfalls fanden sie keinen Käufer. Und für diese Rückläufer interessierte sich Axel Gerlach. Wo sich die Sachen jetzt befänden, wer sie verwalten würde, wie man in Kontakt mit dem Verwalter kommen könnte. Warum sollte er es nicht erfahren, war doch nichts dabei. Aber eines Nachts im Marriott Hannover am Maschsee. Wir waren beim *Modern String Quartet* im Schloss Landestrost, hatten danach ausgiebig zur Nacht gegessen und waren schließlich ziemlich beschwipst im Hotelzimmer gelandet."

Ihre Hände falten und falten.

„Wir haben herumgealbert und plötzlich meinte Axel, wir sollten zusammen auswandern. Nach Saint-Barthélemy, eine Insel der Kleinen Antillen. Er brauchte nur noch einen Abschluss, dann könnten wir sorgenfrei bis an unser Lebensende Holiday machen. Ob ich ihm bei dem Abschluss helfen wollte."

Kalenberger und Obanczek schauen sich kurz an, Obanczek will etwas sagen, doch Kalenberger schüttelt fast unmerklich den Kopf. Abwarten, hieß das.

„Seit 2004 haben wir einen neuen Chef …"

Obanczek zieht sein Notizbuch aus der Tasche, blättert, kommt nicht voran, die Blätter sind noch feucht.

„… Ernst August VI., Prinz von Hannover. Sein Vater, Ernst August V., überschrieb ihm und seinem Bruder alle deutschen Familienbesitztümer, Schloss Marienburg mit eingeschlossen. Um sich besser um die Angelegenheiten vor Ort kümmern zu können, hat sich der junge Prinz ein Büro auf der Marienburg einrichten lassen."

Obanczek pustet zwischen die Seiten seines Notizbuchs, um sie zu trocknen.

„Axel Gerlach wollte Ernst August das Angebot eines seiner Kunden unterbreiten, die Marienburg in aller Diskretion zu erwerben. Einer von Axel Gerlachs Kunden bot, wie er sagte, eine Summe im oberen achtstelligen, vielleicht sogar neunstelligen Bereich. Und ich sollte Axel Gerlach Zugang zu dem Büro Seiner Königlichen Hoheit verschaffen, damit er seine Nase mal in die internen Unterlagen des Hausherrn stecken könnte – und ich hab geglaubt, er hätte sich in mich verguckt."

„Und Sie?", fragt Obanczek und unterbricht dabei nur für Sekundenbruchteile sein Pusten.

„In der Nacht habe ich Axel Gerlach das letzte Mal gesehen und dann erst wieder bei der Führung auf der Marienburg. Ich kann Ihnen aber leider nicht sagen, wie es zu dem Sturz kam. Zu dem Zeitpunkt stand ich genau auf der anderen Seite des Turms und seinen Begleiter habe ich überhaupt nicht mehr gesehen."

„Klingt plausibel", sagt Kalenberger. Sie will Vertrauen aufbauen. „Können Sie sich vorstellen, wer außer Ihnen noch etwas gegen den Verkauf der Burg haben könnte?"

„Ich zeig Ihnen mal etwas", sagt Thea Borsig. Sie stemmt ihre Handflächen auf die ungefalzten Prospekte und erhebt sich. Von der Ablage neben der Tür nimmt sie einen gelben Schnellhefter. Sie schlägt ihn auf, entnimmt eine Fotokopie und legt sie vor die beiden Kripobeamten.

„So viel zu Ihrer Frage!"

Zu den Kritikern der Mammut-Auktion gehört Prinz Heinrich von Hannover, der Bruder des Welfenchefs Ernst August. Er fürchtet einen Ausverkauf von unersetzlichen Kulturschätzen. „Jetzt wird kulturelles Erbe in Bares umgesetzt", so Prinz Heinrich, auf Schloss Marienburg könne man sehen, „wie man mit Kultur nicht umgehen darf".

„Mir fällt dazu immer wieder dieser merkwürdige Royalisten-Club in Nordstemmen ein. Doch um es gleich vorwegzunehmen. Auch damit habe ich nichts zu tun."

Sie verabschieden sich. Es hat aufgehört zu regnen, dafür hat der Wind zugenommen und weht die Tropfen von den Bäumen. „Wie man's macht, ist es verkehrt", sagt Obanczek.

Auf der Fahrt zurück nach Hannover hängen beide ihren Gedanken nach.

„Der nächste logische Schritt wäre, das Konto Seiner Königlichen Hoheit zu durchleuchten."

„Womit willst du das begründen?" Obanczek gähnt.

„Früher hat man sich die Hand vor den Mund gehalten."

„Früher war alles besser", mault Obanczek.

„Wenn wir nicht an die Konten Seiner Königlichen Hoheit kommen, sollten wir uns an die Bankunterlagen der Club-Mitglieder halten."

„Auch das musst du begründen."

„Tja."

„Na ja."

„Was? Na ja?"

„Ich hab da vielleicht eine Idee, wie wir durch eine Hintertür in die Finanztransaktionen des Vereins kommen."

„Spuck es aus oder schluck es runter."

„Wir müssen uns informieren, ob der Club ordnungsgemäß als Verein eingetragen ist."

„Bei so Leuten ist immer alles ordnungsgemäß."

„Das sollten wir uns doch mal ansehen."

5.1 K. Serviceabteilung. Fotostudio. Klocke feiert fünfzigsten Geburtstag. Es gibt Mettbrötchen mit viel Zwiebeln. Angestoßen wird mit Sekt - alkoholfreiem. Oder mit Orangensaft *Hohes C,* weil Klocke doch im Polizeichor singt. Tenor. Ohne hohem C.

Kalenberger verdrückt sich ziemlich schnell. Sie mag keine Mettbrötchen und auch keinen alkoholfreien Sekt. Aber was soll's. Hat sie eben Zeit, in Ruhe nachzudenken. Der Fall fühlt sich an wie Matsch an den Stiefeln, zieht Stimmung und Einsatzfreude nach unten. Sie hat nicht einmal Lust, ihren Computer anzustellen. Oder doch. Sie wird im Internet ihr Horoskop abfragen und nach einem möglichen Urlaubsziel für die Weihnachtszeit suchen. Sie wird …

Die Bürotür wird so heftig aufgestoßen, dass sie gegen die Regalwand kracht. Doch kein alkoholfreier Sekt?

„Warst du schon mal auf La Gomera?", will sie Obanczek fragen. Doch es ist nicht Obanczek, es sind zwei Männer, die einen Schreibtisch ins Büro tragen, gefolgt von Nele Dettmann. „Ich bin euch zugeteilt worden." Sie dirigiert den Schreibtisch an die Kopfseite der bestehenden Schreibtischkombination. „Was wolltest du wissen?"

„Ist nicht so wichtig."

„Ich dachte."

Kalenberger steht auf, geht in Richtung Tür.

„Da wird noch der Schreibtischstuhl gebracht", sagt Nele Dettmann.

„Schon in Ordnung, ich bin dann mal weg." Kalenberger tritt auf den Flur. Scheiß Tag, scheiß Fall, scheiß Situation. Da braut sich etwas zusammen. Erst wird ihnen Nele Dettmann zugeteilt, Nisalski will sehen, wie sie mit Obanczek zusammenarbeitet, und dann ist sie raus. Vielleicht kann sie im Fotolabor helfen, wenn Klocke ein gutes Wort für sie einlegt. Sie geht zur Toilette. Die wird gerade geputzt. Okay, man kann seinem Schicksal wohl nicht entgehen.

Nele Dettmann fragt, ob sie ihre Korbmarante auf die Fensterbank stellen kann. Ein Computerbildschirm steht schon auf ihrem Schreibtisch.

Kalenberger hat nichts dafür und auch nichts dagegen. Sie setzt sich an ihren Arbeitsplatz, bewegt die Maus, um den Bildschirm zu aktivieren.

Nichts. Tote Hose. Streik der chinesischen Bits und Bytes. Und ihr Horoskop hat sie auch noch nicht aufgerufen.

Sie lehnt sich zurück, streckt die Beine aus.

„Au. Muss das sein?"

Kalenberger dreht sich um, sieht niemanden hinter sich, auch nicht vor sich, und Nele Dettmann grinst.

„Warst du das?", fragt Kalenberger.

„Der Übeltäter sitzt unter deinem Schreibtisch und schließt meinen Computer an."

Tolle Aktion. In wenigen Minuten spricht die ganze Direktion von ihrem peinlichen Fußtritt. Darauf könnte Kalenberger wetten.

Sie lässt ihren Arbeitsstuhl zurückrollen, es entsteht Bewegung unter dem Schreibtisch, gleich darauf taucht ein junger Mann mit strohblondem Haar und einem Schraubenzieher in der rechten Hand auf. Er stützt sich mit einer Hand auf Kalenbergers Schreibtischstuhl ab und erhebt sich. Kalenberger hätte nichts dagegen, wenn er Nele Dettmanns Arbeitsplatz einnehmen würde. Allein schon wegen der Optik.

Die Tür geht auf, es wird allmählich eng im Büro. „Oh", sagt Obanczek, „ich hab mich wohl in der Tür geirrt."

„Komm schon rein", sagt Kalenberger, die von Tür und Mechaniker verdeckt wird.

„Klocke hat noch erzählt", berichtet Obanczek ohne jegliche Emotionen, wahrscheinlich um Zeit zu gewinnen, „wie er einmal versehentlich auf den Selbstauslöser gekommen ist und so in der Verbrecherkartei landete."

„Setz dich!", sagt Kalenberger.

„Ja, Chef." Obanczek hockt sich auf seinen Stuhl.

Der Mechaniker greift über Nele Dettmanns Schulter und knipst den Bildschirm an. Farben wie aus dem Windows-Lehrbuch. „Bitte schön", sagt der Mechaniker, „an die Arbeit, bevor das Vaterland untergeht."

Kalenberger hört in dem Kommentar einen leichten falschen Unterton, die andern scheinen nichts mitbekommen zu haben, lachen. Der Mechaniker schließt die Türe hinter sich.

„Wird euer Büro renoviert?", fragt Obanczek.

„Das wäre schön", meint Nele Dettmann, „aber Nisalski sieht da keinen Zusammenhang zwischen äußerem Aussehen und innerem Ansehen. Wenn wir direkt zusammenarbeiten, meint er, könnten wir uns einige Wege ersparen."

„Du kannst dich in die Dateien einklicken", sagt Kalenberger.

„Habt ihr etwas herausbekommen? Wir dachten, ein Blick auf die Konten der Mitglieder könnte uns vielleicht weiterhelfen."

„Der Verein *Royal Flash* ist als gemeinnützig anerkannt", sagt Dettmann. „Hauptziel des Vereins ist der Schutz kultur- und kunsthistorisch wertvoller Bausubstanz, insbesondere die Restaurierung des Nordstemmer Königsbahnhofs. Eine Vermögensfeststellung und Kontenklärung würde über das zuständige Finanzamt laufen – turnusgemäß in etwa zwei bis zweieinhalb Jahren. Über die Kripo können wir einen direkten Zugriff nicht begründen."

Für Sekundenbruchteile begegnen sich Kalenbergers und Obanczeks Blicke.

„Wir haben den Verdacht eingebracht, dass der Verein Kinzles Sekretärin als Bürokraft tageweise finanziert. Reicht das der Staatsanwaltschaft nicht aus."

„Wir sollten uns die Vereinsunterlagen direkt ansehen", sagt Kalenberger.

„Gute Idee", sagt Dettmann. „Wird uns eine Einsicht verwehrt, ist mit Sicherheit etwas faul."

„Werde ich überhaupt nicht mehr gefragt?" Obanczek schmollt.

Kalenberger greift in ihre Schreibtischschublade und schiebt ihm den Rest Haribo-Konfekt über den Schreibtisch zu. „Iss, Junge, damit du groß und stark wirst!"

„Vor allem sollte er etwas für seine Nerven tun", Dettmann setzt eine Unschuldsmiene auf, „er lässt sich zu leicht aus dem Konzept bringen."

Kalenberger lacht. „Fahren wir also zum Vereinsvorsitzenden."

„Können wir auf dem Weg …" Obanczek schaltet seinen Computer aus.

„Du hältst die Stellung, ich fahr mit Dettmann."

„Das ist auch mein Fall", mault Obanczek.

„Wer ist hier weisungsbefugt?", fragt Kalenberger rhetorisch und schlüpft in ihre Jacke. Sie ruft bei Ostertags Privatadresse an, um den Arbeitsplatz des Bankers zu erfragen. Sie erhält wohl von seiner Privatsekretärin die Auskunft mit Adresse, Telefon- und Faxnummer. Faxnummer?

„Für eine eventuelle Terminabsprache. Herr Ostertag ist nur zweimal in der Woche in der Bank."

„Heute?"

„Nein, heute ist er zu Hause."

„Dann bereiten Sie ihn mal drauf vor, dass die Kripo in einer Viertelstunde auf der Matte steht."

Stille. Stille. Stille.

„Herr Ostertag wird Sie nicht empfangen können, er hat sich einen Magen-Darm-Virus eingefangen."

„Irgendwann ist nichts mehr drin und dann sind wir da." Kalenberger legt auf.

Es regnet. „Wir müssen uns spontan etwas einfallen lassen", sagt Kalenberger, „ein Morgan Ostertag wird sich nicht so leicht überrumpeln lassen."

„Ist auch nur ein Mann", sagt Dettmann. Sie zieht heftig an ihrem T-Shirt und gibt den Einblick in ein kleineres, aber wohlgeformtes Dekolleté frei.

Kleefeld. Philosophenviertel. Prachtvolle Fassaden, grüne Gärten und der Wald fürs Joggen oder Gassi gehen gleich über die Straße.

„Schöne Gegend", sagt Kalenberger.

„Wer sie sich leisten kann."

„Dr. Gerlach wohnte ganz in der Nähe."

„Dr. Gerlach?" Dettmann starrt auf die Ampel, es wäre die dritte, die Kalenberger bei dunkelorange überfährt.

„In den nächsten Tagen solltest du dir die Akten genauer durchlesen. Dr. Gerlach ist der Ausgangspunkt unserer Ermittlungen. Er ist vom Turm der

Marienburg gestürzt. Neunundneunzig Prozent deuten darauf hin, dass es ein unglücklicher Zufall war, aber dieses restliche Prozent frisst an unsern Nerven."

„Gerlach gehörte aber nicht zum Verein?"

„Nein. Also achtundneunzig zu zwei."

Kalenberger parkt, wie es ihrer Laune entspricht, schräg und mit einem halben Vorderrad auf dem Bordstein.

„Geh vor", sagt sie zu Dettmann, als sie sich dem standesbewussten Eingangsportal nähern, „du bist noch unverbraucht."

Dettmann klingelt. „Ja, bitte?"

„Nele Dettmann, Kripo Hannover."

„Haben Sie einen Termin?"

„Wir haben gerade angerufen."

Stille. Stille. Stille.

Kalenberger verdreht die Augen.

„Möchten Sie, dass wir mit einer Hundertschaft anrücken und uns gewaltsam Zugang zum Haus verschaffen?"

„Wer sind Sie?"

„Nele Dettmann von der Kripo Hannover."

„Augenblick, ich informiere Herrn Ostertag."

Es dauert. „Ich möchte mal wissen, was sie jetzt verschwinden lassen." Dettmann tritt von einem Bein aufs andere.

„Frisch hier draußen."

„Es soll ein harter Winter werden."

„Soll es nicht!"

„Wie? – Ach so!" Dettmann lacht. Der Türöffner summt. Aber nur kurz. Kalenberger drückt zu spät auf den Türknopf und Dettmann muss noch einmal klingeln. Endlich ist das erste Hindernis überwunden. Monumentales Treppenhaus mit weißer Marmortreppe. Sieht jedenfalls wie Marmor aus.

Die Türe im Erdgeschoss ist unbeschriftet. Sie steigen zur ersten Etage hinauf.

Auf dem Treppenabsatz steht eine dunkle Schönheit. Kalenberger tippt auf Brasilien. Dezent gekleidet, aber das macht alles nur noch schärfer.

„Herr Ostertag ist erkrankt und liegt im Bett."

„Bloß keine Irritationen", sagt Dettmann. „Wir wollen uns nicht zu ihm legen." Ihr Dekolleté kann sie vergessen.

Kalenberger wirft ihr einen anerkennenden Blick zu. „Wir haben nur ein paar Fragen zum Club *Royal Flash*."

Die Schönheit dreht sich um. „Ich werde sehen, was ich tun kann." Wogender Hintern auf schwarzen Stöckeln begibt sich ins Innere der Festung. Die Tür wird vorsorglich geschlossen.

Es dauert eine Weile. Kalenberger will schon erneut klingeln, da wird die Türe aufgemacht, ein wohlgelaunter Morgan Ostertag streckt ihnen die Hand entgegen. „Wenn ich gewusst hätte, dass Sie …"

Kalenberger gibt ihm die Hand, deutet auf die Kollegin. „Das ist Nele Dettmann, ebenfalls Kriminalpolizei."

Sie gehen zusammen hinein, die wohlgeformte Sekretärin lässt ihre Finger auf der Tastatur ihres Laptops tanzen.

Ostertag geht voraus ins Büro, bietet Plätze auf seiner Chesterfield-Couchgarnitur an.

„Was kann ich für Sie tun?"

„Es hat sich eine kleine Frage im Zusammenhang mit dem Tod von Dr. Walther ergeben." Dettmann legt ihr Smartphone vor sich auf den Tisch.

„Unbegreiflich, einfach unbegreiflich!"

„Sie werden sich vielleicht wundern", sagt Dettmann, „wir möchten nur wissen, ob Dr. Walther seinen letzten Mitgliedsbeitrag für den Club *Royal Flash* bezahlt hat."

„Wie bitte?"

„Sie haben schon richtig gehört. Aus ermittlungstechnischen Gründen können wir leider keine genaueren Angaben machen."

„Sind Sie sicher, dass Sie bei der Kriminalpolizei sind und nicht bei der versteckten Kamera?" Ostertag steht kopfschüttelnd auf, geht zu seinem Mahagonischrank, öffnet ihn und entnimmt ihm einen ziemlich dünnen Ordner mit der Hannoverschen Königskrone auf dem Umschlag.

Er setzt sich, schlägt den Ordner auf, zieht eine gelochte Klarsichthülle heraus und schiebt sie den beiden Kripobeamtinnen unter die Nase.

„Die Auflistung der Mitgliedsbeiträge von diesem Jahr."

„Danke", sagt Dettmann, blättert vor und zurück.

„Daraus kann man leider nicht entnehmen, von welchem Konto der Mitgliedsbeitrag überwiesen wurde."

„Moment." Ostertag seufzt, erhebt sich, geht zum Schrank. Er kommt mit einem Kontenauszugsordner zurück. „Die Original-Auszüge für unser Vereinskonto." Er blättert, wird nach wenigen Auszügen fündig und schiebt den Ordner über den Tisch. „Die Überweisung von Dr. Walther ist die dritte von oben."

„Danke." Kalenberger schreibt die Kontoverbindung ab.

„Die Zahlungen sind also regelmäßig eingegangen?", fragt Dettmann.

„Dauerauftrag!"

„Dann ist ja alles …“ Sie verschluckt sich, hustet und bekommt kaum noch Luft. „Allergische Reaktion“, sagt sie, „bitte ein Glas Wasser.“

„Natürlich.“ Ostertag springt auf, ist mit wenigen Schritten an der Tür und gleich darauf im Vorraum verschwunden.

Dettmann hustet, greift nach ihrem Smartphone, Kalenberger versteht sofort, blättert die Seiten der Kontoauszüge um und Dettmann fotografiert.

Ostertag kommt zurück, bringt das Glas Wasser. Dettmann trinkt vorsichtig Schluck für Schluck, schenkt Ostertag einen dankbaren Blick, atmet ein paarmal mit geschlossenen Augen ein und aus. Sie nickt Kalenberger zu.

„Das war's auch schon!“ Kalenberger steht auf. „Vielen Dank für Ihre Geduld.“

„Kein Problem. Wer sich vom Staat schützen lassen will, muss auch etwas für den Staat tun.“

„Er hat nichts gemerkt?“, überlegt Kalenberger im Auto.

„Hat er wohl nicht.“

„Aber leider auch nur eine geringe Ausbeute, die paar Seiten.“

„Das wird sich zeigen“, Dettmann schmunzelt.

Ostertag ruft Jagoda an. „Ich hab einen saublöden Fehler gemacht.“

„Wäre nicht der erste, Herr Vereinsvorsitzender.“

„Ich hatte die Kripo im Haus. Sie wollten sehen, ob Walther seine Mitgliedsbeiträge regelmäßig bezahlt hat.“

„Na und?“

„Na und, na und? Bringt sich jemand um, weil er vergessen hat, seinen Mitgliedsbeitrag zu überweisen?

Ich hab ihnen die Kontoauszüge vorgelegt und dann, ich könnte mich ohrfeigen, hab ich sie für einen Augenblick unbeaufsichtigt gelassen. Als ich zurück war, legte die jüngere Beamtin gerade ihr Smartphone aus der Hand."

„Heute spielen die jungen Leute doch die ganze Zeit mit ihrem Smartphone herum."

„Ich möchte wetten, sie hat nicht nur den Auszug mit der Überweisung von Walther fotografiert."

„Oh, das ist übel oder kann zumindest übel werden."

„Mehr hast du nicht zu sagen?"

„Du hast dir die Sache eingebrockt, nun sieh auch zu, wie du da wieder rauskommst. Übrigens sollten wir uns auch um Kullmann kümmern. Er hat einer Bekannten erzählt, er stünde mächtig unter Druck und wüsste nicht, wie lange er sich noch dagegen wehren könnte."

„Wogegen?"

„Den Druck, nehme ich an."

„Was sollen wir denn machen, Walther hat sich selber aus dem Verkehr gezogen."

„Und wer hat sich danach gedrängt, Vereinsvorsitzender zu werden?"

„Danke! Du bist ein wahrer …"

Jagoda hat aufgelegt.

Dettmann schnappt sich den Autoschlüssel, fährt aber nur wenige Meter, biegt dann in die Schellingstraße ein und hält vor einer Garagenzufahrt.

„Besinnungspause oder kein Benzin mehr?"

„Warte doch mal einen Augenblick."

„Worauf? Die Idee mit dem Fotografieren könnte uns weiterhelfen."

„Sicher."

„Wenn wir bloß wüssten, wonach wir suchen."

„Das wird uns dieser Ostertag gleich zeigen. Jetzt lassen wir ihn erst mal ein paar Minuten schmoren und dann … helfen wir ihm selbstlos aus seiner misslichen Lage."

„Wenn du meinst. Mach wenigstens die Heizung an."

„Die Heizung ist an."

„Dann stell das Gebläse an!"

„Davon bekomme ich einen allergischen Schub!"

„Bestell mir ein Taxi!"

„Nun warte doch." Dettmann nimmt ihr Smartphone, wählt die Nummer von Ostertags Kanzlei. „Tut mir leid, dass ich noch mal stören muss. Ist mein Fehler. Ich hab mir eine falsche Kontonummer notiert. Oder einen Zahlendreher. Wenn Sie mir …"

„Moment …"

„… bitte!"

„Was soll das denn?" fragt Kalenberger.

Dettmann legt eine Hand auf das Mikrofon des Smartphones. „Du wirst sehen. Er wird uns das wichtige Konto auf dem Silbertablett servieren."

„Dein Wort in Gottes Gehörgang!"

„Ja? Ach, Sie sind es, Herr Ostertag, es ist mir schrecklich peinlich, dass ich Sie nochmals stören muss … das ist sehr nett von Ihnen … und hängen Sie meinen Fauxpas bitte nicht an die große Glocke. Wenn meine Vorgesetzte davon erfährt … ich bin gleich bei Ihnen."

„Ist es das Alter? Ist es meine Begriffsstutzigkeit? Habe ich einen Blackout?"

„Woher soll ich das wissen?"

„Klärst du mich bitte auf?"

„Am Kantplatz ist ein nettes Café. *Kaffeeklatsch.* Wir lassen ihm noch ein bisschen Zeit."

Kalenberger schmerzt wieder der Einstich in der Brust. Jedes Mal ist dann auch die Angst da. Warum dauert es bloß so lang, bis der Bescheid eintrifft. Ein gutes oder ein schlechtes Zeichen?

„Und?"

Sie haben sich in eine Ecke des Cafés gesetzt.

„Sei doch keine Spielverderberin. Es klärt sich alles in kürzester Zeit auf - wenn es so klappt, wie ich es mir denke."

„Neue Ermittlungsmethode? - Abwarten?"

„Ich würde gern ein Baguette mit Ei essen."

„Und ich ein Stück Kuchen."

„Meinst du, wir können es mit dem Kaffee auf Spesen absetzen?", fragt Dettmann.

„Mal sehen, wie wir die Rechnung schönen können."

„Dann nehme ich zusätzlich noch ein Baguette mit Camembert und Gurke!"

Kalenberger erzählt von ihrer Katze, Dettmann von Winterreifen, Kalenberger vom Engesohder Friedhof, Dettmann berichtet von Fruchtfliegen im Supermarkt. Kalenberger gibt auf, für Arbeitskollegen reicht es.

Kalenberger bezahlt, lässt sich eine Rechnung ausstellen, sie gehen zurück zum Auto.

Dettmann setzt sich hinters Lenkrad und fährt los. „Dich sollten sie besser nicht sehen."

„Dann schmeiß mich doch aus dem Wagen!" Kalenberger ist sauer.

„Ich werde ein paar Meter vor der Kanzlei halten."

„Danke für die Rücksichtnahme."

Dettmann grinst nur. Als sie aussteigt, verändert sie mit einem Schlag ihre Körpersprache. Sie fällt in sich zusammen und schlurft dahin, als trüge sie eine gewaltige Last auf ihren Schultern.

Kalenberger rutscht auf den Fahrersitz, holt sich zwei, drei blaue Flecken, kann aber endlich den Wagen starten und Heizung und Gebläse einschalten. Nur ein lauwarmes Lüftchen entweicht den Lüftungsschlitzen. Kalenberger schnüffelt, schaltet den Wagen wieder aus. Im vorigen Jahr hatte die Lüftung schon einmal extrem nachgelassen. Die Mechaniker fanden eine halb verweste tote Taube unter der Motorhaube, direkt neben dem Behälter für die Scheibenwaschanlage. Tagelang wurde in der Direktion gerätselt, wie und warum die Taube in den Motorraum gelangt war. Bei der Lösung des Falls hat sich niemand mit Ruhm bekleckert, obwohl die ständigen Überlegungen größtenteils während der Dienstzeit angestellt wurden und somit bezahlt waren.

Dettmann kommt zurück, beschwingter als auf dem Hinweg. Sie stutzt, lässt sich auf den Beifahrersitz fallen. Sie nimmt einen Computerausdruck aus ihrer Tasche und wedelt Kalenberger damit vor der Nase rum. „Mit fremden Schätzen reich beladen, kehrt zu den heimischen Gestaden …"

„Wenn er etwas zu verbergen hat, wird er die Listen manipuliert haben, bevor er sie kopiert hat. Das wirklich relevante Konto wirst du darauf nicht finden."

„Eben!"

„Dann haben wir nur so eine Art Klassenfahrt gemacht?"

„Du wirst sehen."

Die Geheimnistuerei geht Kalenberger auf die Nerven. Wird sie überhaupt noch über alle Entwicklungen des Falls informiert?

Im Büro stürzt sich Dettmann sofort auf die Auswertung der Kontolisten. Unbemerkt gibt Kalenberger Obanczek einen Wink. Sie treffen sich auf dem Flur und gehen in die Kantine. Eine Cola und ein Kaffee.

„Sie ist mir zu spontan", sagt Kalenberger.

Obanczek prustet die Cola über den Tisch. „Mir auch."

„Wie werden wir sie wieder los?"

„Bei der nächsten Gelegenheit."

Sie gehen getrennt zurück zum Büro. Dettmann starrt auf ihren Bildschirm. „Hat sich gelohnt", murmelt sie.

„Neue Erkenntnisse?", fragt Kalenberger.

„Wenigstens ein Schrittchen weiter."

„Was hast du denn entdeckt?", mischt sich jetzt Obanczek ein.

„Nichts!"

„Toller Fortschritt."

„Nach unserem ersten Besuch ist Ostertag sicher aufgefallen, dass er einen Fehler gemacht hat. Und irgendwie muss er kombiniert haben, dass ich mein Smartphone zum Fotografieren der Kontodaten benutzt habe, als er draußen war."

„Um deine Ermittlungsarbeit zu unterstützen, hat er die verdächtigen Daten nun nachgereicht?" Obanczek schaut kurz zu Kalenberger hinüber.

„Nicht auf die zusätzlichen Daten kommt es an, sondern auf die fehlenden in der ausgedruckten Liste. Ich habe seine Listen mit meinem entsprechenden Foto. In dem Ausschnitt scheint alles hundertprozentig übereinzustimmen …"

„Gratulation!" Kalenberger knipst den eigenen Bildschirm an.

„… bis auf eine Ausnahme. Eine Kontoverbindung ist auf einem meiner Fotos zu sehen, die beim gleichen Ausschnitt auf Ostertags Liste fehlt. Dieses Konto sollten wir uns näher ansehen."

Kalenberger schaut Dettmann anerkennend an. „Von der Aktion könnten wir dem Staatsanwalt nicht berichten, aber gut gemacht, es könnte uns wirklich weiterbringen."

„Sei nicht so bescheiden, du warst doch dabei!" Dettmann grinst. „Ich hab schon mal inoffiziell meine Fühler ausgestreckt. Das Konto wird in der Schweiz geführt, und wie es mit der Auskunftsbereitschaft der Schweizer Banken aussieht …"

„Wir müssen es zumindest versuchen."

„Und wie?"

„Verdacht auf Geldwäsche?"

„Mal sehen, was sich da machen lässt." Kalenberger greift zum Telefon.

„Klingt doch plausibel?", wendet sich Dettmann an Obanczek. Der zuckt mit den Schultern, als ginge ihn die ganze Sache nichts an.

Kalenberger beendet das Telefonat. „Kümmre dich um das Konto", sagt sie zu Dettmann, „aber erst einmal inoffiziell."

Schwarzgeld waschen. Man nehme: Ein Konto auf den Bahamas, den Seychellen, den Britischen Jungferninseln oder einem der Steuerparadiese in Europa. Flug des Privatjets getarnt als Urlaubsreise. Bargeld einzahlen. Nach der Rückkehr bei einer unverdächtigen Bank einen Kreditantrag in ähnlicher Höhe stellen und das Konto zum Beispiel auf den Britischen Jungferninseln als Sicherheit hinterlegen. Die Bank gewährt den Kredit, sie ist abgesichert, und der Kreditnehmer investiert das gewaschene Geld in Gold, Diamanten, Oldtimer oder Wein.

„Jagoda erfährt also durch Gerlach von den Begierden eines seiner Kunden nach antiken Schätzen.“ Dettmann malt Kreise und Spiralen auf ihren Notizblock. „Bevor der Kunde allerdings zuschlagen kann, macht ihm Jagoda ein anderes unwiderstehliches Angebot: das Gemälde eines gefragten Avantgarde-Malers – Echtheit und Wert durch Expertisen anerkannter Experten belegt. Einstandspreis bei Akki Loos sechs- bis siebentausend – hoch gerechnet. Verkaufspreis sicher im oberen fünfstelligen Bereich.“

Obanczek fährt sich über die Glatze. „Wenn das so weitergeht, ist der Fall in einer halben Stunde gelöst. Nimmst du uns mit zur Pressekonferenz?“

„So weit sind wir noch nicht!“ Dettmann hat sich festgebissen und lässt nicht mehr locker. „Nehmen wir an, Gerlach hat das Geschäft mit den silbernen Kesselpauken für einen seiner Kunden eingefädelt und dabei ein bisschen zu viel Provision für sich einberechnet. Manche Auftraggeber neigen zu Jähzorn und schon ist jemand unterwegs, Gerlach einen Denkzettel zu verpassen. Ich werde mir auch die Konten von Gerlach ansehen, die Einsichtnahme wird vor dem Hintergrund sicher gewährt, und mit ein bisschen Glück kann ich euch schon bald den Auftraggeber für den Todesstoß liefern.“

Wieder ein kurzer Blick zwischen Kalenberger und Obanczek. Sie treffen sich in der Kantine. „Sie sagt ein bisschen zu oft: ich“, meint Kalenberger.

Obanczek nickt. „Sie hat so was Besitzergreifendes.“

„Wollen wir nach Feierabend noch einen Wein trinken?“

„Gute Idee!“

„Ich muss aber vorher noch zu Hause in den Briefkasten schauen.“

„Und wenn ich schon mal dabei bin, hole ich mir noch eine Genehmigung zur Einsichtnahme ins Konto des Künstlers. Mal sehen, ob wir nicht schon bald ein schlüssiges Ermittlungsergebnis dem Staatsanwalt auf den Tisch legen können."

„Das würde den Staatsanwalt sicher freuen."

„Und unsern Ersten Kriminalhauptkommissar bestimmt auch."

„Und uns alle!"

Kalenberger steht vor ihrem Briefkasten, eine plötzliche Schwitzattacke. Sie reißt die Druckknöpfe ihrer Jacke auf, atmet bewusst ein und aus und wischt sich mit zwei Papiertaschentüchern den Schweiß von der Stirn und aus dem Nacken.

Im Briefkasten der weiße Umschlag vom Institut für Laboratoriums-Medizin und Pathologie. Kalenberger reißt den Umschlag auf. Ihr zittern die Hände.

... gutartig ... empfehlen, innerhalb von sechs bis zwölf Monaten erneut eine Mammographie durchführen zu lassen.

Kalenberger liest den Befund zweimal und vorsichtshalber noch ein drittes Mal, dann steigt sie zu Obanczek ins Auto und drückt ihm einen Kuss auf die Wange.

„Aha!", sagt Obanczek. „Glückwunsch!"

„Nicht gleich so euphorisch. Als Nächstes kommen die Zähne dran."

Kalenberger hat einen leichten Schwips, als sie sich am späten Abend von einem Taxi vor ihrer Türe absetzen lässt. Betont geräuschlos steigt sie die Treppe zu ihrer Wohnung hinauf. Einer Lotte Rohrbach entgeht man jedoch nicht. Sie scheint auf Kalenberger gewartet zu haben. Sie muss morgen zum ersten Mal bei ihrer neuen Arbeitsstelle antreten und kann Augenstern nicht mehr betreuen.

Heute Abend ist Kalenberger alles egal. Sie schafft es sogar, Lotte Rohrbach noch zu einem Gläschen Sekt in ihre Wohnung einzuladen. Der Anrufbeantworter blinkt. Sie wird Samuel Morchner morgen zurückrufen. *Was man nicht aufgibt, hat man nie verloren.* Maria Stuart von Friedrich Schiller.

Kalenberger verschläft. Zum ersten Mal in dreißig Jahren Berufsleben. Zumindest in den letzten zehn. An die früheren Jahre kann sich Kalenberger nicht mehr erinnern. Sie packt Augenstern in eine Tragetasche, macht sich auf den Weg ins Büro. Auf halbem Weg kehrt sie um, hält nach einer Weile in der Alten Döhrener Straße. Sie parkt vor der Friedhofsgärtnerei. Eigentlich ein bisschen unverschämt, Herrn Sander mit Augenstern zu belästigen. Doch die Gärtnerei ist groß und Herr Sander kann nicht Nein sagen. So ist es besser für Morgenstern, der Ton in der Polizeidirektion wäre sicher nichts für ihre unverdorbenen Ohren. Außerdem bezahlt Kalenberger Herrn Sander für Kost und Logis.

„Guten Morgen!" Kalenberger betritt möglichst beschwingt das Büro, um von ihrer Müdigkeit abzulenken.

Obanczek sitzt vor seinem Bildschirm, Dettmann steht halb hinter ihm, drückt ihre rechte Brust gegen seinen Oberarm und lässt sich anhand eines virtuellen Rundgangs die Räumlichkeiten der Marienburg aufzeigen.

Obanczek wird rot bis zur Hälfte der Glatze. Er scheint die Situation nicht gerade zu genießen.

Kalenberger setzt sich an ihren Arbeitsplatz. „Wird schon", muntert sie Obanczek auf, doch Dettmann drückt sich weiter an Obanczek.

Kalenberger startet den Computer, schreibt eine E-Mail an Samuel Morchner. Sie bekundet auch weiterhin ihr Interesse am Theaterspiel, nur aktuell sei da nichts zu machen. Arbeitsüberlastung. Sie würde sich melden, wenn sie mal wieder durchatmen könnte.

Kalenberger holt sich eine Tasse Kaffee, setzt sich wieder, ruft die Datei mit Dettmanns Kontorecherche auf, schaut gelegentlich zur Tür und dann unauffällig auf ihre Armbanduhr.

Plötzlich fliegt die Tür auf. Der Erste Kriminalhauptkommissar Paul Nisalski steht mitten im Raum, ohne zu grüßen. „Tut mir leid", er wendet sich an die Gruppe Obanczek-Dettmann, aber wenn ihm etwas leid tut, muss er Dettmann meinen. „Sie müssen ins Fachkommissariat drei. Die Kollegen brauchen dringend Ihre Hilfe, die Fälle von Kreditkartenbetrug nehmen ein immer größeres Ausmaß an."

„Schade, wir sind gerade so schön eingearbeitet", sagt Obanczek.

„Sie sind nicht gemeint, Obanczek. Sie ermitteln weiter in Ihrem königlichen Fall. Aber hoffentlich bald mit belastbaren Ergebnissen."

„Natürlich!", sagt Obanczek. Er gönnt sich ein verschämtes Grinsen

„Frau Dettmann hilft Ihnen natürlich auch weiterhin", sagt Nisalski, „also fünfzig-fünfzig. Halb hier und halb da, aber mit ganzer Arbeitskraft!" Nisalski geht.

„Was soll das denn jetzt?" Dettmann schaut Kalenberger an, Kalenberger zuckt mit den Schultern. „Die Wege eines Vorgesetzten sind oft unergründlich …"

„Ach, Scheiße", sagt Dettmann. Obanczek nickt zustimmend.

Dettmann will sich an ihren Arbeitsplatz setzen, doch da geht die Tür schon wieder auf. Drei kräftige Männer betreten den Raum, einer kriecht unter

Obanczeks Schreibtisch, löst die Stromversorgung von Dettmanns Schreibtisch, stellt Computer und Bildschirm auf Dettmanns Arbeitsstuhl und schiebt ihn hinaus. Ihm folgen die beiden Kollegen mit dem Schreibtisch.

Dettmann nimmt ihre Jacke und Tasche auf und hängt sie sich über die Schulter. „Wir bleiben in Verbindung!“

„Na klar“, sagt Obanczek.

„Selbstverständlich“, meint Kalenberger.

Dettmann schließt die Tür hinter sich.

„Warst du das?“, fragt Obanczek seine Vorgesetzte.

Kalenberger zuckt mit den Schultern. „Sie wird Karriere machen.“

„Auch ohne uns!“

„Und wir?“

„Wir machen weiter wie bisher. Also Fakten auf den Tisch!“

Obanczek rückt auf seinem Schreibtischstuhl einen halben Meter vom Tisch ab. „Mal abgesehen davon, ob ich das mit Kontodaten belegen kann, für mich ist der Club *Royal Flash* der Ausgangspunkt meiner Überlegungen. Auf der einen Seite die Fälscher und Geldwäscher und auf der anderen die Pornokonsumenten.“

„Und was ist neu an deinen Überlegungen?“

„Ich glaube, dass es zwischen den Gruppen keinen Unterschied gibt. Alle werden von allem gewusst haben. Jeder hat sich gern mal auf einem Herrenabend so eine Privat-CD von Dr. Walther reingezogen – wobei ich nicht glaube, dass es die erste war, die er aufgenommen hat. Und da die Herren alle wohlbetucht sind oder waren, werden sie auch gerne eine diskrete Geldanlage über Alfred Jagoda angenommen haben.“

„Hört sich plausibel an. Nur – wie passen unsere Toten ins Bild?"

„Fangen wir mit der einfachsten Erklärung an: Kinzle war unvorsichtig, und die Porno-CD ist in die Hände seiner Mutter gefallen. Kinzle hat sich irgendwie rausgeredet, er habe die CD nur für seinen Freund aufbewahren wollen, weil der in Schwierigkeiten geraten ist und seine Mutter hat nichts Besseres zu tun, als Doktor Walther zu beschimpfen und ihm mit einer Anzeige zu drohen. Vielleicht erwartete sie fürs Stillhalten kostenlose Sonderbehandlung ihrer Krampfadern oder so was, aber der Doktor wollte sich nicht ein Leben lang erpressen lassen. Akki Loos hat höchstwahrscheinlich nichts von dem Schwarzgeld gewusst und wollte bloß mehr Kohle für seine Fälschungen kassieren. BMW statt Škoda und Axel Gerlach, ja, Axel Gerlach …"

Das Telefon kommt dazwischen. Kalenberger möchte den Anruf ignorieren, um Obanczeks Gedankengang nicht zu stören, doch Obanczek scheint dankbar für die Unterbrechung und nimmt ab.

Kati Trapp vom *Leine-Boten*. „Ich weiß nicht, ob Sie es schon auf ihrem Schirm haben. Bei mir ist gerade die Meldung eingetrudelt, dass ein Doktor Fritz K. in einen schweren Verkehrsunfall bei Rethen verwickelt wurde. Vielleicht handelt es sich um das Mitglied des Royalisten-Clubs, Doktor Fritz Kullmann, hab ich mir gedacht und Sie gleich angerufen. Geht's voran mit Ihren Ermittlungen?"

Ein kurzes „Danke" muss reichen.

Obanczek ruft die Polizeikollegen in Laatzen an. Gesprächspartner Polizeimeister Bleidelis war selber am Unfallort in Rethen. Der Kinderarzt Dr. Fritz Kullmann ist mit seinem Wagen von der Fahrbahn abgekommen und gegen einen Baum geschleudert worden.

Die Unfallursache sei völlig ungeklärt. Die Geschwindigkeit seines verunglückten Fahrzeugs war, nach den Bremsspuren zu urteilen, angemessen. Die Straße trocken, gerade, keine größeren Unebenheiten.

Während Dr. Kullmann mit leichteren Blessuren davonkam, musste seine achtjährige Tochter mit einer Wirbelsäulenstauchung und weiteren Verletzungen vom Rettungshubschrauber in die Kinderklinik der Medizinischen Hochschule Hannover geflogen werden, Dr. Kullmann sei nur leicht benommen gewesen. Er habe sich gegen eine Untersuchung vor Ort gewehrt und etwas von Schweinen, die ihm nach dem Leben trachteten, geäußert. Später, bei klarem Bewusstsein, habe er sich aber nicht mehr daran erinnern können – oder wollen.

Obanczek bedankt sich für die Auskunft.

„Schrecklich", sagt Kalenberger, „kann uns aber bei der Lösung des Falls helfen. Kullmann wird mehr wissen, als wir bisher herausgefunden haben."

„Und wenn die eigenen Kinder in Gefahr geraten, nimmt keiner mehr Rücksicht auf irgendwelche freundschaftlichen Bande."

Kalenberger ruft noch mal in Laatzen an, lässt sich die Privatadresse von Dr. Kullmann geben.

„Willst du ihm jetzt noch mehr zusetzen?" So hat Obanczek seine Chefin noch nicht gesehen. „Das hat doch auch bis morgen Zeit!"

„Ich will nicht in Erscheinung treten, aber die Umgebung seiner Wohnung im Auge behalten, vielmehr behalten lassen. Der Anschlag galt bestimmt nicht seiner Tochter, sie hat nur darunter zu leiden. Wenn Kullmann allerdings von der Straße gedrängt wurde, wie er behauptet, dann hat er auch sicher einen Verdacht, wer den Anschlag auf ihn verübt hat." Kalenberger greift zum Telefon. „Der Verdacht, gepaart mit seiner Wut, lässt ihn sicher nicht ruhig zu Hause sitzen und die Entwicklung abwarten." Kalenberger beantragt eine Überwachung der Wohnung von Dr. Kullmann. Bekommt sie aber nicht. Knappes Personal, also selber machen, und beide wissen sofort, dass sie es hassen werden.

Kalenberger übernimmt die erste Überwachung bis Mitternacht. An Proviant kann sie eineinhalb Flaschen Mineralwasser, eine Packung Blätterteigplätzchen und Nisalskis gute Wünsche mitnehmen. Sie hinterlässt Obanczek einen Zettel mit ihrem Aufenthaltsort: Wülferode, Siemenshop.

„Komischer Name", sagt Obanczek, „aber vielleicht kannst du uns eine neue Kaffeemaschine kaufen."

Kalenberger stutzt, liest noch mal die Adresse, lacht. „Siemens-Hop, wie Hof, nehme ich an."

„Schade, einen Wasserkocher hätten wir auch gebrauchen können."

Kalenberger parkt den dunklen Dienst-Opel zwischen einem silberfarbenen VW Touareg und einem Mercedes der A-Klasse. Schräg vor ihr der Hauseingang von Dr. Kullmanns Eigenheim.

Kalenberger kauert sich auf dem Fahrersitz zusammen, soweit sie das bei ihrer Figur kann. Es ist kein Beruf für eine Frau über fünfzig. Heute wird mehr gelaufen als gedacht. Da muss man fit sein und am besten noch ins Smartphone sprechen, während man einem Flüchtenden hinterherrennt, die Pistole entsichern, die Handschellen bereithalten und ein eventuelles Straucheln mit übermenschlicher Energie wieder ausgleichen. Kalenberger läuft nicht gern, schon gar nicht schnell. Sie kann doch froh sein, im Auto zu hocken.

Nach gut einer Stunde fährt ein Taxi vor, ein Mann und eine Frau besteigen das Auto, für einen Augenblick kann Kalenberger das Gesicht des Mannes sehen, gut möglich, dass es die Kullmanns sind.

Das Ehepaar wird nun in die Klinik fahren, um sich um die Tochter zu kümmern.

Kalenberger startet ihren Wagen. Das Taxi blinkt, fährt an, Kalenberger legt den ersten Gang ein und im gleichen Augenblick sieht sie eine Bewegung in einem älteren roten Seat auf der anderen Straßenseite.

Es ist eine spontane Entscheidung. Kalenberger stellt sofort den Motor ab, kauert sich wieder zusammen. Ob sie bemerkt wurde? Beim Starten des Autos ist für kurze Zeit das Fahrlicht an ihrem Wagen angegangen. Kalenberger hält für einen Augenblick den Atem an. Und dann … heißt es warten und warten.

In den nächsten anderthalb Stunden bewegt sich nichts in dem Seat und Kalenberger versucht ebenfalls, sich so ruhig wie möglich zu verhalten. Abwechselnd schlafen ihr die Füße ein und der Rücken schmerzt, als hätte ihr jemand hineingetreten. Doch eine Fehlentscheidung? Hätte sie dem Taxi folgen sollen? Vielleicht übernachtet der Mann in dem Seat, und dann haben alle Blessuren nichts gebracht.

Doch dann geschieht etwas, allerdings ist es nur die Ahnung von einer Bewegung. Wieder ohne Folge. Warten, warten … ganz vorsichtig wird da die Fahrertür des Seat aufgedrückt, mit einer geschmeidigen Bewegung springt eine schwarze Gestalt auf die Fahrbahn. Die Person ist von Kopf bis Fuß schwarz gekleidet, nur kurz ist ein hellerer Sehschlitz in der Kopfmaske zu erkennen, als sie in Richtung Wohnhaus der Kullmanns läuft. In der Hand trägt die Person einen Gegenstand, sieht aus wie eine Plastiktüte. Und dann geht alles ganz schnell. Eine Flamme leuchtet auf, vergrößert sich, erfasst die Tüte in der Hand des Unbekannten und wird auf das Plastikdach des Carports geschleudert.

Für Sekundenbruchteile kontrolliert der Brandstifter seinen Wurf, dann will er über die Straße zurück zum Auto.

Doch die kurze Beobachtungszeit hat Kalenberger genutzt, den Wagen zu starten. Die schwarze Person zögert, Kalenberger schneidet ihr mit dem Auto den Weg zum eigenen Auto ab, der Brandstifter ändert seine Richtung und läuft mitten auf der Fahrbahn Richtung Kirchbichler Straße. Kalenberger setzt nach, schließlich trennen sie nur noch wenige Meter, Kalenberger hofft, dass der Flüchtende keinen Haken schlägt. Ihr Fahrsicherheitstraining liegt schon Jahre zurück.

Und dann passiert es: Der Brandstifter liegt plötzlich vor Kalenbergers Auto, die Beine unter dem Motorraum. Er wird später behaupten, Kalenberger hätte ihn absichtlich angefahren, Kalenberger gibt zu Protokoll, dass der Mann unvermutet ins Straucheln geraten ist.

Kalenberger steht neben dem Verunglückten. Er flucht in einer unbekannten Sprache. Kalenberger telefoniert nach einem Rettungswagen und der Feuerwehr für den brennenden Carport.

Der Verunglückte scheint nicht allzu schwer verletzt zu sein, seine Flüche nehmen an Lautstärke und Aggression zu.

Kalenberger lehnt sich an die Motorhaube des Opels, im Hintergrund lodern die Flammen an Kullmanns Eigenheim schon bis zum Dach. Obanczek ruft an. Kalenberger kann ihn beruhigen, seine Unterstützung wird in dieser Nacht nicht mehr gebraucht. Wo bloß die Feuerwehr bleibt?

Der Rettungswagen ist schneller. Man wird den Verletzten ins Klinikum Agnes Karll nach Laatzen bringen. Nun schimpft er mit den Sanitätern.

Die Feuerwehr trifft mit einem Großaufgebot ein. Kaum vor Ort, beginnen die routinierten Einsatzabläufe und endlich wird auch mit dem Löschen begonnen.

Der Brandstifter wird vor Kalenbergers Auto erstversorgt. Kalenberger will sich den Personalausweis geben lassen, der junge Mann hat nicht einmal ein Taschentuch in seinen Taschen.

„Kann er heute Nacht abhauen?“, fragt Kalenberger die junge blonde Sanitäterin.

„In der nächsten Zeit macht der keinen Schritt vor die Tür. Wo bleibt eigentlich die Polizei, die den Unfall aufnehmen muss.“

„Ich bin von der Polizei“, sagt Kalenberger, „und die Kollegen sollten eigentlich schon längst eingetroffen sein.“ Kalenberger könnte sich für ihr Versäumnis selbst ohrfeigen. Aber soll so ein junges Ding wegen ihrer Unachtsamkeit den Glauben an die Zuverlässigkeit eines Beamten verlieren? Kalenberger greift nach ihrem Smartphone. „Ich werde ihnen mal Beine machen!“

Der Verletzte wird in den Krankenwagen verfrachtet, die blonde Sanitäterin bleibt bei dem Verletzten, der Fahrer hockt auf dem Beifahrersitz, füllt Formulare aus und schaut gelegentlich in den großen Außenspiegel. Er scheint auf das Eintreffen der Polizei zu warten.

Die Polizei kommt mit Blaulicht und Martinshorn. „Waren bei einer Schlägerei auf einem Parkplatz bei Oesselse. Einige Jugendliche aus Sarstedt, Linden und

Laatzen geraten immer mal wieder aneinander. Aber diesmal war es besonders heftig."

„Er ist mir vors Auto gelaufen", sagt Kalenberger. Sie hält ihren Ausweis den Beamten unter die Nase. „Können wir das Protokoll vielleicht morgen aufnehmen, ich war bei einer Observation und bin schweinemüde."

„Was meinen Sie, was wir sind?" Es ist der jüngere, der forschere der beiden. „Ein Kollege ist bei unserm Einsatz vor lauter Müdigkeit gegen einen Baseballschläger gelaufen und muss mit zwölf Stichen genäht werden."

„Zwölf Stiche?", fragt sein Kollege.

„Mindestens!" Der jüngere holt aus dem Auto ein Klemmbrett mit einigen Fragebogen und legt es auf die Motorhaube.

Kalenberger ergibt sich in ihrem Schicksal. Es wird eine lange Befragung und Kalenberger muss aufpassen, dass sie sich nicht selber widerspricht.

Ein Anwohner kommt zögerlich zu der Polizistengruppe. Ob man vielleicht das Blaulicht ausstellen könnte, die Kinder würden bei dem Licht nicht schlafen.

„Sobald der Unfall aufgenommen wurde", sagt der ältere der Polizeibeamten. Und das dauert. Der kriminaltechnische Dauerdienst ist voll ausgelastet.

Kalenberger setzt sich in das Auto der beiden Polizisten und ruft Obanczek an. Obanczek ist an der Brandstelle Zum Siemenshop. Er wollte Kalenberger ablösen und hat schon dreimal bei der Feuerwehr nachgefragt, ob jemand unter den Trümmern des Carports gefunden wurde.

Kalenberger schickt ihn nach Hause. Sie verabredet sich mit ihm für sechs Uhr früh im Eingangsbereich des Klinikums Agnes Karll.

„Wann?"

„Du hast richtig verstanden", sagt Kalenberger, „in einem Krankenhaus fängt alles früh an." Sie schafft es nicht einmal mehr, ihr Smartphone auszuschalten, bevor ihr Kopf auf die Rückenlehne kippt und sie augenblicklich eingeschlafen ist.

„Das Auto wird sichergestellt", hört Kalenberger aus weiter Ferne. Und dann ein vertrautes: „Ach, du bist das!"

Sie kennt den Kollegen aus der Kriminaltechnik, kommt bloß nicht auf seinen Namen. Morgens um kurz nach drei.

„Wir bringen Sie nach Hause", sagt der Kollege, „alles andere können wir auch morgen besprechen."

Obanczek sieht aus, als habe er die Stunden geschlafen, die Kalenberger fehlen. Kalenberger informiert Obanczek kurz über die Ereignisse der Nacht. Sie zeigen im Empfang des Krankenhauses ihre Ausweise und fragen nach dem Verletzten aus Wülferode, der vor ein paar Stunden eingeliefert wurde.

Fünfter Stock, Zimmer 514.

Kalenberger und Obanczek müssen sich den Fahrstuhl mit vier Servierwagen fürs Frühstück teilen. Frische Brötchen, Butter, Wurst, Schinken, Käse, Lachs, Rührei, Marmelade – man braucht nur ein wenig Fantasie.

Kalenberger ist es ein wenig mulmig, als sie vor dem Krankenzimmer stehen. Hoffentlich hat sich der junge Mann nicht allzu sehr verletzt. Er sich! Kalenberger seufzt.

Obanczek klopft an die Tür, drinnen wird man es nicht hören, er drückt nach einem kurzen Zögern die Klinke herunter und schiebt die breite Tür auf. Zweibettzimmer. Im ersten Bett ein Schnarcher, vor dem Bett eine heruntergefallene Fernsehzeitschrift. Im Bett am Fenster ein jüngerer Mann. Bei der Auswahl fällt die Entscheidung nicht schwer. Obanczek stellt sich auf der Fensterseite neben das Bett, Kalenberger wählt die Nachttischseite.

Der junge Mann liegt hoch in den Kissen, der linke Arm ist verbunden und unter der Bettdecke schauen zwei eingegipste Füße hervor.

Nach einem ersten Blick ist Kalenberger erleichtert. Das ist alles in ein paar Wochen verheilt, keine Infusionen, keine künstlichen Ein- und Ausgänge, kein Bildschirm im Hintergrund mit Blutdruck und Herzfrequenz.

„Guten Morgen", sagt Obanczek mit Nachdruck, er möchte möglichst bald frühstücken.

„Was ist denn nun schon wieder?" Der Nachbar sitzt aufrecht im Bett.

„Keine Panik", sagt Obanczek, „Visite ist später."

Der junge Mann hat die Augen aufgeschlagen. Den ersten Blickkontakt hat Kalenberger genau registriert. Kein Wiedererkennen. Sie braucht jetzt keine persönlichen Befindlichkeiten. „Wer sind Sie?", fragt sie den jungen Mann.

Der schaut sie nur an.

„Name, Wohnort ..."

„Er spricht kein Deutsch", sagt der Nachbar. „Ich glaube, er ist Finne oder so. Könnte auch Syrer sein."

„Ich geh dann mal", sagt Obanczek und Kalenberger nickt. Obanczek wird die Aufnahmeformalitäten durchsehen und Kalenberger schaut so lange aus dem Fenster. Im Flur, noch ein wenig entfernt, das Klappern von Geschirr und Besteck.

Der Nachbar sagt: „Könnten Sie bitte …" und zeigt auf seine Hausschuhe.

Kalenberger versteht nicht sofort. Er meint die heruntergefallene Fernsehzeitschrift, und Kalenberger hebt sie auf.

Der Nachbar kaut Luft, scheint unzufrieden, nimmt sein Gebiss aus dem Mund und betrachtet es kritisch.

Kalenberger hat bereits ein flaues Gefühl im Magen, aber da ist Obanczek auch schon zurück. „Nichts", sagt er, „kein Name, keine Ausweispapiere, keine Angaben."

„Wenn Sie uns nicht Ihren Namen sagen, müssen wir Ihre Identität amtlich feststellen lassen", sagt Obanczek. Er fotografiert den Eingegipsten aus drei, vier Positionen. „Skóry!", zischt der Eingegipste.

„Wir meinen es nur gut mit Ihnen", sagt Kalenberger, „wir müssen doch davon ausgehen, dass Sie Ihren Namen und Ihre Adresse vergessen haben, wenn Sie nicht mit uns reden!"

„Swoladsch", zischt der Eingegipste und schaut zum Fenster hinaus.

Das war sicher keine Schmeichelei. Der Eingegipste hat wohl etwas persönlich gegen Kalenberger. Doch Kalenberger lässt sich nicht erschüttern. „Sollen wir Ihre Verwandten benachrichtigen?"

Keine Reaktion des jungen Mannes.

Plötzlich ist Kalenberger so müde, so unendlich müde. Jetzt einfach für ein paar Minuten die Augen schließen …

„Jetzt nicht einschlafen", murmelt Obanczek. „Soll ich mal schauen, ob ich beim Frühstücksdienst ein paar Brötchen für uns abstauben kann?"

„Wir fahren zur Markthalle und genehmigen uns einen starken Kaffee."

„Können wir ihn allein lassen?"

Der Eingegipste schaut noch immer zum Fenster hinaus, erstarrt, nur seine Augenlider bewegen sich gelegentlich.

„Ich lasse ihm einen Mann vor die Tür stellen." Kalenberger ruft bei Nisalski an. Nisalski ist nicht zu erreichen. Sie hinterlässt eine Nachricht. „Komm", sagt sie zu Obanczek und deutet dabei mit dem Kopf auf den jungen Mann, „der läuft uns nicht weg."

„Was haben die Brandermittler herausbekommen?", fragt Obanczek im Auto.

„Vorläufig nichts, was ich nicht selber gesehen habe. Aber jetzt erst einmal Pause bis zur Markthalle."

„So lange halte ich es nicht aus, vorher bin ich verhungert."

„Wir wär's dann mit dem Bauerncafé gleich um die Ecke …", Kalenberger tippt eine Suchanfrage in ihr Smartphone, „… aber das hat erst ab neun geöffnet. Also fahr die Hildesheimer Straße hoch und halte an, wo es jetzt schon einladend aussieht. Aber keine Tankstelle!"

Kalenbergers Smartphone klingelt. Der Erste Kriminalhauptkommissar.

Kalenberger schildert mit wenigen Worten die nächtlichen Ereignisse. Nach ihrer Meinung müsste ein Beamter abgestellt werden, um den Brandstifter im *Agnes Karll* zu bewachen. Er könnte schließlich der Schlüssel zur Lösung des Falls sein.

„Das kann ich verantworten", sagt Nisalski. „Wobei ich Ihnen allerdings nicht helfen kann: Die Staatsanwaltschaft wird ein Verfahren gegen Sie einleiten. Wegen vorsätzlicher Körperverletzung. Ein Zeuge will in Wülferode beobachtet haben, dass Sie einem Mann bei seiner Flucht absichtlich in die Beine gefahren sind. Ist das der Mann im *Agnes Karll*?"

„Ich bin niemandem absichtlich in die Beine gefahren."

„Ich glaube Ihnen, natürlich. Die Staatsanwaltschaft ist da skeptischer. Sie werden eine Weile auf Ihren Arbeitsplatz beim Zentralen Kriminaldienst verzichten müssen."

„Ich bin suspendiert?"

„Beurlaubt. Und vorläufig, nur vorläufig. Melden Sie sich am besten gleich bei der Staatsanwaltschaft. Man muss den Stier bei den Hörnern packen. Lassen Sie sich nicht unterkriegen!" Damit ist das Telefongespräch beendet.

„Meist kann ich mir ein solches Telefongespräch zusammenreimen", sagt Obanczek, „oder war das privat?"

„Nichts Privates. Nisalski."

„Und was will er subventionieren?"

„Ich bin suspendiert. Bin angeblich diesem Brandstifter in die Beine gefahren."

„Bist du?"

„Du kannst fragen."

„Willst du ein paar Tage ausspannen?"

„Jetzt, wo es gerade richtig losgeht?"

„Wir bleiben in Verbindung!"

Kalenberger packt ihre Sachen zusammen. „Wenn sich die Staatsanwaltschaft meldet …"

„… lass ich sie am langen Arm verhungern."

Kalenberger fährt zur Friedhofsgärtnerei, holt Augenstern ab. Sie bedankt sich bei Herrn Sander und steckt Augenstern in die Tasche. Sie überquert die Straße und betritt den Engesohder Friedhof durch das beeindruckende Portal. Es wirkt wie eine Gemütsdusche. Konnte sich Kalenberger die ganze Zeit nur mühsam beherrschen, überträgt sich die Ruhe und Ausgeglichenheit des Orts von Schritt zu Schritt mehr auf Kalenbergers Seelenzustand. Sie setzt sich auf ihre Bank, die sie schon lange nicht mehr besucht hat.

Irgendetwas hat sich verändert. Rechts der kniende Engel, etwas zurückgesetzt die steinerne Fackel, gegenüber, ja, gegenüber ein Loch. Der Blick geht fast bis ans südliche Ende des Friedhofs. Die mächtige Schwarzerle fehlt. Musste wohl gefällt werden, um die Friedhofsbesucher zu schützen. Als Toter wird man nicht einmal auf dem Friedhof nach seiner Meinung gefragt. Obanczek hat noch nicht angerufen. Vor weniger als zwei Stunden „Wir bleiben in Verbindung!" und jetzt?

Augenstern mauzt. Ans Katzenfutter hat Kalenberger natürlich nicht gedacht, sie steht auf, muss nach Hause. Ein Friedhofsgärtner grüßt sie. Er scheint sie erkannt zu haben. Vielleicht wird das einmal wichtig, wenn sie ein Alibi braucht. Kalenberger, du wirst paranoid!

Das Treppenhaus zu ihrer Wohnung ist merkwürdig still. Nur das verhaltene Gurren einer Ringeltaube ist zu hören. Augenstern streckt ihren Kopf aus der Tasche, doch das Ringeltäubchen sitzt von außen auf dem Fenstersims. Augenstern springt aus der Tasche und flitzt die Stufen zur Wohnung hinauf, kann sich nicht entscheiden, ob sie vor Lotte Rohrbachs oder Kalenbergers Wohnung mauzen soll. Sie entscheidet sich für Lotte Rohrbachs Wohnung, Kalenberger lässt sie trotzdem in ihre Wohnung.

Was macht man mit so einem unerwarteten freien Tag und all den andern, die eventuell noch folgen werden? Was macht man, wenn man in Rente geht? Natürlich ruft Obanczek nicht an. Wahrscheinlich hat er sie schon vergessen und sich der Fachinspektion 3.2 zugewandt. Sie kann auch nicht den ganzen Tag die Katze füttern. Warum eigentlich nicht? Augenstern würde sich überfressen, würde in die Wohnung kotzen und Kalenberger müsste mit ihr zum Tierarzt. Sie könnte sich wenigstens Sorgen machen um irgendjemanden. Armer Augenstern!

Sie könnte sich Wasser in die Badewanne einlassen mit wunderbarem … der Badezusatz mit dem wunderbaren Apfelduft ist aufgebraucht. Außerdem hat sie keine Lust aufs Baden. Sicher gibt es interessante Informationssendungen im Fernsehen. Kopfkissen mit Schlafgarantie, Büstenhalter ohne Bügel, Wettervorhersage für die nächsten drei Monate und Horoskope im Videotext:

Für Sie steht heute das harmonische Zusammenleben mit Ihren Kollegen im Vordergrund. Besonders erfolgreich wird Ihre Arbeit heute zusammen in Ihrer Gruppe laufen. Es entstehen keine Reibereien, und eine Lösung wird schnell für jedes Problem gefunden. Allerdings ist Ihre Konzentrationsfähigkeit besonders gefordert, sonst besteht die Gefahr, dass Sie nicht einbezogen werden und als Autoritätsperson an Einfluss verlieren. Nehmen Sie sich zusammen!

Woher die Sterne das immer wissen. Kalenberger holt sich ihr Buch vom Nachttisch, will die freie Zeit nutzen und endlich den Roman zu Ende lesen. Sie liest Seite um Seite, versteht nichts, ist mit ihren Gedanken bei der vergangenen Nacht, sieht die schwarze Gestalt weglaufen, straucheln – und plötzlich … klingelt das Telefon. Obanczek. Na endlich.

„Ich war mit Malebrand im Krankenhaus."

„Nicht mit Dettmann?", spöttelt Kalenberger.

„Du nervst. Malebrand vom 1.1K. Wir wollten den jungen Mann befragen. Haben wir auch. Hat aber nicht viel gesagt, und was er gesagt hat, haben wir nicht verstanden. Malebrand meint, es wäre polnisch."

„Ich würde einen Volkshochschulkurs oder, wenn's eilig ist, einen Dolmetscher empfehlen."

„Wie schön, dass ich eine so kluge Vorgesetzte habe."

„Womit wir mal wieder bei unseren unterschiedlichen Gehaltsstufen wären", sagt Kalenberger.

„Dann hat gerade einer von der Presse angerufen."

„Von der Zeitung mit den besten Sportergebnissen?"

„Genau die."

„Sie haben nach dem Polizeieinsatz gestern Nacht in Wülferode gefragt. Hast du ihm was gesteckt?"

„Höchstens den Polizeiknüppel in den …"

„Nun werd mal nicht ausfallend. Du bist nur beurlaubt und nicht pensioniert."

„Wär ich aber gern."

„Was würdest du dann bloß den ganzen Tag machen."

„Wie wollt ihr weiter vorgehen?"

„Darf ich dir nicht sagen. Verdunklungsgefahr!" Obanczek lacht, er lacht sich fest und zu einem bestimmten Zeitpunkt kann sich Kalenberger auch nicht mehr halten, sie lacht unter Tränen, bis Obanczek auflegt.

Kalenberger graust es vor der Nacht. Endlose Gedanken, kurzes Abdriften und dann alle Gedanken wieder von vorn. Kommt aber ganz anders, der Schlafmangel fordert sein Recht, Kalenberger schläft tief und fest und ihrer Meinung nach traumlos. Irgendwann muss sie den Wecker abgestellt haben und erst um 9:32 Uhr wird sie von einem klagenden Miauen auf ihrer Brust geweckt. Augenstern hat Hunger. Natürlich. Und Kalenberger auch.

Sie füllt Augenstern das Futter in den Fressnapf, macht sich rasch frisch im Badezimmer und huscht dann zur Bäckerei auf der Hildesheimer Straße.

Zurück hat sie kaum die Tür aufgeschlossen, da klingelt das Telefon.

Obanczek: „Liegst du noch auf der faulen Haut?"

„So ähnlich."

„Nicht mehr lange."

„Mein Privatleben geht dich einen feuchten …"

„Der Eingegipste ist aus der Klinik abgehauen."

„Einfach so, mit zwei eingegipsten Beinen?"

„Er hat mit seinem Bewacher eine Zigarette vor dem Haus geraucht. Unser Kollege wurde dabei vom Empfang ans Telefon gerufen. War aber niemand dran, und als er wieder vor die Tür trat, hatte sich Gipsbein aus dem Staub gemacht. Abgehauen ist er nicht richtig, er ist wohl eher abgeholt worden. Darauf deutet jedenfalls das fingierte Telefongespräch hin."

„Dann sucht ihn mal schön!"

„Nicht ihr. – Wir!"

„Ich bin raus!"

„Keineswegs. Nisalski meint, dass deine Beurlaubung ruhen sollte, bis der Flüchtende zum Unfallhergang befragt werden kann. Davon hat er auch die Staatsanwaltschaft überzeugt."

Kalenberger lacht auf. „Gibt es irgendwelche Bewährungsauflagen?"

„Auch die gibt es: Du sollst deinen Dienst sofort wieder aufnehmen."

Augenstern wendet das Köpfchen in Richtung Kalenberger, als habe sie Obanczek verstanden.

„Ich putz schon mal deinen Bildschirm."

„Wenn uns der Flüchtling so schnell nicht weiterbringt, müssen wir uns an Doktor Kullmann halten. Vielleicht hat er uns nach seinem Unfall etwas zu sagen. Oder seine Frau, wenn wir ihn nicht antreffen. In einer Stunde in Wülferode vor dem Haus."

Kalenberger nimmt Augenstern auf den Arm. Sie streichelt ihr das Fell. „Du hast es auch nicht leicht. Aber warum soll es dir besser gehen als mir." Sie setzt Augenstern ganz vorsichtig in die Transportbox im Badezimmer. „Heute Abend bestellen wir uns eine Thunfischpizza mit extra viel Thunfisch. Ist wahrscheinlich schrecklich ungesund für uns beide, muss aber sein."

Die Transportbox wird auf dem Rücksitz des Autos angeschnallt und dann geht's nach Wülferode.

Obanczek parkt ein paar Meter vor Kullmanns Haus. Sie begrüßen sich, stehen sogar kurz davor, sich zu umarmen, lassen es dann aber doch lieber.

„Übrigens", sagt Obanczek, „die Technik hat deinen Dienstwagen wieder freigegeben. Es konnten keinerlei Anzeichen eines Aufpralls im vorderen Bereich festgestellt werden."

„Puh", sagt Kalenberger, „ich hab schon gedacht, man wollte mir etwas anhängen."

„Dir doch nicht!" Obanczek grinst. „Allerdings habe ich auch eine unerfreuliche Nachricht. Einblick in das Schweizer Konto des Royalisten-Vereins wird es wohl nicht geben. Der Ausgangsverdacht sei zu schwach, um eine solch außergewöhnliche Maßnahme zu begründen, meint die Bank. Wir könnten aber einen offiziellen Antrag stellen. Bearbeitungszeit etwa zwei Jahre. Nele Dettmann arbeitet jetzt wieder achtzig zu zwanzig – für die Fachinspektion Wirtschaft."

Kalenberger klingelt an der Haustür. Zu ihrer Überraschung macht Fritz Kullmann selber auf. Sie fängt sich schnell, gibt ihm die Hand. „Erinnern Sie sich an unser Zusammentreffen in der *Deutschen Eiche*?"

Auch Obanczek gibt ihm die Hand.

„Sie kommen wohl wegen des Brandschadens?", fragt Kullmann.

„Nicht direkt", sagt Obanczek. „Wir sind von der Kripo und hätten ein paar Fragen zum Unfallhergang mit Ihrem Auto."

„Wie geht es Ihrer Tochter?", fragt Kalenberger.

Kullmann schaut erst sie an, dann Obanczek, tritt dann zur Seite und bittet die beiden Beamten mit einer Handbewegung ins Haus.

„Kommen Sie herein, meine Frau ist bei unserer Tochter in der Klinik."

„Manchmal kommt eben alles auf einmal", sagt Obanczek. Er war noch nie ein Meister der sensiblen Wortwahl.

„Kann ich Ihnen etwas anbieten?", fragt Kullmann, als die Beamten im Wohnzimmer Platz genommen haben. Sie bedanken sich, lehnen aber ab.

Das Zimmer mit dem großen vorgebauten Wintergarten gibt sich als Erweiterung des Gartens. Grünes

Laminat, Schilftapeten, Rattanmöbel und in der Mitte des Raums ein zimmerhoher Baum, in einer Zimmerecke eine Vogelvoliere mit jeder Menge bunten lärmenden Vögeln. Es riecht nach Pflaumen, Heu und Hühnersuppe.

„Unsere Tochter wurde ziemlich heftig verletzt, doch sie ist sehr tapfer, hat heute Morgen sogar schon gelacht. Ich hatte ihr ein Foto von Jack Sparrow mitgebracht, ihrem Lieblingswellensittich."

„Kurz nach dem Unfall haben Sie angegeben, von der Straße gedrängt worden zu sein?"

Kullmann starrt in den Garten. „Hab ich das? Das muss wohl eine augenblickliche Verwirrung gewesen sein. Ich weiß es nicht mehr, vielleicht bin ich einem Tier ausgewichen, oder ich habe mich von irgendeinem Geräusch erschrecken lassen, aber an ein Auto kann ich mich nicht erinnern."

„Sie sehen also keinen Zusammenhang zwischen dem Autounfall und dem Brandanschlag auf Ihren Carport."

Kullmann starrt auf seine Schuhspitzen. Kalenberger fasst nach. „Diesmal sind Sie noch ziemlich glimpflich davongekommen. Aber das kann auch nur reines Glück gewesen sein. Vielleicht kann Ihre Tochter nach dem nächsten Anschlag nicht mehr lachen."

„Hören Sie auf!" Kullmann ist aufgesprungen und stapft zum Fenster. „Was meinen Sie, worüber ich mir ununterbrochen den Kopf zerbreche." Er bleibt am Fenster stehen und starrt hinaus.

Kalenberger macht Obanczek ein Zeichen, viele Zeichen, Obanczek versteht sie nicht, bis Kalenberger Daumen und Zeigefinger der rechten Hand an ihre Wange legt. Das Smartphone! Obanczek schiebt Kalenberger sein Smartphone zu.

Kalenberger öffnet die Bildergalerie, steht auf und tritt zu Kullmann ans Fenster. „Kennen Sie den Mann?“ Sie hält ihm eins der Fotos aus dem Klinikum Agnes Karll ins Blickfeld.

Kullmann reagiert eine Weile überhaupt nicht, dann wandert sein Blick auf das Display. Er kommt zurück in die Wirklichkeit, seufzt, setzt sich wieder an seinen Platz.

„Wir können Ihnen nur helfen“, sagt Kalenberger, „wenn wir wissen, wogegen wir Sie schützen sollen.“

Kullmann nickt.

„Sie kennen den Mann?“

Wieder nickt Kullmann fast unmerklich. Obanczek macht schon den Mund auf, um nachzufragen, doch Kalenberger stoppt ihn mit einem Blick. Kullmann scheint bis zum ersten Wort eine innere Blockade überwinden zu müssen. Jetzt nur nicht aus der Konzentration bringen.

„Ja“, sagt Kullmann nach einer Weile. Seine Stimme ist kaum zu verstehen.

Kalenberger und Obanczek sehen sich kurz an. Natürlich haben sie jetzt kein Aufnahmegerät zur Hand. Kalenberger startet die Aufnahmefunktion von Obanczeks Handy und legt es möglichst weit in Kullmanns Richtung auf den Tisch.

„Ich weiß, dass Sie bei Ihren Ermittlungen keine Rücksicht auf private Empfindlichkeiten nehmen können“, sagt Kullmann, „ich möchte Sie aber, soweit es geht, um Diskretion bitten.“

„Wir können nichts versprechen“, sagt Kalenberger.

Kullmann nickt nachdenklich und schaut auf das Smartphone auf dem Tisch. Dann strafft sich sein Körper, er lehnt sich zurück und schaut Kalenberger direkt an.

„Das ist Karol Zbyszek. Morgan Ostertag hat ihn eines Tages mitgebracht als Helfer für alle Eventualitäten. Er hat all die Arbeiten erledigt, die sonst keiner machen wollte. Ein sehr energischer junger Mann. Eines Tages hat dann Morgan im Club gefragt, ob jemand eine Stelle für Karols Freundin hätte. Damit würden wir ihn noch fester an unsere Gruppe binden."

„Und", fragt Obanczek, „hatten Sie?"

„Ich habe sie als Sprechstundenhelferin eingestellt."

„Haben Sie sonst noch Informationen zu dem Fall?" Kalenberger angelt nach dem Smartphone und schaltet die Memory-Funktion aus.

„Nein", Kullmann schaut verwirrt, „aber ich habe doch noch gar nicht ..."

„Komm", sagt Kalenberger zu Obanczek. Und zu Kullmann: „Um die Einzelheiten kümmern sich ein paar nette Kollegen von uns."

Die beiden Beamten erheben sich.

„Sie wissen doch gar nicht ..."

„Doch, doch", sagt Kalenberger. „Sie haben sich in die Sprechstundenhilfe verliebt, ein Verhältnis mit ihr begonnen, ihr Freund ist dahintergekommen und schon nahm das Unheil seinen Lauf ..."

„Ist das denn immer so ..."

„... ja", sagt Kalenberger, „es ist gibt keine Ausnahmen."

„Kaum", sagt Obanczek.

„Schreiben wir unseren energischen Liebhaber zur Fahndung aus?", fragt Obanczek.

„Natürlich." Kalenberger nimmt Obanczek die Autoschlüssel ab. Obanczek zückt sein Smartphone. „Karol ... und weiter?"

„Wie man's spricht."

„Danke."

„Ruf die Personenermittlung an, die haben mit so etwas Erfahrung."

Obanczek ruft an, legt aber nach einem kurzen Wortwechsel wieder auf. „Karol Zbyszek – ich möchte bloß mal wissen, wie die das machen."

„Ist doch ein aktueller Fall, nachdem er aus dem Krankenhaus abgehauen ist." Kalenberger greift nach hinten und holt für jeden einen „Bounty"-Riegel aus der Tasche.

„Und jetzt?", fragt Obanczek.

„Manchmal habe ich das Gefühl, irgendjemand da draußen lacht über uns." Kalenberger sucht mit der freien Hand nach einem Papiertaschentuch. „Er beobachtet uns in unserm Labyrinth, verstellt uns die Wege mit immer neuen Wänden, baut gelegentlich ein Hindernis ab, damit wir nicht aufgeben, und hängt kleine Belohnungen für fleißiges Ermitteln in die Gänge, damit der Frust nicht zu groß wird."

„Wo stehen wir jetzt? Vor der Aufgabe oder vor der Belohnung?"

„Das wird sich herausstellen." Kalenberger startet den Wagen. „Vielleicht haben wir Glück, und wir erreichen diesen Morgan Ostertag, bevor sich Kullmann aus seiner Lethargie befreien und ihn warnen konnte."

„Worüber?"

Kullmann imitierend. „Das ist Karol Zbyszek. Morgan Ostertag hat ihn eines Tages mitgebracht als Helfer für alle Eventualitäten."

„Damit könntest du nicht dein Brot verdienen!"

„Du könntest es nicht mal backen!"

Philosophenviertel Hannover. Die dunkle Schönheit vor weißem Marmorhintergrund. Ob Morgan Ostertag anwesend ist.

Anwesend schon, aber nicht zu sprechen. Er ist erkrankt. Hochgradig. Alle Termine sind gestrichen. Ob sie einen neuen Termin in ein bis zwei …

„Ein paar Fragen werden ihn schon nicht umbringen. Wir können ihn auch vorladen und Sie gleich mit."

Die Privatsekretärin verschwindet mit einer Verachtung im Blick, die jeden Windhund zum Straßenköter machen würde. Sie wird sich Zeit lassen.

Kalenberger und Obanczek sehen sich im Vorzimmer um: modern, stilvoll, teuer. An der Wand Aktenregale, natürlich geschlossen, links zwischen Regal und Schreibtisch eine Vase mit dezent blühenden Zweigen, rechts neben dem Fenster an einem freien Wandstück ein buntes Plakat. Werbung für eine Freizeiteinrichtung in Südafrika. Obanczek betrachtet die Abbildung und liest den Text.

Gold Reef City, Freizeitpark in Johannesburg, Südafrika. In den 1980er-Jahren auf dem Gebiet der Crown Gold Mine erbaut, einer der größten und tiefsten Goldminen der Welt. Zwischen 1894 und 1982 wurden etwa 1,4 Millionen Kilogramm Gold gefördert. Besondere Attraktion: Der Tower of Terror (Turm des Terrors) – eine Stahlachterbahn. Der Turm der Bahn ist ein echter Turm aus einer etwa fünf Kilometer entfernten Goldmine. Der Senkrechtlift zieht die Wagen in 34 m Höhe. Die 50 Meter hohe Abfahrt führt

15 Meter unter die Erdoberfläche. Dabei erreicht der Wagen eine Höchstgeschwindigkeit von 95 Stundenkilometern.

„Aha", sagt Kalenberger, „der Mann und seine Motivation."

„Er hat sogar seine Fahrkarte an das Plakat geheftet."

„Für Euch gibt es zwei Dinge, so herrlich und groß: Das glänzende Gold und der weibliche Schoß. Das eine verschaffet, das andre verschlingt – drum glücklich, wer beide zusammen erringt!"

Obanczek schaut Kalenberger an. „Ein Bibelzitat?"

„Johann Wolfgang von Goethe, der Satan in der *Walpurgisnacht.*" Die dunkle Schönheit steht im Türrahmen. „Herr Ostertag hat jetzt etwas Zeit für Sie." Sie macht eine einladende Bewegung in Richtung offene Tür.

Als Obanczek schon fast an ihr vorbei ist, bleibt er kurz stehen und deutet auf das ausgestellte Plakat. „Die Bahn muss der Wahnsinn sein!"

„Ich hatte noch nicht das Vergnügen."

Ostertag hat sich hinter seinem Schreibtisch verbarrikadiert. Rote Nase, tausend bunte Blisterverpackungen und kleine Fläschchen in Griffweite, drei Großpackungen Papiertaschentücher.

„Wenn Sie sich bitte kurz fassen könnten …"

„Wir kommen gerade von Dr. Kullmann." Kalenberger beobachtet Ostertag genau. Keine Regung, nicht mal eine unruhige Bewegung der Augenlider. „Er ist in einen Unfall verwickelt worden. Seine kleine Tochter liegt verletzt im Klinikum Agnes Karll."

Noch immer nichts.

„Dr. Kullmann behauptet, absichtlich von der Straße gedrängt worden zu sein."

Pokerface, schießt es Kalenberger durch den Kopf.

„Die Bedrohung seiner Familie hat ihn dazu veranlasst, die Karten auf den Tisch zu legen."

Ein ganz leichtes Vibrieren des linken Nasenflügels.

„Jetzt sind wir bei Ihnen."

„Was hab ich damit zu tun, wenn sich Kullmann bedroht fühlt?"

„Dr. Kullmann hat den Fahrer identifiziert, der ihn von der Straße gedrängt hat. Karol Zbyszek. Er wollte außerdem noch sein Haus abfackeln."

„Ach, aus der Richtung weht also der Wind." Ostertag schnäuzt sich, gönnt sich ein paar braune Tropfen auf einem Stück Zucker und wirft fünf bis sechs blaue Pillen hinterher. Er schiebt sich aus seiner halb liegenden in eine halb sitzende Bewegung, holt Luft, hustet, atmet bewusst.

„Kullmann ist ein Warmduscher und ziemlich leicht zu verunsichern."

„Den Eindruck hatten wir nicht", sagt Obanczek. „Wie stehen Sie zu Karol Zbyszek?"

„In keiner. Ich habe vor geraumer Zeit die Beziehung zu ihm abgebrochen. Der Mann hat sich nicht unter Kontrolle."

„Und vorher?"

„Hat er so dies und das für mich erledigt."

„Könnte dies und das mit dem Vereinskonto in der Schweiz zu tun haben?" Kalenberger weiß selber nicht, welche Überlegung sie zu der Frage geführt hat.

Ostertag schaut sie überrascht an, greift dann zu den grünen Pillen.

„So weit sind Sie also schon? Alle Achtung! Dann kann ich die ganze Sache auch auf den Tisch legen, zumal sie mich nicht mehr belastet."

Obanczek schaltet sein Smartphone ein.

„Unser Vereinskonto wird, wie Sie wissen, in der Schweiz geführt. Eigentlich handelt es sich um ein Hauptkonto mit sechs Unterkonten. Jedem Vorstandsmitglied des *Club Royal* steht ein Unterkonto zur Verfügung. Aus den Zinsen der Unterkonten wird dann nach einem bestimmten prozentualen Anteil das Hauptkonto zur Renovierung des königlichen Bahnhofs bestückt."

„Ich nehme an, mit Ihren Informationen wird die Schweizer Bank nicht auskunftsfreudiger gestimmt."

„Hätte ich sie Ihnen sonst gegeben?"

„Was war die Aufgabe von Karol Zbyszek?"

„Ich habe seit Jahren ein kleines Boot in Porto Ceresio auf dem Luganer See. Auf der italienischen Seite. Gelegentlich hat Karol, gegen meinen ausdrücklichen Willen", hier grinst Ostertag und hustet, „das Boot genutzt, um Bargeld nach Morcote oder San Carlo auf die Schweizer Seite des Sees zu bringen. Eine ziemlich einfache Transaktion."

„Sie werden ahnen, dass wir unsere Kriminalfachinspektion drei unterrichten müssen?"

„Tun Sie sich keinen Zwang an. Ich bin raus aus der Angelegenheit. Nach dem letzten Kauf einer Steuerdiskette durch die Landesregierung habe ich eine Selbstanzeige gestartet und mit der ganzen Sache nichts mehr zu tun. Mit Ausnahme von erheblichen periodischen Vor- und Nachzahlungen ans Finanzamt."

„Und Ihre Vorstandsmitglieder?"

„Ich habe bei einer der letzten Sitzungen den Sachstand erläutert. Da kam natürlich keine Begeisterung auf, aber was soll man machen, der Staat genießt und schweigt. Bloß Kullmann hat hysterisch auf den Putz gehauen. All seine Zukunftspläne könnte er vergessen, er wäre pleite und überhaupt. So ist das, wenn man sich mit Finanzamateuren einlässt."

Die Privatsekretärin hat fast lautlos die Tür geöffnet. „Sie müssen jetzt leider gehen, der Gesundheitszustand von Herrn Ostertag lässt keine weiteren Anstrengungen zu."

Kalenberger nickt Obanczek zu, dann wendet sie sich spontan an Ostertag. „Kennen Sie Kullmanns Sprechstundenhilfe?"

„Danke, ich bin hinreichend ausgelastet", sagt Ostertag und grinst. Seine Privatsekretärin verzieht keine Miene.

„Sauber", sagt Obanczek, als sie wieder auf der Straße stehen. „Da sind wir doch ein gehöriges Stück weitergekommen."

„Wohin?"

„Na, eben weiter."

Obanczeks Telefon klingelt. Nisalskis Vorzimmer. Also etwas Ernstes. Sie möchten sich umgehend beim Ersten Kriminalhauptkommissar melden.

„Aber erst nach einem schönen Cappuccino in der Markthalle", meint Kalenberger.

„Dagegen könnte selbst Nisalski nichts haben, liegt doch direkt auf dem Weg."

„Fast, zumindest."

„Aha", sagt Nisalski, „sind Sie endlich da?"

Kalenberger sieht Obanczek kurz an, lächelt versteckt.

„Sie sind mir in letzter Zeit als Team ein bisschen träge geworden. Oder irre ich mich da?"

Die beiden Beamten ziehen es vor, nicht zu antworten, dafür aber umso interessierter ihren Vorgesetzten anzusehen. Nisalski öffnet einen braunen Aktendeckel, der auf seinem Schreibtisch liegt.

„Ich werde das Team wohl auflösen und jeden einer anderen Ermittlungsgruppe zuteilen müssen."

„Aber …", Obanczek will etwas einwenden, fängt sich unter dem Tisch einen Stups von Kalenbergers Schuhspitze und hält den Mund.

„Sie sind nicht meiner Meinung?", wird Obanczek jetzt direkt von Nisalski angesprochen. „Sie haben Ermittlungsergebnisse vorzuweisen?"

„Es ist noch nicht abschließend …"

„Lassen Sie hören."

Nisalski lehnt sich auf seinem Stuhl zurück. Sein Bauchumfang hat in den letzten Wochen auch um einiges zugelegt, stellt Kalenberger für sich fest.

„Wo stehen wir?"

„Es geht Schritt für Schritt voran", sagt Obanczek.

„Tatsächlich? In welche Richtung?"

„Wie bei einem Schachspiel", versucht Obanczek zu erklären, „wir rücken Schritt für Schritt vor, es fehlt nur noch der große Durchbruch."

„Sie stehen also kurz vor der Aufklärung?"

„So entschieden würde ich es nicht formulieren. Einiges an Fakten liegt auf dem Tisch, aber manche Tatzusammenhänge bewegen sich noch im Bereich der Vermutungen."

„Vermutungen?"

Nisalski schiebt sich über den Schreibtisch.

„Arbeiten wir neuerdings mit Vermutungen? Bisher bin ich immer davon ausgegangen, dass sich die Fachkommissariate mit Tatsachen befassen. Blanke, nackte, kalte Tatsachen. Aber wenn Sie in letzter Zeit neuere Erkenntnisse über die Polizeiarbeit gewonnen haben, lassen Sie es mich wissen!"

Nisalski ist anzumerken, wie er die Situation genießt. Wenn er Häme wie Honig schlürfen könnte, hätte er jetzt Sodbrennen.

„Unsere Vermutungen beruhen selbstverständlich auf Tatsachen."

„Selbstverständlich?" Nisalski lehnt sich wieder in seinem Stuhl zurück. „Und welche Tatsachen haben wir?"

„Drei ungewöhnliche Todesfälle, die mehr oder weniger zusammenhängen. Im Zentrum steht dieser Club *Royal Flash* mit seinem merkwürdigen Engagement für die Monarchie. Im Hintergrund des Clubs persönliche Auseinandersetzungen der Mitglieder und ein mehr als dubioses Finanzgebaren des Vereinsvorstands."

„Finanzgebaren des Vereinsvorstands ..."

„Allmählich sind Querverbindungen zu erkennen, die Front des Schweigens zeigt erste Risse ..."

„Querverbindungen, Front des Schweigens, vielleicht, eventuell, möglicherweise ... Was haben wir an gesicherten Daten?"

„Die genauen Zusammenhänge müssen sich erst noch ergeben."

„Ach ja, und wann?"

Nisalski schaut in seinen Aktenordner.

„Wenn ich das mal zusammenfassen darf: Wir haben von allem etwas, uns fehlt nur noch eine Kleinigkeit. Ein Motiv! Haben wir ein Motiv, haben wir auch den oder die Täter."

„Aha", sagt Kalenberger. Es ist ihr nur so schnoddrig rausgerutscht, aber Nisalski scheint es nicht bemerkt zu haben.

„Denken Sie mal gelegentlich drüber nach. Aber vorrangig kümmern Sie sich um den neuen Fall." Er schiebt ihnen einen Zeitungsausschnitt über den Tisch.

Überfall auf Taxifahrer in Mühlenberg. Opfer lebensgefährlich verletzt. Polizei fahndet mit Phantombild nach Täter. Wer etwas Auffälliges beobachtet hat, möchte sich bitte bei der Polizei melden …

„Melden Sie sich bei den Kollegen, ich hoffe, damit sind Sie nicht überfordert."

Kalenberger und Obanczek stehen auf, Kalenberger nimmt sich vor, grußlos zu verschwinden.

Eine neue Meldung wird auf Nisalskis Bildschirm angezeigt. Obanczek hat schon die Türklinke in der Hand.

„Moment", sagt Nisalski. Er starrt auf den Bildschirm, schaut dann in die aufgeschlagene Akte vor sich. „Sie hatten doch etwas mit diesem Karol Zbyszek zu tun?"

Kalenberger und Obanczek antworten nicht, bleiben einfach nur stehen.

Nisalski liest vom Bildschirm: „Aus einem Baggersee an der Kreisstraße 209 ist ein roter Seat geborgen worden. Direkt unterhalb der Marienburg. Für den Fahrer kam jede Hilfe zu spät. Bei dem Opfer handelt es sich um den vierunddreißigjährigen Karol Zbyszek. Die Person war zur Fahndung ausgeschrieben."

Plötzlich liegt in dem Raum eine Spannung, die jede Bewegung für Sekunden einfriert.

„Zbyszek kann nicht selber gefahren sein, seine Beine waren doch voll eingegipst."

„Da kann man wohl kaum von Zufall reden."

„Sie sind also wieder drin", murmelt Nisalski, „geben Sie mir mal diesen Zeitungsausschnitt, und dann an die Arbeit!"

„Wir fahren hin."

Obanczek hat sich den Autoschlüssel gegriffen. „Moment", sagt Kalenberger. Sie stellt ihre Handtasche auf die Motorhaube, sucht im Inhalt und fördert eine Plastikhülle mit mehreren Ausdrucken und Fotos ans Tageslicht.

„Jetzt können wir."

Es geht in südliche Richtung, *in Pattensen, da hatten 'sen,* diesmal nicht, weiter über die B 3 bis zur Abzweigung Nordstemmen, dann Kreisstraße 209. Nach gut anderthalb Kilometern auf der rechten Seite zwei Kiesteiche. „Marienbad", murmelt Obanczek.

„Witzbold!"

Obanczek fährt Schrittgeschwindigkeit. Etwas abseits von der Straße hinter Bäumen einige abgestellte Autos.

Der Tote wurde schon abtransportiert.

„Sie hatten es eilig, bevor ihnen der aufgelöste Gips den ganzen Wagen einsaut!"

Benno Kitschen hat Verständnis für seine Kollegen. „War auch nicht viel zu sehen. Identität des Toten steht fest. Er war zur Fahndung in Zusammenhang mit einer Brandstiftung in Hannover-Wülferode ausgeschrieben worden."

„Wir wissen Bescheid, wir sind Insider."

„Dann sagt doch was."

„Was?"

„Blödmann! Seine Arme waren mit Kabelbindern an der Handbremse festgezurrt."

„Todesursache?"

„Er wird ganz einfach ertrunken sein. Aber Genaueres erst morgen Nachmittag, eher übermorgen Früh. Eilt ja nicht."

„Und wenn ihn jemand vergiftet hat?", wendet Obanczek ein.

„Dann hat er sich zu viel Mühe gegeben, und wir werden es bis übermorgen feststellen."

Kalenberger sieht sich um. „Hier lassen sich wohl keine weiteren Erkenntnisse gewinnen."

„Würde ich nicht so sagen", meint Benno Kitschen. „Hier gibt es uralte Baumriesen, seltene Vogelarten und Gesträuch, von denen ihr nicht einmal die Namen kennt."

„Wir fahren hoch zur Marienburg", sagt Kalenberger zu Obanczek.

„Bis demnächst", verabschiedet sie Benno Kitschen.

Ein paar Kilometer und etliche Serpentinen später parkt Obanczek den Wagen auf dem Burgparkplatz. „Weißt du, was du hier willst?", fragt Obanczek.

„Es ist so ein Gefühl, dass hier jemand mehr weiß, als er bisher von sich gegeben hat."

„Frau Borsig wird sich freuen. Ist doch schon fast mehr als eine dienstliche Bekanntschaft."

Doch Thea Borsig kann sich nicht spontan freuen, selbst wenn sie wollte. Sie ist krank und schon seit zwei Tagen nicht zum Dienst erschienen. Die Führungen fallen aus, eine Ersatzführerin gibt es nicht. So mitten in der Woche und bei dem Wetter wohl auch nicht erforderlich.

Allerdings ist der Kassenraum mit seinem Souvenirangebot geöffnet. Eine ältere Dame mit dem rosigen Teint des Bluthochdrucks und doppelter Strickjacke bewacht die Auslagen.

„Zumindest wird der Bericht nicht allzu umfangreich", meint Obanczek.

„Schreib ganze Sätze mit mehreren Kommas, das füllt!"

Sie verabschieden sich.

Die Dame mit den beiden Strickwesten schaut erst gar nicht von ihrem Kreuzworträtsel auf, nickt nur mit dem Kopf.

„Moment!", sagt Kalenberger. Obanczek steht schon wieder im Nieselregen, steuert die ausgehängten Speisenkarten des Restaurants an.

Kalenberger zieht die Plastikhülle aus der Handtasche, legt der Aufpasserin ein Foto vor. „Wir sind von der Kripo Hannover. Kennen Sie den Mann?"

Die Dame schaut von ihrem Rätsel auf, schielt über ihre Brille. „Tut mir leid." Sie schiebt Kalenberger das Foto wieder zu. „Vielen Dank!"

„Warten Sie mal!" Die Aufpasserin zieht das Foto ganz zu sich heran, betrachtet es dann sehr genau durch ihre Brille. „Den hab ich schon mal gesehen."

„Überlegen Sie bitte weiter." Kalenberger ist schon an der Tür, pfeift auf einem Finger und Obanczek kommt zurück.

„Ist es Ihnen eingefallen?"

„Nein, leider ..."

„Vielleicht der Besucher einer Führung?"

„Da kann ich mich an keinen Einzigen erinnern. Aus den Augen, aus dem Sinn."

„Schade, aber wenn Ihnen noch etwas einfällt", Kalenberger schiebt ihr eine Visitenkarte zu, „melden Sie sich bitte."

Die Aufpasserin schaut noch immer auf das Foto, wiegt den Kopf, Kalenberger lässt ihr Zeit und Obanczek leckt sich über die Lippen, denkt wohl an Schweinebraten mit Pfifferlingen und Serviettenknödel.

„Das könnte, aber ...", die Aufpasserin hebt den Blick und schaut auf den Ständer mit den Ansichtskarten, ohne ihn wahrzunehmen, „... jetzt hab ich's.

Der war zwei- oder dreimal hier. Wohl so eine Art Bodyguard. Begleiter für diesen stinkreichen Russen. Sie sind mit dem Hubschrauber gekommen, und dieser verunglückte Anwalt hat sie durchs Schloss geführt. Sie hatten wohl auch eine Besprechung mit der Schlossverwaltung."

„Sie sind mit dem Hubschrauber gekommen?" Obanczek überlegt.

„Unten am Schlossberg ist ein Landeplatz, wir bieten unsern Gästen auch Rundflüge über das Schloss und Hannover an. Wird aber nicht allzu oft gebucht."

„Sollte Ihnen noch etwas einfallen, rufen Sie bitte an." Kalenberger deutet auf die Visitenkarte im Kreuzworträtsel. „Ihre Aussage könnte sehr wichtig für uns sein. Dürfte ich Ihren Namen erfahren?"

Die Aufpasserin nimmt ihr Kreuzworträtsel hoch, vor ihr steht ein Schild, das sie als K. Rakebrandt ausweist.

Kalenberger verabschiedet sich.

Obanczek steht in der Tür, scheint nachzudenken. Kalenberger schiebt ihn hinaus, Obanczek bleibt draußen stehen und schaut auf den nassen Splitt. „Da war etwas."

„Wie ich dich kenne, hat es mit Fleisch und Soße zu tun …"

„Da war etwas anderes, ein Zusammenhang mit der Aussage von dieser Doppelweste."

„Frau Rakebrandt!"

„Wenn du einen Kaffee spendierst, fällt es mir vielleicht wieder ein."

„Ich spendiere ihn, wenn dir etwas Verwertbares eingefallen ist."

„Schreibst du dann auch den Bericht?"

„Werde nicht unverschämt!"

Sie gehen ins Café hinüber. Nicht viel Betrieb. Ein Pärchen hat nur Augen für sich. Ob sie überhaupt wissen, wo sie sind?

Eine jüngere Familie mit zwei Kindern hat wohl Kaffee getrunken und ein Schlachtfeld auf Tisch und Stühlen hinterlassen. Sie zahlen gerade und entschuldigen sich bei der Bedienung.

Kalenberger und Obanczek setzen sich seitlich mit Blick aus dem Fenster.

Eins der Kinder, ein Junge von fünf, sechs Jahren, nimmt sein Spielauto vom Tisch und lässt es auf dem glatten Fliesenboden rollen. Der Lastwagen blinkt aus allen Leuchten und untermalt seine Bewegungen mit satten Brummgeräuschen.

„Das war es!" Obanczek strahlt Kalenberger an. „Kannst du dich noch an den Tag der Hochzeit erinnern?"

„Vielleicht erinnern wir uns an unterschiedliche Dinge."

„Gerlach war vom Turm gefallen. Da hab ich ganz deutlich das Geräusch von einem Hubschrauber gehört."

„Stimmt", sagt Kalenberger, „du hast mich sogar noch darauf aufmerksam gemacht."

„Der Hubschrauber war wohl im Landeanflug, doch als die Besatzung die geparkten Polizeiautos gesehen hat, wurde der Anflug abgebrochen und der Hubschrauber durchgestartet. Also können wir davon ausgehen, dass eine weitere Begegnung zwischen diesem unbekannten Russen und der Schlossverwaltung vorgesehen war."

„Zu der es dann aber nicht mehr gekommen ist."

„Entscheidende Frage: Was sollte bei dem Treffen verhandelt werden?"

„Gerlach kann uns keine Auskunft geben, und die Schlossverwaltung wird mit Sicherheit jede Verabredung leugnen. Mit Auskünften zu Privatangelegenheiten hält man sich sehr bedeckt. Adelsprinzip!“

SIEBZEHN

Es war ein langer, anstrengender Tag. Kalenberger ist froh, als sie endlich die Wohnungstür hinter sich schließt.

Augenstern ignoriert ihr Erscheinen, schließlich waren sie zu einer anderen Zeit verabredet. Ob Augenstern die Uhr lesen kann?

Egal. Kalenberger macht dem Drama ein Ende und serviert ein Fleisch-Menü *plus* Rind+Herz – saftig, herzhaft, fleischig.

Augenstern schaut völlig desinteressiert auf das Sofakissen und scheint die Karos zu zählen. Doch die Schnurrhaare zittern. Jetzt noch ein paar einschmeichelnde Worte, und Augenstern hat ihre Vorsätze vergessen.

„Hast du denn gar keinen Hunger?"

Das reicht. Mit einem Satz hechtet Augenstern vom Sofa und hängt sich über den Fressnapf.

Kalenberger zieht ihre Schuhe aus, schlüpft in ein bequemes Hauskleid und schenkt sich ein Glas Rotwein ein. Sie setzt sich an den Esstisch und schlägt die Tageszeitung auf. Zum Lesen kommt sie allerdings nicht. Ihre Gedanken kehren immer wieder zu den Ereignissen der letzten Stunden zurück. Dieser polnische Brandstifter hat ein übles Ende gefunden, und diesmal kann es kein Unglücksfall oder Suizid sein. Der Mann ist ganz brutal ermordet worden. Jetzt fängt die Arbeit an. In nächster Zeit wird Karol Zbyszek im Mittelpunkt ihrer Ermittlungsarbeit stehen. Wobei wir direkt wieder bei Dr. Fritz Kullmann wären. Und dann noch Frau Rakebrandt …

Kalenberger steht auf, Augenstern hofft auf Nachschub, doch Kalenberger greift zum Handy, und Augenstern bekommt seine Schale mit Wasser gefüllt.

„Ich bin nicht zu Hause!"

„Obanczek?"

„Hier spricht der automatische Anrufbeantworter des überarbeiteten Kriminalkommissars Urs Obanczek. Legen Sie jetzt bitte auf und versuchen Sie es nie wieder!"

„Lass den Blödsinn, Obanczek."

„Hätte ich gewusst, dass meine Chefin am Apparat ist …"

„Ich will auch nicht lange stören. Was hat Frau Rakebrandt gesagt, woher sie den toten Polen kennt?"

„Ich kenne keine Frau Rakebrandt."

„Die Souvenirverkäuferin im Schloss Marienburg."

„Hab ich dann auch wirklich Feierabend, wenn ich es dir sage?"

„Ja, natürlich. Hast du Besuch?"

„Frau Rakebrandt war sich sicher, dass unser Pole Bodyguard des reichen Russen war und im Dunstkreis von Dr. Axel Gerlach aufgetaucht ist. Sie sterben wie die Fliegen."

„Lass uns morgen darüber reden."

Kalenberger legt auf. Sie schaut in ihr Notizbuch. Karol Zbyszek könnte das Bindeglied zwischen dem Investor, Gerlach und dem Monarchisten-Club sein. Leichter macht das den Sachverhalt nun auch nicht gerade.

Kalenberger nimmt sich noch ein Glas Rotwein, will sich gerade aufs Sofa setzen, da klingelt das Telefon. Obanczek? Ist ihm noch was eingefallen? Der würde nicht über den Festnetzanschluss anrufen.

Kalenberger meldet sich.

Im Hintergrund ein Schnaufen, ein Hüsteln und wieder dieses Schnaufen. Kalenberger reagiert sofort, schon hat sie die oberste Schublade der Anrichte aufgezogen und die Trillerpfeife in der Hand. „Du perverses Schwein, hast du noch immer nicht genug?" Sie bläst die Trillerpfeife bis zum Anschlag. Augenstern verkriecht sich unter die Sofakissen, Kalenberger setzt die Trillerpfeife ab, will auflegen, horcht noch einmal kurz in den Hörer.

„Bitte", eine verzagte Stimme, „ich habe Ihnen doch nichts getan."

Kalenberger kennt die Stimme, kann sie aber augenblicklich nicht einordnen.

„Ich wollte Sie nur noch mal zu einer unserer Theaterproben einladen."

Kalenberger verstummt vor Schreck, doch sie findet sehr schnell ihre Sprache wieder. „Es tut mir leid ..."

„Könnten Sie bitte ein wenig lauter sprechen, ich kann Sie fast nicht verstehen."

„Es – tut – mir – leid!"

„Mir auch! Ich muss auflegen, ich kann Sie einfach nicht hören."

„Soll ich Sie in die Notaufnahme der Medizinischen Hochschule fahren?"

„Ich rufe in den nächsten Tagen wieder an, wenn sich mein Gehör erholt hat. Rufen Sie die Telekom an, damit Ihr Anschluss in Ordnung gebracht wird."

Damit ist das Gespräch beendet. Kalenberger ist die Aktion ein wenig peinlich. Sie muss Liebe verschenken, um sich abzureagieren. Augenstern kuschelt sich in ihren Schoß.

„Vielleicht sollten wir es mit einer Zusammenfassung versuchen", sagt Kalenberger am nächsten Morgen.

Obanczek hat eine kleine Packung Schokoküsse mitgebracht. Er behauptet, dass der Verzehr beim Denken hilft. „Nach meinem Gefühl haben wir alle Fakten auf dem Tisch, wir müssen sie nur neu ordnen."

„Bis uns die nächste Leiche dazwischenkommt."

Beide halten sich an ihrer Tasse Kaffee fest. Der Regen trommelt gegen die Fensterscheiben. Der verregnete Sommer ist übergangslos in einen klatschnassen Herbst übergegangen. Im Büro riecht es nach Putzmittel, Kaffee und nassen Klamotten. Eine Reihe von Tiefdruckgebieten scheint über der Nordsee nur gelauert zu haben, um sich über Nacht zu einem verdrießlichen Walzer über der Norddeutschen Tiefebene zusammenzufinden. Eins, zwei, drei und links herum, eins, zwei, drei …

„Wir sollten uns auf den toten Polen konzentrieren."

„Konzentrieren ist eine gute Idee", sagt Obanczek, „ich muss aber zugeben, dass ich damit auch nicht viel weiterkomme."

„Hattest du gestern Abend Besuch?"

„Wir wollten uns auf den Fall konzentrieren."

„Nele Dettmann?"

„Da verbreitet sich ein Gerücht über den Flurfunk: Wir kämen nicht weiter, seit sie von unserm Fall abgezogen wurde."

„Zeitlich stimmt das."

„Außerdem will sie ins LKA, sagt man. Sie fühlt sich unterfordert."

„Lenk nicht ab!"

„Du hast angefangen!"

„Also zurück. Karol Zbyszek. Frau Rakebrandt identifiziert ihn als Bodyguard eines eingeflogenen Russen und damit zugehörig zu Axel Gerlachs Dunstkreis, für Kullmann gehört er zu Morgan Ostertag."

„Wenn er auf beiden Seiten mitgemischt hat?“

„Dann müssen wir mit unseren Überlegungen noch mal von vorn beginnen.“

„Ich hör zu.“

„Dr. Axel Gerlach macht seine Geschäfte mit den Superreichen. Er verkauft ihnen gefälschte Kunstwerke als teure Originale. Es scheint sich auch gelohnt zu haben. Doch eines Tages will einer gleich ein ganzes Schloss kaufen. Gerlach wittert das große Geschäft und steigt ein.“

„Schön. Die Verhandlungen schreiten also voran, und irgendwie bekommt unser Royalisten-Club davon Wind. Sie würden alles dafür tun, den Ausverkauf deutschen Kulturguts zu verhindern.“

„Also bringen sie Gerlach um.“

„Aber damit ist die Lust seines Kunden auf die Schlossübernahme nicht gestillt. Er streckt erneut seine Fühler aus …“

„Moment, Moment!“ Kalenberger regt ihre Gehirnzellen mit dem Biss in einen weißen Schokokuss an. „Es geht hier nicht um Peanuts, es geht um viele Millionen. Da kann es auch durchaus sein, dass jemand Gerlach aus dem Weg räumt, um selber an die Provision zu kommen.“

„Hier könnte doch als Puzzleteil unser Pole hineinpassen, wenn man von seinen persönlichen Befindlichkeiten im Hinblick auf seine Freundin einmal absieht.“

„Aber Pole und Russe im vertrauensvollen Miteinander, das funktioniert wohl kaum.“

„Stimmt. Stellen wir die Verbindung erst einmal zurück.“

Kalenberger gönnt ihren Hirnwindungen weitere Aktivnahrung, aber diesmal zartbitter.

„Da über Zbyszek ein Zusammenhang zwischen Gerlach und Ostertag besteht …"

„… können wir eine neue Hypothese aufstellen."

„Wieso neu, es wäre die erste."

„Egal: Morgan Ostertag erfährt von Axel Gerlachs lukrativer Geschäftsanbahnung, beseitigt Axel Gerlach und steigt selber ins Geschäft ein."

„Der Mann ist Royalist vom Scheitel bis zur Sohle."

„Kann man schnell mal vergessen, wenn es um Millionen geht. Allerdings bleibt für ihn die Zugehörigkeit zum Club *Royal Flash* perfekte Tarnung und ergiebige Informationsquelle."

„Hört sich durchaus logisch an. Wir sollten uns einfach besser über Morgan Ostertag informieren."

Kalenberger grinst. „Doch Nele Dettmann?"

„Warum nicht. Aber ich setz mich nicht mit ihr an einen Schreibtisch."

„Warum nicht? Hast du deine Tage?"

Man einigt sich auf eine Recherche im Internet. Zum einen hatte das Wirtschaftskommissariat bei der ersten Nachfrage keine Informationen, zum anderen werden Turbulenzen auf dem Finanzniveau von Morgan Ostertag in der Presse abgehandelt.

164.523 Einträge in der Suchmaschine. Es wird still im Büro, nur ein gelegentliches Klacken der Tasten ist zu hören. Die Packung mit den Schokoküssen ist längst geleert und Kalenberger muss ihren *Haribo*-Nachschub zur Verfügung stellen.

Anderthalb Stunden später. Kalenberger hat keine Lust mehr und sagt: „Und?" Es klingt nicht provozierend, eher resignierend.

„Nichts", sagt Obanczek. „Allerdings wird ihn die Selbstanzeige und der Deal mit dem Finanzamt eine

Menge Geld gekostet haben. Da braucht es keinen weiteren Finanzskandal, um nach frischen Euros zu gieren."

„Wann war sein Deal mit dem Finanzamt?"

„Wenn ich mich recht erinnere, hat er dazu nichts gesagt." Obanczek schaut auf den Bildschirm, tippt, wartet, tippt erneut. „Die Finanz-CD ist vor einem halben Jahr angekauft worden."

„Da hab ich etwas." Kalenberger blättert einige Dateien durch. „Als er kein Kapital mehr für seine große Zockerei hatte, hat er sich einer neuen Freizeitbeschäftigung zugewandt."

„Hab ich auch im Internet gesehen. Seine Auftritte in verschiedenen Foren, die sich mit Freizeitparks beschäftigen."

„Das Vergnügen hat ihn wohl richtig vereinnahmt. Denk mal an das Plakat von dem Freizeitpark in Südafrika in seiner Wohnung."

„Jedem Mann sein Hobby. Aber so richtig kann ich mir das nicht als Ersatz für seine Finanztransaktionen vorstellen."

„Ich auch nicht."

„Vielleicht eine neue Beziehung. Junge Frau mit Kind. Er will ihnen imponieren?"

„Ab damit in die Warteschleife. Nächster Ansatzpunkt: Wer ist der Boss hinter Karol Zbyszek?"

„Er ist mit einem Hubschrauber angereist. Wird doch wohl ein Dienstleister und nicht sein eigener Hubschrauber gewesen sein. Und mit dem Todestag von Axel Gerlach haben wir auch ein Datum. Da müsste sich doch herausfinden lassen, wer an dem Tag einen netten Herrn in kräftiger Begleitung vom Flughafen Hannover zur Marienburg geflogen hat."

„Gute Idee", sagt Kalenberger, „sie gehört dir!"

„Wenn ich nicht wiederkomme, habe ich ein Last-minute-Angebot nach Dubai wahrgenommen." Obanczek schaut auf den Bildschirm. „Es gibt vier Hubschrauberdienste in Hannover, drei am Flughafen Langenhagen und einen in der Innenstadt. Bei dem Flugdienst in der Innenstadt rufe ich an, für den Rest fahre ich raus zum Flughafen."

„Tu das", sagt Kalenberger, „ich kümmre mich um Dr. Kullmanns Sprechstundenhilfe. Sie müsste doch eigentlich etwas mehr als wir über ihren toten Freund wissen. Wenn wir Glück haben, könnte sie sogar seinen Boss kennen oder uns zumindest Anhaltspunkte geben."

Auf den Bildschirmen der Computer klinkt sich eine Meldung ein:

Dringende Erinnerung: 15:30 Uhr – allgemeine Versammlung im großen Besprechungsraum – Themen: Dienstfahrzeuge – Parkplätze – allgemeine Sauberkeit.

„Davon wusste ich gar nichts", sagt Obanczek.

„Ich hab es auch erfolgreich verdrängt." Kalenberger überlegt nicht lange. „Wir fahren die Tour zum Kinderarzt und zum Flughafen gemeinsam." Sie greift zum Telefon. „Ich entschuldige unser Fernbleiben von der so wichtigen Dienstbesprechung wegen akuter Verdunklungsgefahr durch einen der Hauptverdächtigen."

„Das wird aber zu einiger Missstimmung führen."

„Kann uns doch egal sein, wir sind nicht da!"

Sie beginnen die Tour in Langenhagen. Drei Hubschrauberdienste an einem Ort, bei einem Treffer kann man sich die weitere Recherche sparen. Und es gibt nach zwei Nieten wirklich einen Erfolg. Am fraglichen Tag ist für einen Hubschrauber des Heli-Dienstes Hannover ein Flug zur Marienburg mit sofortigem Rückflug verzeichnet. Zwei Männer wollten laut Flugbericht des Piloten zur Marienburg gebracht werden, um an einer Besichtigung teilzunehmen. Doch im Anflug auf die Marienburg hätten es sich die Passagiere anders überlegt und sich sofort zum Flughafen zurückbringen lassen.

„Treffer", sagt Obanczek. „Jetzt brauchen wir nur noch die Namen und die Nationalität."

Der Heli-Dienst ist ordentlich geführt und in wenigen Augenblicken liegt die Passagierliste für den Flug vor den Kripobeamten. „Wieder Treffer", sagt Obanczek und tippt auf den zweiten Namen: *Karol Zbyszek, Personaltrainer, polnischer Staatsangehöriger.* Dann notiert er sich den ersten Namen auf der kurzen Liste: *Nikolay Gadschew, Unternehmer, bulgarischer Staatsangehöriger.*

„Danke", sagt Obanczek.

Die hilfsbereite Flugberaterin zieht den Ordner auf ihre Seite, schlägt ein paar Seiten zurück. „Etwas ungewöhnlich", sagt sie, „der Flug wurde von Herrn Gadschew bar bezahlt. Wir haben trotzdem seine Personalien – aus dem Reisepass übernommen."

„War doch sehr erfolgreich", sagt Obanczek, „noch anderthalb Stunden bis zur Dienstbesprechung."

„Das könnten wir schaffen", sagt Kalenberger.

„Natürlich", meint Obanczek, „aber erst einmal einen Cappuccino im *Café Sichtbar*, da können wir unser weiteres Vorgehen in Ruhe besprechen und haben einen fantastischen Blick aufs Vorfeld des Flughafens."

„Warum habe ich bloß das Gefühl, dass du dich vor der Besprechung drücken willst?"

„Will ich?"

Kalenberger nimmt ihr Handy. „Ich rufe im 5.2 K an, sie sollen mal schauen, was sie über Nikolay Gadschew herausfinden. Dann können wir nach der Dienstbesprechung gleich bei den Kollegen vorbeischauen."

„Natürlich", sagt Obanczek.

Die Zeit vergeht schnell im Flughafencafé. Es gibt viel zu sehen und außerdem eine leckere Stachelbeertorte mit Baiser. Und dann noch ein Stück Mohnkuchen. Mohn fördert die Konzentrationsfähigkeit. Obanczek greift zum Smartphone und ruft die Praxis von Dr. Kullmann an. Er erkundigt sich nach den Sprechzeiten. „Das ist nun Pech", meint Obanczek nach dem Gespräch, „heute nur noch Sprechzeit von fünfzehn bis siebzehn Uhr. Wenn wir die Freundin von Karol Zbyszek überraschen wollen, sollten wir sofort fahren."

„Wir heißt die junge Dame?"

„Den Namen haben wir noch nicht. Wenn sie uns nicht direkt ins Auge springt, müssen wir Kullmann befragen."

Mit der Zeit wird die Ermittlungsarbeit doch wieder spannender als das Beobachten des Flugfelds. Sie bezahlen, lassen sich eine ordentliche Rechnung ausstellen und machen sich auf den Weg. „Fahr nicht so schnell", sagt Obanczek im Auto, „der Kuchen liegt mir ein bisschen schwer im Magen."

In der Praxis von Dr. Kullmann herrscht großer Andrang. Ein wuseliges Durcheinander bei erhöhtem Lärmpegel. Da die Sprechstundenhilfen genug zu tun haben, können sich Kalenberger und Obanczek unauffällig umsehen.

Von den drei Sprechstundenhilfen springt ihnen niemand ins Auge. Aber vielleicht beweist Dr. Kullmann einen außergewöhnlichen Geschmack bei der Wahl seiner außerehelichen Beziehung.

Obanczek versucht, die Namensschildchen an den weißen Kittelkragen der Sprechstundenhilfen zu lesen. *I. Werner, H. Müller …*

„Was kann ich für Sie tun?", spricht ihn Frau M. Hüls an.

Möglichst unauffällig legt Obanczek seinen Dienstausweis auf den Tresen. „Wir müssten Herrn Dr. Kullmann in einer dringenden Angelegenheit sprechen."

„Sie kommen im ungünstigsten Moment. Sie sehen doch selbst, was hier los ist."

„Nur ganz kurz, es dauert nicht mal eine Minute!"

„Kommen Sie mit!" Frau M. Hüls eilt in einem Tempo durch den Gang der Praxis, dass sie kaum folgen können. Sie werden in einen winzigen Raum zwischen Liege und irgendwelchen elektronischen Geräten gezwängt. Kein Fenster. Es ist stickig in dem Raum. Doch sie müssen nicht lange warten. Die Tür wird mit Schwung aufgestoßen, Dr. Kullmann tritt ein, stutzt, sagt „Sie schon wieder!" und schließt die Tür hinter sich. Eine Methode, um Besprechungen abzukürzen.

„Wie geht es Ihrer Tochter?"

„Besser, sie wird morgen aus dem Krankenhaus entlassen. Aber für diese Frage sind Sie doch nicht hergekommen?"

Kalenberger kann kaum noch atmen. „Nur ganz kurz. Wir müssten die Freundin von … von Karol Zbyszek befragen."

„Da werden Sie kein Glück haben."

„Wir können Sie auch vorladen lassen, am besten mit Ihrer Frau zusammen?" Obanczek steht der Schweiß auf der Stirn.

„Nun plustern Sie sich mal nicht so auf!"

Kullmann öffnet die Tür zum Flur.

„Frau Semmler ist seit dem Brand in unserem Haus nicht mehr in der Praxis erschienen. Ich habe angerufen, sogar eine Praxishelferin bei ihr zu Hause vorbeigeschickt, doch sie hat sich nicht mehr blicken lassen. Obwohl ihr noch die Bezahlung der Überstunden zusteht."

„Das müsste Ihnen doch ganz gelegen kommen: Der eifersüchtige Freund verschwindet von der Bildfläche und die Freundin gleich mit ihm."

„Dieser Zbyszek ist verschwunden?"

„Wussten Sie das nicht?"

„Woher denn!"

Ein Junge mit Kopfverband kurvt auf seinem Bobbycar um Dr. Kullmanns Beine und fährt ihm über die Zehen.

„Sie sehen selbst, ich muss mich um meine Patienten kümmern."

„Geben Sie uns bitte den Namen und die Adresse Ihrer … verschwundenen Praxishelferin."

„Yvonne Semmler, sie wohnt im Lohfeldweg in Oberricklingen. Die genaue Adresse können Sie …"

„Vielen Dank. Damit kommen wir schon weiter."

„Sie finden hinaus?" Damit ist Dr. Kullmann in einem gegenüberliegenden Zimmer verschwunden. Sein kleiner Patient donnert mit dem Bobbycar gegen die Tür.

Obanczek notiert Namen und annähernde Adresse. „Den Rest erfrage ich bei den Helferinnen."

„Lass mal", Kalenberger hält ihn zurück, „die Daten finden wir schon selbst heraus, und die Damen haben doch wirklich viel zu tun."

Obanczek findet die Telefonnummer von Yvonne Semmler im Telefonbuch, ruft an, sie meldet sich nicht. Der Anrufbeantworter scheint voll zu sein, nimmt keine weiteren Daten an. Kalenberger und Obanczek fahren hinaus nach Oberricklingen. Einliegerwohnung in einem Bungalow. Sie klingeln mehrmals. Niemand öffnet. Sie gehen ums Haus herum. Familie Lugger. Sie klingeln. Es dauert eine Weile, dann werden sie von der Türsprechanlage angesprochen:

„Bitte?"

„Guten Tag. Wir möchten zu Frau Semmler."

„Da müssen Sie am Nebeneingang klingeln."

Ein Klack und die Sprechanlage ist abgeschaltet. Obanczek klingelt erneut.

„Bitte?" Im Hintergrund das Knurren eines angriffslustigen Hundes.

„Wir sind von der Kripo Hannover und müssten Yvonne Semmler sprechen."

„Kripo? Könnte ich bitte Ihre Ausweise sehen?"

Obanczek hält seinen Ausweis vor das elektronische Auge.

Der Hund stellt sein Knurren ein. Es scheint, als würden einbruchshindernde Stangen und Riegel von der Innenseite der Tür entfernt. Schließlich ist hintereinander das Aufschließen von mehreren Schlössern zu hören. Die Tür wird einen Spaltbreit geöffnet, das halbe Gesicht einer etwa Sechzigjährigen ist zu sehen.

„Was wollen Sie von Frau Semmler? Hat sie etwas verbrochen? Dann kündigen wir ihr sofort die Wohnung."

„Bloß nicht", sagt Kalenberger. „Wir wollen nur mit ihr sprechen."

„Zeigen Sie mir bitte noch einmal Ihren Ausweis."

Obanczek hält seinen Ausweis vor den Türspalt.

„Und die Dame?"

„Ist meine Kollegin, Frau Kalenberger."

Für einen Augenblick schließt sich der Türspalt, dann wird die Tür ganz geöffnet. Eine Frau wie aus dem Katalog für Seniorenmenüs. Rundlich, adrett, an den Füßen allerdings Filzpantoffeln.

„Ich hab mich schon gewundert", sagt Frau Lugger, „ich habe heute noch nichts von Frau Semmler gehört, und ihr Auto parkt auch nicht auf der Straße. Wir haben ihr unsere zweite Garage angeboten, aber dafür wollte sie kein Geld ausgeben."

„Wann haben Sie Frau Semmler zum letzten Mal gesehen?"

„Vorgestern. Da ist sie mit einer Sporttasche zu ihrem Auto gegangen. Meinen Sie, es könnte ihr etwas passiert sein?"

„Wir wollten ihr nur ein paar Fragen stellen."

„Sollten wir schon eine Vermisstenanzeige aufgeben oder können Sie das gleich weiterleiten?"

„Für eine Vermisstenanzeige ist es wohl noch zu früh. Warten Sie noch ein paar Tage, und wenn sich Frau Semmler dann noch immer nicht eingefunden hat, rufen Sie uns an."

Obanczek gibt Frau Lugger ein Kärtchen der Dienststelle.

„Vielen Dank für Ihre Hilfe."

Die Kripobeamten drehen sich um, im Rücken das Schließen der Tür, das Einrasten der Schlösser und das Vorlegen von Stangen und Riegeln.

„Ein Hochsicherheitstrakt", sagt Obanczek.

„Und trotzdem ist uns Yvonne Semmler wohl abhanden gekommen."

„Noch eine Leiche?"

„Es wäre besser, sie hätte sich abgesetzt."

Sie fahren in Richtung Waterloostraße. „Schade", sagt Obanczek und tippt auf die Uhr im Armaturenbrett, „jetzt wird die Dienstbesprechung wohl schon zu Ende sein. Was machst du heute Abend?"

„Krankenpflege. Hab jemanden etwas zu laut angesprochen und nun muss ich ihm ein paar liebe Worte zur Trommelfellpflege ins Ohr säuseln."

„Pizzadienst?"

„Nö, Amateurtheater."

ACHTZEHN

Kalenberger bringt zum Frühstück zwei Schokocroissants mit ins Büro. Mit Samuel Morchner hat sie am Abend vorher nur kurz sprechen können. Er wirkte ein wenig ängstlich bei dem Gespräch. Theaterleute! Die sind doch alle ein wenig merkwürdig.

„Neues von den Kollegen aus dem 5.2 K."

„Erst der Kaffee."

Doch Obanczek hält sich nicht an die Anweisung. „Dazu brauchst du nur ein Ohr."

„Rechts oder links?"

„Unser bulgarischer Freund ist in Deutschland noch nicht aufgefallen. Allerdings gibt es ein paar Hintergrundinformationen zu seiner Person." Obanczek liest vom Bildschirm ab: „Nikolay Gadschew rangiert auf Platz 28 im globalen Ranking der reichsten Privatpersonen. Baustoffmagnat."

„Was baut er?"

„Er lässt bauen und sicher keine Einfamilienhäuser."

„Und?"

„Ja, ich hab's getan."

Kalenberger kann sich ein Grinsen nicht verkneifen.

„Ja, ich habe Nele Dettmann angerufen. War aber der Kollege Kantaka am Apparat. Er wird mal schauen, was er über Gadschews Geschäfte in Erfahrung bringen kann."

„Gut", sagt Kalenberger. Sie öffnet ihr Notizbuch. „Wenn Gadschew groß in die Marienburg einsteigen wollte, müsste doch unsere liebe Frau Borsig etwas davon gewusst haben. Warum hat sie uns nichts über ihn und seine Absichten berichtet?"

„Allgemeine Antwort: Weil sie nicht danach gefragt wurde."

„Dann werden wir sie jetzt danach fragen." Kalenberger ruft auf Schloss Marienburg an. Frau Rakebrandt meldet sich. Kalenberger bringt sich in Erinnerung und fragt nach Thea Borsig. Thea Borsig hat eine Krankmeldung für das nächste halbe Jahr vorgelegt. Burn-out. Man ist auf der Suche nach einer neuen Mitarbeiterin für die Schlossführungen. Man hat sie auch schon gefragt, aber ihre Füße machen da nicht mit.

„Gleich für ein halbes Jahr?"

„Ich hab mich auch gewundert."

„Wissen Sie, welcher Arzt die Krankmeldung unterschrieben hat?"

„Dafür bin ich nicht zuständig. Das fällt in den Aufgabenbereich von Anna Weiland, der neuen Marketingmitarbeiterin."

Kalenberger lässt sich ihre Telefonnummer geben. Ruft an, der Festnetzanruf wird nicht angenommen, Frau Rakebrandt hat noch eine Handynummer für dringende Fälle angegeben. Anna Weiland ist sofort am Apparat. Kalenberger stellt sich vor, fragt nach der Krankmeldung.

Frau Weiland könnte ihr die Auskunft sofort geben, doch sie ist vorsichtig. Kann jeder erzählen, er wäre von der Kripo Hannover. Sie wird über die Telefonzentrale der Polizeidirektion zurückrufen.

Kalenberger verdreht die Augen, lobt aber Anna Weilands professionelle Vorgehensweise.

Obanczek hat ein neues Onlinespiel entdeckt. *Cundy Crush.* Ein Puzzlespiel. Es geht um Bonbons. Kalenberger hat noch eine Tüte *Haribo* im Vorrat.

Anna Weiland ruft zurück. Die Krankmeldung ist abgestempelt und unterschrieben von Dr. Fritz Kullmann. „Na toll“, sagt Kalenberger. Sie greift zum Telefon.

Dr. Kullmann ist in einer Behandlung, wird aber sobald wie möglich zurückrufen.

„Wenn wir in der nächsten Viertelstunde nichts von ihm hören, schicken wir einen Streifenwagen.“

Dr. Kullmann ruft nach knapp fünf Minuten an. Was es denn schon wieder gäbe?

Ob er sich daran erinnere, die Krankmeldung von Thea Borsig unterschrieben zu haben. Die Diagnose laute auf Burn-out, und die Bescheinigung sei erst vor wenigen Tagen ausgestellt worden.

Dr. Kullmann ist sich sicher, keine solche Krankmeldung unterschrieben zu haben. Grundsätzlich würde er bei psychosomatischen Erkrankungen an einen Psychotherapeuten überweisen. Allerdings habe sein Praxisteam für kleinere Erkrankungen vorgefertigte und unterschriebene Krankmeldungen, damit er nicht für jeden Schnupfen gestört werden müsse.

„Hätte sich Yvonne Semmler bedienen können?“

„Natürlich. Die Bescheinigungen liegen zwar in einer verschließbaren Schublade, können aber von jedem Mitarbeiter des Praxisteams problemlos herausgeholt werden, da der Schlüssel immer steckt.“

Kalenberger würde ihm jetzt gerne etwas über den Umgang mit sensiblen Daten erzählen, aber Dr. Kullmann hat kein Interesse und Kalenberger keine Zeit. „Wir sollten Thea Borsig besuchen und ihr persönlich gute Besserung wünschen.“

Thea Borsig wohnt in Pattensen am Bruchweg. Eine ruhige Straße am Rand einer grünen Oase zwischen zwei kleinen Bachläufen.

Thea Borsig ist zwar krank, aber nicht zu Hause.

„Vielleicht ist sie beim Psychotherapeuten?“

Kalenberger nimmt ihr Handy und ruft Thea Borsig an. Sie hört das Telefon im Haus klingeln, erste Etage mit Blick auf die Wiese. Doch niemand meldet sich.

Kalenberger klingelt aufs Geratewohl bei einem Nachbarn.

In Pattensen gibt man bereitwillig Auskunft, wenn jemand von der Kripo kommt. Die Nachbarin mit den Lockenwicklern unter dem dünnen Kopftuch hat Yvonne Semmler noch am Vormittag gesehen, als sie die Post aus dem Briefkasten geholt hat. „Vielleicht schläft sie, sie ist doch krank! Magen-Darm-Virus hat sie gesagt, so was schlaucht wirklich."

Kalenberger zeigt sich erleichtert und verabschiedet sich. Sie wird die Kollegen von der Polizeistation Pattensen bitten, gelegentlich vorbeizufahren und Thea Borsig um ein Gespräch zu bitten.

Obanczek wendet den Wagen.

„Wir brauchen noch Kaffeefilter fürs Büro", sagt Kalenberger.

„Kein Prob..."

„Halt!", ruft Kalenberger.

Obanczek reagiert sofort und steigt aufs Bremspedal.

„Fahr bitte noch einmal langsam zurück."

Obanczek wendet auf der Göttinger Straße und fährt dann im Schritttempo den Bruchweg hinunter.

„Da", sagt Kalenberger plötzlich. Sie zeigt auf einen Parkstreifen am linken Fahrbahnrand. „Langsamer!"

Obanczek kann nichts Ungewöhnliches entdecken. Ein weißer Lieferwagen, ein Audi, ein Golf und noch ein Golf ...

„Stopp!", sagt Kalenberger. Sie stehen gegenüber von einem Mercedes GLA.

„Über dreißigtausend würde ich schätzen."

Kalenberger hört nicht zu. Sie ruft in der Direktion an und lässt den Halter des Fahrzeugs ermitteln. „Ich bin mir fast sicher, dass ich den Wagen auf dem Firmenparkplatz von Ostertags Domizil gesehen habe. Das Kennzeichen habe ich mir allerdings nicht notiert."

„Ostertag und Borsig?", fragt Obanczek.

Die Kollegen rufen an. Das Auto ist zugelassen auf Morgan Ostertag.

„Wow", sagt Obanczek. „Hoffentlich nicht wieder einer dieser Scheinfortschritte."

Kalenberger sieht ihn überrascht an, will ihn aber nicht unterbrechen.

„Nehmen wir an, Borsig hat uns absichtlich nicht aufgemacht und liegt mit Ostertag in der Kiste. Was sagt uns das? Was sagt uns überhaupt irgendwas? Haben wir irgendeinen Zusammenhang übersehen?"

„Vielleicht gibt es zu viele?"

„Aber keine echten. Wir konstruieren die Zusammenhänge ohne einen plausiblen Hintergrund. Es gibt überall Galeristen, die sich mit ihren Künstlern überwerfen, Ärzte, die mit ihren Sprechstundenhilfen ein Verhältnis haben und Finanzjongleure, die sich an Projekten versuchen, die sie nicht stemmen können. Wir können nicht lange so weitermachen. Es gibt keinen Grund, weitere Energie in die Fälle zu stecken. Ein Fall? Viele Fälle? Wie viele Fälle? Hast du denn noch irgendeine Motivation?"

„Was ist los mit dir? Hast du deine Motivation verloren? Ich dachte, du stehst kurz vor der Lösung und jetzt … wir können doch nicht einfach die Aktendeckel schließen. Oder?"

„Es gibt einfach keinen Beweis für irgendeinen Zusammenhang. Wahrscheinlich werden wir niemals herausfinden, was da zwischen Hannover, Nordstemmen und der Marienburg wirklich gelaufen ist. Wenn es überhaupt etwas herauszufinden gibt."

„Hat dir Nisalski einen schönen neuen Fall versprochen?"

„Ich steh doch auf deiner Seite. Aber unsere Zirkelrunden nerven einfach. Ich weiß einfach nicht, wie wir weitermachen sollen. Wir haben alles, was es zu ermitteln gibt, herausgefunden, zusammengefügt und festgestellt, dass zwar alles zusammenpassen könnte, aber zu keinem Gesamtbild führt. Aber ich muss das auch nicht wissen. Du hast das Sagen."

Kalenberger sieht Obanczek an. Sie schweigen eine Weile.

„Ich mag noch nicht aufgeben", sagt Kalenberger. „Ich habe das Gefühl, als wären wir ganz dicht vor dem Durchbruch."

„Dann machen wir eben weiter und stellen fest, dass die Sprechstundenhilfe vom verstorbenen Dr. Walther einen schwunghaften Handel mit Blankokrankmeldungen betrieb oder Morgan Ostertag seinen Wagen nach einem Motorschaden unberechtigt auf dem Anliegerparkplatz in Pattensen abgestellt hat. Was soll das alles? Gibt es nichts Wichtigeres?"

„Wir haben doch schon ein paarmal Fälle gelöst, weil wir nicht aufgegeben haben. Wo bleibt deine ganz persönliche Neugier? Willst du nicht wissen, was hinter der Sache steckt?"

„Nichts, absolut nichts."

„Da bin ich anderer Meinung. Zum einen denke ich, dass es ein wirklicher Fall ist, und zum andern, dass wir kurz vor der Aufklärung stehen. Es ist dieses eine Puzzleteil, das oben links in die Ecke gehört und an dem sich alle anderen Teile anlegen lassen."

„Dein Wort in Gottes Gehörgang! Ein paar Tage mache ich noch mit. Wenn sich dann noch immer nichts Entscheidendes getan hat, besorge ich mir eine Krankmeldung bei dieser Sprechstundenhilfe."

„Die musst du aber erst einmal finden! Meiner Meinung nach hat sie sich abgesetzt, vermisst wird sie jedenfalls nicht."

Zurück im Büro. Kalenberger sieht Obanczek an, der weicht ihrem Blick aus, Kalenberger schaut ihn nur an und plötzlich begegnen sich ihre Blicke. „Scheiße!", sagt Obanczek, „wo machen wir weiter?"

„Hat die Wirtschaftsinspektion schon angerufen?"

„Hat sie", Obanczek grinst, „sie kann nur mit halber Kraft fahren, die Büros werden gestrichen."

„Richtig in Farbe?"

„Ne, in beige und braun."

„Wir brauchen die Informationen." Kalenberger ruft an. Nele Dettmann meldet sich. „Sind in euerm Büro die Maler?"

„Wie kommst du denn darauf?"

„Es dringt so ein Geruch von frischer Farbe aus dem Telefonhörer."

Dettmann lacht.

„Ist dein Vorarbeiter zu sprechen?", fragt Kalenberger. Ein Augenblick herrscht Stille, dann meldet sich Kollege Kantaka. „Um die Schalter und Steckdosen haben sie drumherum gestrichen. Wenn wir so arbeiten würden."

„Ihr seid doch bekannt für eure Gewissenhaftigkeit."

„Lass es", sagt Kantaka, „viel hab ich sowieso nicht herausgefunden. Das meiste aus internationalen Quellen."

„Moment“, sagt Kalenberger. Augenstern mauzt auf ihrer neuen Decke. Sie hat den Umzug ins Büro längst überwunden und teilt ihre Sympathie fast gleichmäßig zwischen Kalenberger und Obanczek auf. Obanczek wirft ihr ein paar Lakritz-Bonbons in den Futternapf. Kalenberger sieht ihn böse an, sie hat Richtlinien für Augensterns gesunde Ernährung ausgegeben. Obanczek steht auf und will die Lakritze wieder zurückholen, doch Augenstern faucht ihn an, als er sich an den unerwarteten Leckerbissen vergreifen will. Kalenberger gibt auf. „Es kann weitergehen.“

„Dieser Nikolay Gadschew beschäftigt sich mit allem, was hoch, tief und breit gebaut werden kann. In Sofia und Plowdiw gehören ihm ganze Häuserzeilen, am Schwarzen Meer in Albena plant er ein Hotelhochhaus und bei Stara Sagora hat er einen Freizeitpark an die Autobahn gestellt – vielmehr in den Sand gesetzt. Das Projekt hat gefloppt, er hat ein paar Millionen verloren, ohne dass es seine Ambitionen irgendwie gestört hätte.“

Augenstern streicht um Obanczeks Beine, Kalenberger wirft mit einer Packung Papiertaschentücher nach ihr und Augenstern zieht sich beleidigt zurück.

„Im Augenblick deutet alles darauf hin, dass sich Gadschew über die bulgarischen Grenzen ausweiten will. Aber nichts Genaues weiß man nicht, und sollte ich etwas erfahren, werde ich euch sofort informieren.“

„Danke“, sagt Kalenberger, „macht ihr eine Einweihungsparty, wenn die Wände fertig gestrichen sind?“

„Aber natürlich. Mit einer Eierschlacht!“

Kalenberger legt auf. „Das ist doch schon mal was …“

„… was auch immer“, sagt Obanczek. „Mit leerem Magen kann ich nicht denken.“

„Mit vollem auch nicht“, murmelt Kalenberger.

„Gehen wir hinüber zur Oberfinanzdirektion?"

„Was gibt's denn?"

„Hähnchenbrust oder Nordseescholle."

Das Wetter sieht gar nicht so schlecht aus, kein direkter Regen und Risse in der Wolkendecke. Vielleicht schafft es die Sonne wenigstens für ein paar Minuten, um eine Wolkenecke herumzuschauen. Irgendwie war es ein mauer Sommer, der übergangslos in einen tristen Herbst übergegangen ist. Bei solchem Wetter verliert jeder die Motivation. Die Müllabfuhr fährt langsamer, Lars Cohrs scheint am Mikrofon von NDR 2 einzuschlafen und die Ampel am Sprengel Museum ist auch ausgefallen.

Sie nehmen beide die Nordseescholle mit Speckbutter, Shrimps, Salzkartoffeln und Salatteller für 6,10 Euro.

„Komisch", sagt Obanczek, „ich fange immer mit den Kartoffeln an."

„Warst du schon mal in Bulgarien?"

„Früher, in den Achtzigerjahren, mit einer befreundeten Familie. Ich erinnere mich nur noch an plärrende Kinder, die vom Strand nicht ins Hotel wollten. Und das liebesaktive Paar im Nebenzimmer."

„Tja, Bulgarien."

„Aber während der Mittagspause sprechen wir nicht über den Fall."

„Auf keinen Fall."

„Worüber sprechen wir dann?"

„Über Schollen?"

„Lecker!"

„Und sonst?"

„Mal abgesehen von unserm Fall, frage ich mich, warum die Marienburg?"

„Der Oligarch hat einen Hang zur Romantik und sieht sich als direkter Nachfolger von Georg V. mit Sommerresidenz und Jagdschloss und späterem Witwensitz für seine Oligarchin."

„Darüber sprechen wir jetzt aber nicht, wir haben Mittagspause."

„Natürlich! Wie wird dein Wochenende?"

„Wie immer."

„Einfach so nebenbei. Es könnte doch auch sein, dass unser Oligarch gar kein Romantiker ist."

„Könnte sein! Isst du deinen Salat nicht?", fragt Kalenberger.

Obanczek stellt den Salat kommentarlos auf Kalenbergers Tablett. „Wozu könnte ein gewiefter Geschäftsmann die Marienburg kaufen wollen, wenn er kein Romantiker ist?"

„Um ein Geschäft zu machen? Du kannst meinen Nachtisch haben."

„Danke."

Obanczek trinkt einen Schluck *Cola light*, verschluckt sich, hustet und ist dankbar für Kalenbergers herübergereichtes Papiertaschentuch. „Man kann eben nicht gleichzeitig schlucken und reden."

„Anfängerfehler!"

„Ob unser Büro auch gestrichen wird?"

Kalenberger zuckt mit den Schultern. „Ich möchte noch einen Kaffee trinken."

Obanczek nickt.

Er kann nichts sagen und Kalenberger will die letzten Minuten der Mittagspause zur Entspannung nutzen.

Obanczek hat einen Schluckauf, als sie wieder im Büro sitzen, und Kalenberger ist nicht zu stören. Sie hat sich die Akten geschnappt, sucht etwas und unterlässt jeglichen Kommentar zu Obanczeks Beschwerden.

Obanczek holt sich eine Flasche Mineralwasser aus dem Schrank, hustet, setzt sich an seinen Schreibtisch und schaltet den Computer ein. Er würde jetzt gerne ermitteln. Aber was?

Kalenberger schaut ihn an, sieht noch einmal in die Akten und schiebt sie dann auf dem Schreibtisch zurück. „Lass uns mal spinnen!"

„Fisch ist gesund, fördert das Denkvermögen!" Obanczek gähnt.

„Kannst du dich bitte noch einmal auf den Fall konzentrieren? Ich möchte mit dir an einem Faden spinnen, und wenn der reißt, schließen wir den Fall ohne Ergebnis."

„Einverstanden!"

„Dr. Axel Gerlach wittert das Geschäft seines Lebens, als der bulgarische Oligarch Nikolay Gadschew seine Finger nach der Marienburg ausstreckt. – Warum auch immer."

„Warum auch immer? Gilt nicht."

„Weil die Marienburg in sein internationales Expansionskonzept passt."

„Gut."

„Der Club *Royal Flash* bekommt Wind von der Sache und wehrt sich vehement gegen einen Ausverkauf deutschen Kulturguts. Nur einer aus dem Club wünscht sich nichts sehnlicher, als an Axel Gerlachs Stelle zu stehen."

„Einer?"

„Morgan Ostertag. Er hat massive Finanzprobleme durch seinen Ärger mit dem Finanzamt. Er beginnt eine Liaison mit Thea Borsig, gesteht ihr seine Liebe und verspricht ihr ein Leben in Saus und Braus mit feudaler Villa in Hannover und Society-Urlaub am Luganer See."

„Es genügte sicher eine kurze Verständigung zwischen Borsig und Ostertag, um Axel Gerlach bei der Turmbesichtigung über die Brüstung gehen zu lassen, zumal er Morgan Ostertag kannte und somit arglos war."

„Es gab also eine Verabredung zu einem Treffen auf der Marienburg von Axel Gerlach und Nikolay Gadschew. Der Oligarch lässt sich mit dem Hubschrauber einfliegen, dreht aber sofort ab, als er das Aufgebot auf der Marienburg sieht."

„Morgan Ostertag will in Axel Gerlachs Fußstapfen treten, doch mit dem Tod von Axel Gerlach ist der Kontakt abgebrochen. Morgan Ostertag sucht nach einer Verbindung, um an den Oligarchen heranzukommen. Natürlich fällt ihm sofort sein Club-Kamerad Alfred Jagoda ein, der mit Axel Gerlach Geschäfte gemacht hat."

„Alfred Jagoda ist bereit, die Geschäftsbeziehungen mit Morgan Ostertag fortzuführen, bevor er leer ausgeht. Alfred Jagoda serviert Akki Loos ab, weil er nicht mehr ins neue Geschäftsmodell passt. Nikolay Gadschew interessiert sich nicht für die Kunst und noch weniger für die künstlerische Avantgarde. Aber Akki Loos will sich nicht so einfach abservieren lassen."

„Da muss Karol Zbyszek ran, Axel Gerlachs Mann fürs Grobe, den Gerlach Nikolay Gadschew bei seinen Deutschlandbesuchen als Bodyguard zur Verfügung gestellt hat."

„Hört sich schlüssig an, wenn man die privaten Verwicklungen und die Spielereien mit dem Quecksilber weglässt. – Du hast nicht zufällig noch eine Packung mit Schokoküssen?"

„Nur noch Schweineohren aus Blätterteig.“ Kalenberger holt die Packung aus ihrer Schreibtischschublade, öffnet sie und stellt sie genau auf die Grenze zwischen den beiden Schreibtischen. Obanczek nimmt sein Lineal und angelt nach den Schweineöhrchen. „Und warum ist Karol Zbyszek baden gegangen?“

„Denk doch mal mit! Der Kontakt zwischen Nikolay Gadschew und Morgan Ostertag hat zum Erfolg geführt, man treibt das Projekt voran und Karol Zbyszek ist nur noch ein lästiger Mitwisser.“

„Ziemlich brutal, wie er aus dem Verkehr gezogen wurde.“

„Die bulgarische Mafia ist nicht gerade bekannt für ihr Fingerspitzengefühl! – Kannst du nicht manierlicher essen, auch wenn es Schweineöhrchen sind?“

„Entschuldige! Ich war in Gedanken.“

„Welchen?“

„Wenn jemand alle Mittel einsetzt, um sich die Marienburg unter den Nagel zu reißen, sucht er sicher mehr als einen repräsentativen Wohnsitz.“

„Mit Sicherheit geht es ums Geschäft, um ein lukratives Geschäft.“

„Was könnte das sein? Ein Berg, eine Burg und zusätzlich eventuell ein Bahnhof. Das bringt doch nichts ein, das kostet doch nur.“

„Obwohl man es nicht meinen sollte, doch in Bulgarien trieb und treibt sich viel Adeliges herum. Unserem Oligarchen könnte ein Dokument in die Hände gefallen oder – gegen entsprechendes Bakschisch natürlich – zugespielt worden sein, das eine außerordentliche Investition an Geld und Material rechtfertigt.“

Kalenberger lacht. „Der verschollene Teil des Welfengolds in Gängen und Höhlen unter der Marienburg?“

„Halt! Stopp!" Obanczek verschluckt sich, hustet.

„Vielleicht solltest du damit mal zum Arzt gehen, du verschluckst dich in letzter Zeit ziemlich häufig."

„Sagtest du: Welfengold in Gängen und Höhlen unter der Marienburg?"

„War nur ein Scherz, dafür müssen dir nicht gleich die Augen aus dem Kopf fallen."

„Jetzt hör mir mal zu! Nikolay Gadschew hat in Bulgarien einen Freizeitpark gebaut. Stimmt, der ist pleitegegangen. Doch er glaubt an das Konzept. Spiel, Spaß, Unterhaltung sind positive Begriffe und stoßen überall auf Wohlwollen. Der beste Einstieg für seine internationalen Ambitionen."

„Nicht schlecht! Weiter!"

„Kannst du dich an Morgan Ostertags Büro erinnern? Das Ungewöhnlichste war doch wohl dieses Plakat vom Freizeitpark in Südafrika. Wie hieß der doch gleich?" Obanczek kramt in seinen Unterlagen. „Gold Reef City." Obanczek liest vor. „Der Freizeitpark entstand in den 1980er-Jahren auf dem Gebiet der Crown Gold Mine, einer der größten und tiefsten Goldminen der Welt. Die besondere Attraktion des Freizeitparks ist der Tower of Terror. Eine Stahlachterbahn. Der Turm der Bahn ist ein echter Turm aus einer etwa fünf Kilometer entfernten Goldmine. Der Senkrechtlift zieht die Wagen in vierunddreißig Meter Höhe. Die fünfzig Meter hohe Abfahrt führt fünfzehn Meter unter die Erdoberfläche."

„Das ist verrückt!"

„Was ist an Verbrechen weniger verrückt?!"

„Jetzt steh ich auf dem Schlauch", sagt Kalenberger.

„Man steigt auf den Turm der Marienburg und im Turm setzt man sich in den Wagen einer Achterbahn. Dann geht es in halbwegs freiem Fall in die Tiefe des

Marienberges und in Serpentinen durch die Geschichte der Welfen. Stell dir das vor wie eine Geisterbahn, nur statt der Spukgestalten goldene Kreuze, silberne Reliquiare und bronzene Löwen. Für die Ausgestaltung wird doch schon überall der versprengte Besitz der Welfen zurückgefordert. Am Fuß des Berges gelangt man wieder ans Tageslicht und kann sich gleich zu den weiteren Attraktionen des Freizeitparks Marienburg begeben. Wildwasserbahn, Fünffach-Looping und die Schiffschaukel ‚Santa-Maria'."

„Santa-Maria?"

„Santa-Maria!"

„Spontan würde mir jetzt nichts einfallen, was nicht in deine Hypothese passt."

„Würdest du dich dann bitte für meine Beförderung einsetzen?"

„Wir nehmen uns jetzt die Zeit, die Akten unter Berücksichtigung der neuen Hypothese noch einmal durchzugehen. Jeder für sich und ich für mich. Du hältst die Stellung!"

„Warum immer ich?"

„Nur Hauptkommissare dürfen auch zu Hause denken."

„So sie denn …"

„Bin schon weg!"

„Und?", fragt Obanczek am nächsten Morgen, als Kalenberger das Büro betritt.

„Erst einmal einen ‚Guten Morgen' und einen noch besseren Kaffee."

„Guten Morgen kannst du haben, aber Kaffee nur aus dem Automaten. Wir müssen erst neuen Kaffee besorgen." Obanczek steht auf. „Bevor du wieder die Vorgesetzte heraushängen lässt, besorge ich uns zwei Becher."

Kalenberger setzt sich an ihren Schreibtisch, nimmt ihre Akten aus der Handtasche und startet den Computer. Obanczek kommt zurück, balanciert zwei heiße Kaffeebecher in den Händen und sagt immer „Haa" und „Hoo".

„Es gab keine Tabletts mehr, die werden immer als Notebookunterlage bei den Besprechungen zweckentfremdet."

Kalenberger nimmt ihm einen Becher ab und stellt ihn ganz schnell auf ihrem Schreibtisch ab.

„Und", fragt Obanczek, „wie ist das Fazit deiner Überlegungen?"

„Erst dein Ergebnis!"

„Das bringt nichts, ich bin nicht objektiv."

„Also", Kalenberger versucht einen ersten Schluck aus dem Kaffeebecher, „ich schließe mich deiner Hypothese an."

„Gut. Und der nächste Schritt."

„Wir müssen herausbekommen, ob das Projekt *Freizeitpark Marienburg* schon die nächste Planungsstufe erreicht hat."

„Das hab ich mir auch schon gedacht. Aber wo wollen wir unsere Informationen hernehmen? Wer mit drinsteckt, wird kaum auspacken, bevor die ganze Sache nicht in trockenen Tüchern ist."

„Du äußerst dich in letzter Zeit immer häufiger in Metaphern. Du musst wieder präziser werden. – Ich rufe als Erstes Kati Trapp vom *Leine-Boten* an."

Kalenberger wählt, erkundigt sich nach Neuigkeiten. Es gibt keine, Kalenberger legt wieder auf.

„Das nenne ich eine zielorientierte Befragung."

Kalenberger gönnt sich noch einen Schluck Kaffee. „Du hättest mich auch warnen können. Ein unbedachtes Wort, und die Story hätte morgen im *Leine-Boten* gestanden. Kati Trapp hört doch die Flöhe husten."

„Ich liebe deine metaphernfreie präzise Argumentation!"

„Ein solches Projekt bleibt doch in der Fachwelt nicht unbemerkt. Wo könnte man darüber Bescheid wissen, zumindest davon gehört haben?"

„Die Auftraggeber werden bestimmt Stillschweigen vereinbart haben."

„Also fällt eine direkte Befragung der Hersteller solcher Monsterbahnen aus."

„Mit Sicherheit!"

„Was bleibt?"

„Ich schau mal nach, ob es Magazine oder Zeitschriften zu dem Thema gibt. Journalisten reden gern." Obanczek geht ins Internet. Er braucht nur wenige Sekunden bis zur Erfolgsmeldung. Er liest vor:

Achterbahnen, die Speed Machines der Themen- und Freizeitparks, erfreuen sich seit über 100 Jahren großer Beliebtheit. Sie gehören heute zu den herausragenden technischen Bauwerken: Thrill, Schnelligkeit und Innovation sind drei

Schlagwörter von vielen, welche die Faszination Achterbahn widerspiegeln. Im April 2000 entstand unser Internet-Magazin, um die vielseitigen Facetten dieser spektakulären Konstruktionen einfallsreicher Ingenieure einer breiten Leserschaft vorzustellen. Heute nutzen über 40.000 Leser monatlich das umfangreiche deutschsprachige Informationsangebot mit seinen über 200 Fachartikeln.

„Gut", sagt Kalenberger, „wie gehen wir vor?"

„Mit der Keule", sagt Obanczek, „die Leute sind Thrill, Schnelligkeit und Innovation gewohnt."

„Ruf an!"

„Warum ich?"

„Ich glaube nicht, dass Achterbahnen ein Frauenthema sind."

„Dabei könnt ihr am besten kreischen!" Obanczek schaut wieder auf den Bildschirm und wählt eine Telefonnummer in München.

Das Onlinemagazin meldet sich nach dem dritten Klingeln.

Obanczek stellt sich vor: „Urs Obanczek von der Kriminalfachinspektion 1.1 K, Hannover. Straftaten gegen das Leben. Ich möchte Herrn Diplom-Ingenieur Jürgen Peschun sprechen."

„Am Apparat! Was kann ich für Sie tun?

„Ich komme gleich zur Sache."

„Bitte!"

„Wir ermitteln im Umfeld von Hannover und besonders im Bereich Pattensen und dem Schloss Marienburg. Ist Ihnen bekannt, dass in diesem Bereich ein Freizeitpark oder Ähnliches geplant ist?"

„Nun ja, nichts Genaues weiß man nicht."

„Wir sind auch an Branchengerüchten oder ungesicherten Informationen interessiert."

„Sie sind wirklich von der Kripo?"

„Sie können mich gern über unsere Telefonzentrale zurückrufen."

„Passt schon! Ein Schweizer Unternehmen mit dem Spezialgebiet Achterbahnen und Freifalltürme soll diesen Marienberg bei Pattensen vermessen haben. Hinter dem ganzen Projekt soll ein russischer oder rumänischer Oligarch stecken. Aber mehr ist noch nicht nach außen gedrungen."

„Danke", sagt Obanczek, „Sie haben uns sehr geholfen."

„Für die Auskunft stehe ich aber nicht gerade."

„Trotzdem!" Obanczek legt auf und lehnt sich auf seinem Arbeitsstuhl zurück. „Das war's dann wohl."

„Was wir wissen, ist noch lange nicht das, was wir beweisen können."

Sie schweigen eine Weile. „Aber so einfach davonkommen lassen?", fragt Obanczek.

„Dünnes Eis!", sagt Kalenberger.

„Wir sind schon über Wasser gelaufen."

„Wir müssen mit Nisalski sprechen. Meinst du, er spielt mit."

„Ich glaube schon. Er will so oder so den Fall vom Tisch haben."

„Also, auf zum Chef!" Kalenberger greift zum Telefonhörer. Nisalski ist in einer Besprechung, will aber zurückrufen.

Die beiden Kommissare spielen *Schiffe versenken* an zwei Computern.

Endlich ruft Nisalski an, ist zu einem sofortigen Treffen bereit.

Er hört sich an, was Kalenberger und Obanczek zu sagen haben, spielt die ganze Zeit mit einem Kugelschreiber der Polizeigewerkschaft, Mine aus, Mine ein,

Mine aus … Als Kalenberger und Obanczek ihre Ausführungen beendet haben, stellt er den Kugelschreiber in den Becher mit den anderen Stiften.

„Hört sich alles sehr logisch an. Überzeugend. Aber wie wollen Sie den Staatsanwalt veranlassen, einen Haftbefehl auszustellen? Im Grunde sind das alles nur Vermutungen, es fehlen die hieb- und stichfesten Beweise."

„Wir können die Sache nur über Geständnisse absichern."

„Mehrzahl?"

„Wir sollten Morgan Ostertag und Thea Borsig gleichzeitig abholen und getrennt festnageln."

„Wenn es der Wahrheitsfindung dient … Sie haben meine Rückendeckung." Nisalski nimmt seinen Kugelschreiber wieder auf. „Warum müssen Sie immer mit so windigen Lösungen kommen, bei denen man sich nur in die Nesseln setzen kann. Beim nächsten Fall würde ich mich freuen, mal eine ganz klare Beweiskette von Ihnen vorgelegt zu bekommen: Tat, Opfer, Täter, Beweise, Geständnis! Wir wollen den Staatsanwalt doch bei Laune halten."

„Wollen wir!"

Kalenberger gibt die Anweisung, bei Thea Borsig vorstellig zu werden. Vielleicht trifft man bei ihr auch Morgan Ostertag an. Sie will sofort aus Pattensen informiert werden.

Thea Borsig wird allein angetroffen und Morgan Ostertag in seiner Wohnung in Hannover.

„Jetzt machen wir Nägel mit Köpfen", sagt Kalenberger. „Wir haben viel in der Hand, und sie müssen sich nur ein bisschen widersprechen, damit wir einsteigen können."

Morgan Ostertag scheint verärgert, als er Kalenberger und Obanczek in einem Vernehmungszimmer gegenübersitzt. Er hat Gäste für den Abend und wollte gerade das Menü zusammenstellen.

„Borschtsch?" fragt Obanczek.

Für einen Augenblick scheint Morgan Ostertag irritiert.

„Wir wissen", sagt Kalenberger, „dass Sie für und mit dem bulgarischen Oligarchen Nikolay Gadschew einen Freizeitpark auf Schloss Marienburg geplant haben. Wir wissen auch, wer die Achterbahn vom Schlossturm bis tief in den Marienberg erstellen soll. Haben Sie etwas dazu zu sagen?"

„Ist das eine Befragung oder eine Vernehmung?"

„Eine Befragung. Einfach so zur Wahrheitsfindung."

Morgan Ostertag schlägt ein Bein über das andere. „Über meine geschäftlichen Aktivitäten werde ich Ihnen keine Auskunft geben."

„Stellen wir das Thema also zurück."

„Sie brauchen es nicht zurückzustellen, Sie können es abhaken!"

„Waren Sie mit Dr. Axel Gerlach auf dem Turm der Marienburg, als er hinuntergefallen ist?"

„Hat mich jemand identifiziert?"

Kalenberger setzt sich aufrecht auf ihren Stuhl, macht sich größer. „In einem anderen Vernehmungsraum sitzt Thea Borsig. Wir gehen davon aus, dass Sie mit Thea Borsig dem Fall von Axel Gerlach nachgeholfen haben."

„Blödsinn!"

„Wir werden Thea Borsig über ihr Verhältnis mit der Frau von Dr. Walther informieren", sagt Kalenberger. Obanczek zuckt zusammen, über die Finte hatte ihn Kalenberger nicht informiert.

„Aber … aber das stimmt doch gar nicht. Ich habe niemals …"

„Sie können uns anschließend wegen Rufschädigung verklagen."

Morgan Ostertag hat sich auf die Stuhlkante gesetzt. „Machen Sie sich nicht lächerlich", sagt er und rutscht wieder auf dem Stuhl zurück, „Ihre Konstruktionen sind einfach haltlos und ich werde nichts mehr dazu sagen."

„Ein Geständnis würde sich durchaus vorteilhaft für Sie auswirken. Das kennen Sie doch schon von Ihrem Deal mit dem Finanzamt."

„Hören Sie mir jetzt bitte ganz genau zu." Morgan Ostertags Augen wandern von Kalenberger zu Obanczek und wieder zurück. „Ich - sage - nichts - mehr!"

„Kein Problem", sagt Kalenberger und steht auf, „Sie hätten sich drei bis vier Jahre Gefängnis ersparen können."

Die beiden Beamten verlassen das Verhörzimmer. „Jetzt hängt alles am seidenen Faden", sagt Kalenberger.

„Wir haben die beiden", meint Obanczek, „da bin ich mir ganz sicher."

Thea Borsig trägt ein Kleid in Herbstfarben und darüber eine halblange Jacke. Den Ausschnitt ziert eine dünne Goldkette mit einem funkelnden Anhänger. Dezent, aber gediegen.

„Wir wollen gleich zum Kern unserer Frage kommen", sagt Obanczek. „Waren Sie und Morgan Ostertag auf dem Turm der Marienburg, als Axel Gerlach den Halt verlor?"

Thea Borsig lächelt. „Zu dem ganzen Komplex erfahren Sie überhaupt nichts von mir."

„Sie werden als Zeugin gehört und müssen die Wahrheit sagen?"

„Ich beziehe mich auf mein Zeugnisverweigerungsrecht."

„Das haben Sie nur als ..."

„Morgan Ostertag und ich sind seit vier Tagen verlobt."

Es ist für die beiden Kommissare wie ein Schock. Gerade scheint die letzte Möglichkeit davonzuschwimmen, den Fall auf anständige kriminalistische Weise abzuschließen.

Obanczek will noch nicht aufgeben. „Und es macht Ihnen gar nichts aus, dass Ihr Morgan Ostertag ein Verhältnis mit ..."

„Lass sein", sagt Kalenberger, „es ist vorbei." Und zu Thea Borsig. „Nehmen Sie Ihren Verlobten und verschwinden Sie. Sie verursachen mir Magenschmerzen!"

„Komm", sagt Kalenberger, als sie auf dem Flur stehen, „so kann ich nicht zurück ins Büro."

„Mach dir keine Vorwürfe!"

„Halt den Mund und komm einfach mit!" Kalenberger nimmt Obanczeks Hand und steigt mit ihm die Treppen hinauf bis zur Dachterrasse. Es wäre ein schöner Ausblick, wenn es nicht schon wieder derart regnen würde.

„Nimm es dir nicht so zu Herzen." Obanczek hält Kalenbergers Hand ganz fest und schaut sie an. Plötzlich scheint der Ärger aus ihrem Gesicht zu schwinden. Sie holt Luft und schreit in den Regen: „Gerechtigkeit ist Scheiße!"

Obanczek lässt ihre Hand los, formt einen Trichter vor den Mund. „Und wir sind die Blöden!"

„Die Deppen der Region!“

„Die Ärsche der Nation!“

„Los geht's.“ Kalenberger dreht Obanczek um und legt ihm die Hände auf die Schultern: „Hier fliegen gleich die Löcher aus dem Käse, denn nun geht sie los, unsere Polonäse …“

Tradition und Leben e.V.* – Arbeitsgemeinschaft zur Förderung des monarchischen Gedankens

Sind Monarchie und Demokratie vereinbar?
Die Monarchie in der Demokratie hat sich bewährt. Das beweisen zahlreiche Beispiele in West- und Nordeuropa. In der Demokratie sollte das höchste Staatsamt dem Parteienstreit entrückt sein. Das Staatsoberhaupt muss eine unabhängige, ausgleichende Rolle übernehmen. Die monarchische Staatsform bietet die beste Möglichkeit, allen Gruppierungen in der Bevölkerung gerecht zu werden. Der König ist ein König gerade auch der Minderheiten und er vertritt deren berechtigte Anliegen. In Krisenzeiten hat der Monarch als unabhängige Persönlichkeit die Möglichkeit, auf allgemeine Gesichtspunkte hinzuweisen und die Schwachen zu verteidigen. Die Frage nach der Vereinbarkeit von Monarchie und Demokratie muss mit einem klaren Bekenntnis zur parlamentarischen Demokratie beantwortet werden. In der anzustrebenden Monarchie sollen Parteien an der politischen Willensbildung des Volkes mitwirken, jedoch im Staat keinen Selbstbedienungsladen und kein Entmündigungsinstrument der Bevölkerung sehen. Der Staat ist aber auch kein Selbstzweck.

Hat die Monarchie in einer Gesellschaft, in der Leistung und nicht der Zufall der Geburt entscheiden, noch Lebensrecht?
Nicht immer siegen im politischen Tageskampf die Besten, sondern oft die Skrupellosen. Deshalb ist es besser, das

höchste Amt dem Leistungsstreben und dem Ehrgeiz der Parteien zu entziehen. Die Ausbildung für die hohe Würde des Monarchen von früher Jugend an und das selbstverständliche Hineinwachsen in seine Aufgaben geben Verhaltenssicherheit und vermitteln neben Unabhängigkeit des Denkens eine Fülle sachlicher Fähigkeiten. Die Leistung bleibt natürlich wichtig, besonders beim Prätendenten, demjenigen also, der den Thron für sich und sein Haus erstrebt. In der Monarchie steht nicht nur der Mann als Staatsoberhaupt an der Spitze, sondern eine Familie. Damit wird sowohl ihre wie die Stellung der Frau aufgewertet.

Warum treten die Monarchisten für die Erblichkeit ein?
Eine Wahl setzt das höchste Amt im Staate den bekannten Streitigkeiten und Intrigen aus, die seinem Ansehen erfahrungsgemäß schaden. Wir meinen aber, dass dieses Amt gerade dem politischen Tageskampf und Parteienehrgeiz entzogen und damit wahrhaft überparteilich sein soll. Im Übrigen ist es kein Zufall, dass es zurzeit fast nur erbliche Monarchien gibt. Nur in ihnen können sich die Werte der Monarchie entfalten. Auf die Möglichkeit der Vorbildung für das höchste Amt wurde bereits oben verwiesen. Ist der Monarch aus gesundheitlichen Gründen an der Ausübung der Regierungsgeschäfte verhindert, tritt (aufgrund gesetzlicher Bestimmungen) ein Regent oder eine Regentin aus der regierenden Familie an seine Stelle.

Liegt die Wiederherstellung der Monarchie im Bereich des Möglichen?
Wie das Beispiel Spanien zeigt, lässt sich eine Monarchie durchaus wieder einführen. „In der Politik ist nichts unmöglich." (Prinz Louis Ferdinand von Preußen)

Wie stehen die Monarchisten zu Europa?
Europa ist nicht als Einheitsstaat, sondern nur als Föderation denkbar. Der Europäischen Gemeinschaft gehören Monarchien wie Republiken an. Die Krone erweist sich schon heute als beste Hüterin der Eigenart innerhalb Europas. Sie repräsentiert in Würde das eigene Land und schlägt Brücken zu den Nachbarn. Die Einigung Europas muss die Freizügigkeit und die kulturelle Autonomie von Volksgruppen mit sich bringen. Das gilt auch gerade für das östliche Europa.

Erschwert die Monarchie nicht das Zusammenwachsen Deutschlands?
Im Gegenteil: Die Krone kann zum einigenden Band der allzu lang getrennten Teile unseres Volkes werden. Nach 45 Jahren der Teilung ist das Zusammenwachsen eine langfristige Aufgabe. Eine mitten in Deutschland verwurzelte Monarchie wird diesen Prozess wesentlich erleichtern.

Ist die Monarchie zu kostspielig?
Bei aller in jedem Staat unumgänglichen Repräsentation wird in einer Monarchie sparsam gewirtschaftet werden. Ein Monarch belastet den Staatshaushalt nicht mehr als ein Bundespräsident, erzielt aber eine weit höhere Wirkung. Ein direkter Kostenvergleich gibt Aufschluss. Das englische Königshaus bezieht über die sogenannte „Civil List" öffentliche Gelder. Die „Civil List" wird auf zehn Jahre festgelegt und beträgt derzeit 9 Millionen Pfund, also etwa 13,5 Millionen Euro. Das Bundespräsidialamt bezieht aus öffentlichen Mitteln dagegen circa 20 Millionen Euro.

Welche Pflichten und Rechte soll der Monarch haben?
Ein Monarch handelt als Partner des ganzen Meinungsspektrums im Volk und kann deshalb den verschiedenen po-

litischen Auffassungen und Meinungen sowie ihren Anhängern die notwendigen Chancen zur Verwirklichung bieten. Ein Monarch darf nicht auf eine rein repräsentative Funktion beschränkt werden. Ein gekrönter „Urkundsbeamter" entspricht nicht unserer Vorstellung. Die Pflichten und Rechte eines künftigen Monarchen sind in der Verfassung festzulegen. Wir orientieren uns an der Stellung des Königs in der niederländischen und spanischen Verfassung.

Wie soll die Monarchie wieder eingeführt werden?
Jede gewaltsame Lösung scheidet von vornherein aus. Selbstverständlich muss eine breite Mehrheit der Bevölkerung den Neuanfang bejahen – vergleichbar dem, was sich im November 1989 in der damaligen ‚DDR' ereignet hat.

* In Deutschland gibt es mehrere monarchistische Organisationen. Die größte auf Bundesebene ist „Tradition und Leben e.V." mit etwa 170 Mitgliedern. Der Verein hat die Einführung einer parlamentarischen Monarchie zum Ziel. „Tradition und Leben" will dies auf dem Weg eines Vereins erreichen, um die Überparteilichkeit, mit der auch ein Monarch in der angestrebten Monarchie regiert, zu unterstreichen. Als weitgehend gemeinsames, einigendes Symbol der deutschen Monarchisten gilt die schwarz-weiß-rote Flagge, die ehemalige Nationalflagge des deutschen Kaiserreichs.

Ein Sonntagmorgen Anfang April. Ein Wetter wie im November, kühl und nass. Die Polizei meldet eine Leiche an der Münsterbrücke. Hameln ist bestürzt. Anke Papenburg, bekannt durch die Fernsehsendung DNCS Deutschlands Next Casting Star, wird tot aus der Weser geborgen. Selbstmord. So sieht es jedenfalls die Polizei. Nur Hubert Wesemann ist skeptisch. Er recherchiert im Umfeld der Casting-Queen und zweifelt schon bald an Ankes freiwilligem Sturz in die Fluten.

Günter v. Lonski. Das letzte Lied
288 Seiten. Paperback. ISBN 978-3-8271-9401-5
E-Book 978-3-8271-9600-2 (Pdf)
978-3-8271-9800-6 (Epub)

Im Emmertal soll unterhalb der Hämelschenburg eine Windkraftanlage errichtet werden. Schon die Planung weckt kriminelle Energie von Hameln bis Bad Pyrmont. Der Initiator des Projekts wird tot in Bad Pyrmonts Dunsthöhle gefunden. Dann wird auch noch der Eigentümer von Grund und Boden, auf dem die Anlage errichtet werden soll, tot aus dem Graben an der Hämelschenburg gezogen. Jetzt sind Wesemanns Spürsinn und Beharrungsvermögen gefordert.

Günter v. Lonski. Tödlicher Wind
296 Seiten. Paperback. ISBN 978-3-8271-9402-2
E-Book 978-3-8271-9602-6 (Pdf)
978-3-8271-9802-0 (Epub)

Hessisch Oldendorf. Wesemann berichtet vom Karnevalsumzug. Der amtierende Prinz fällt plötzlich vom Prunkwagen. Infolge übermäßigen Alkoholgenusses gestürzt und an einem Genickbruch gestorben. Tragisch, aber nicht sonderlich interessant. Da wird im Söltjerbrunnen von Bad Münder der abgetrennte Kopf eines Chinesen gefunden. Wesemann ermittelt auch in seinem dritten Fall mit Klarheit, Übersicht und Einfühlungsvermögen.

Günter v. Lonski. Bittere Medizin
288 Seiten. Paperback. ISBN 978-3-8271-9406-0
E-Book 978-3-8271-9613-2 (Pdf)
978-3-8271-9813-6 (Epub)

Wesemanns 4. Fall

Merkwürdige Dinge erschüttern die Kleingartenkolonie „Grüne Bohne“ an Töneböns Teichen. Der Knochen eines menschlichen Zehs taucht auf und verschwindet wieder. Kleingärtnerulk? In einigen Parzellen bricht ungewöhnlicher Wohlstand aus. Niemand scheint misstrauisch zu werden. Wesemann muss zu Spaten, Harke und Gießkanne greifen, um undercover zu ermitteln und wird fündig …

Günter v. Lonski. Teufelskralle
288 Seiten. Paperback. ISBN 978-3-8271-9418-3
E-Book 978-3-8271-9629-3 (Pdf)
978-3-8271-9829-7 (Epub)

Hannovers Schützenfest. Alles jubelt, alles lacht, nur einer kann nicht mehr mitfeiern, denn er liegt am Ihme-Ufer und rührt sich nicht mehr. Arne Sonneveld, einer der diesjährigen Bruchmeister. Als Anlageberater hat er sich beruflich nicht nur Freunde gemacht. Kommissarin Marike Kalenberger muss an den Tatort. Und plötzlich steckt sie mittendrin im Geflecht von Schützenehre, geschäftlichen Mauscheleien, Neid, Eifersucht und alkoholisch bedingten Bewusstseinsstörungen.

Günter v. Lonski. Mord auf dem Schützenfest
288 Seiten. Paperback. ISBN 978-3-8271-9451-0
E-Book 978-3-8271-9611-8 (Pdf)
978-3-8271-9811-2 (Epub)

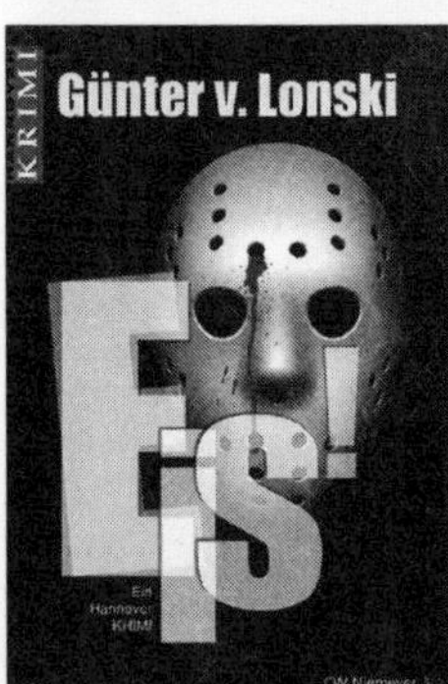

Eine Schießerei am Steintor. Fast zeitgleich ein Überfall mit Geiselnahme am Raschplatz. Kommissarin Kalenberger muss hin, gerät in die Schusslinie und wird arbeitsunfähig. Da verschwindet Pia, die beste Freundin ihrer Tochter. Pia wollte nach Hannover und hat angeblich den Mann ihres Lebens kennengelernt. Der Mann wird brutal ermordet. Kalenberger ermittelt nur widerwillig. Doch dabei gerät sie immer tiefer in die Loverboy-Szene. Sie bringt sich in tödliche Gefahr.

Günter v. Lonski. Eis
296 Seiten. Paperback. ISBN 978-3-8271-9455-8
E-Book 978-3-8271-9620-0 (Pdf)
978-3-8271-9820-4 (Epub)

Weitere Spannung pur …

Kriminalhauptkommissarin Marike Kalenberger hat ihr Burn-out überwunden und kehrt zur Mordkommission zurück. Man betraut sie mit dem Fall einer Frau, die in einer Seniorenresidenz auf unnatürliche Weise gestorben ist. Der Bestatter vergibt Grabstätten in Untermiete und ein Betreuer vermittelt das Erbe der Senioren an eine dubiose Stiftung. Wenn's ums große Geld geht, scheint selbst Mord ein akzeptiertes Argument zu sein.

Günter von Lonski. Elend
288 Seiten. Paperback. ISBN 978-3-8271-9460-2
E-Book 978-3-8271-9646-0 (Pdf)
978-3-8271-9846-4 (Epub)

Laura und Klara kommen einem geraubten Kunstwerk auf die Spur, können der Polizei einen gesuchten Gauner übergeben und machen sich auf die Suche nach einem Schatz … Ob sie ihn finden?

Günter von Lonski. Alarm im Pfannkuchenhaus
224 Seiten. Paperback. ISBN 978-3-8271-9580-7
E-Book 978-3-8271-9649-1 (Pdf)
978-3-8271-9849-5 (Epub)

Nach dem Tod seiner Frau wechselt Kommissar Moritz Brinker von Hameln nach Wuppertal. Statt eines ruhigen Jobs wartet harte Ermittlungsarbeit auf ihn und er hat weniger Zeit für seinen Sohn Nils. Als eine junge Mutter entführt wird, spitzt sich die Situation zu: Er freundet sich mit dem Ehemann an. Auch er hat einen kleinen Sohn. Besessen davon, die Frau zu finden, merkt Brinker nicht, wie die Grenzen zwischen Beruf und Familie auf fatale Weise verwischen ...

Daniel Juhr. Der Kommissar und sein Kind
384 Seiten. Paperback. ISBN 978-3-8271-9551-7
E-Book 978-3-8271-9648-4 (Pdf)
978-3-8271-9848-8 (Epub)